新 潮 文 庫

信 長 燃 ゆ

上 巻

安部龍太郎著

目次

〔下巻目次〕

信長燃ゆ 上巻

序章 阿弥陀寺《あみだじ》の花

洛中《らくちゅう》を震撼《しんかん》させた本能寺の変が起こったのは、もう三十五年も前のことである。当時私は織田信長公の小姓として近侍《きんじ》していたが、変が起こった六月二日には他所《よそ》に使いに出ていたために難をまぬがれた。

これが幸であったか不幸であったかは分らない。

命永らえたからこそ、織田から豊臣へ、そして徳川へと動いた世の移り変わりもつぶさに見ることができたが、十五歳のあの朝、主君とも近習仲間《きんじゅう》とも離れて一人死に遅れたという慚愧《ざんき》の思いは、今もこの胸に黒々と巣くっている。

ならば死ねと、信長公ならおおせられるだろう。

だが死に遅れた私には、腹をかっさばいて主君の後を追うだけの気力もなく、親類縁者の援助にすがって生き延びてきた。

私には取り立てて芸もなく、生き延びなければならない理由もないのだから、いよいよ窮したなら野垂れ死にすればよい。

そう思い定めて遊び暮らしてきたが、ある月の冴《さ》えた夜、二条の学問所で共に学んだ友人と五条大橋のたもとでばったりと出くわした。

彼は清華《せいが》家の三男坊だが、堅苦しい公家《くげ》の暮らしが嫌になって家を飛び出し、物語を木版にして刊行する商《あきな》いをやっていた。

その頃は秀吉公のもとに天下も治まり、誰もが戦乱の世を懐《なつ》かしんで軍記物などを好んで読んでいたので、友人の店も大いに繁昌《はんじょう》していた。

そこで私にも物語を書けというのである。

初めはさして気乗りもしなかったが、いざ始めてみるとこれが案外面白い。

どんな趣向をこらし、どんな新味を出して、物語の世界に人を誘《いざな》うか。

そんなことに知恵を絞り文章を紡《つむ》いでいると、面白くて夜がふけるのも忘れるほどなのだ。

そうして軍記物、人情物、色物と書き散らし、はたと気付けば人間五十年と言われるその歳月を使い果たしていたのだから、まことに見下げ果てたたわけ者である。

しかし、そんなたわけ者にもひとつの矜持《きょうじ》がある。

どんなに求められようと、信長公のことについてだけは書かなかったことだ。

信長公の器《うつわ》は異常なばかりに大きい。

人に天地の真理が分らないのと同様に、私には信長公が分らない。分らないまま小賢《こざか》しい講釈などをたれては、亡《な》き主君を冒瀆《ぼうとく》することになる。

だからこの年まで信長公のことについては筆を染めなかったが、近頃さるやんごとなきお方から、本能寺の変について書き残してもらいたいという依頼を受けた。

あの変には朝廷も深く関わっていたが、明智《あけち》光秀が敗死すると後難を怖《おそ》れてすべての証拠を隠滅した。

そうすることで責任追及をまぬがれたが、このままでは事の真相がうやむやになってしまう。

禁中や公家に残された当時の文書を自由に使っていいから、今のうちに分るだけのことを書き留めてほしい。

そんな膝《ひざ》の震えるような申し出だった。

恥ずかしながら、私は公家の出である。

近衛《このえ》家の門流に生まれ、十三歳まで二条の学問所で学んでいたが、古い因習に縛られた公家の暮らしに嫌気がさし、武士になろうと決意して家を飛び出した。

頼ったのは五摂家筆頭近衛家の当主で、氏《うじ》の長者でもあられた近衛前久《さきひさ》公である。

前久公は若き日に上杉謙信と血判誓紙を交わして越後に下向《げこう》し、ともに関東に攻め入って北条氏と戦われたほどの傑物だけに知己《ちき》も多く、武家になりたいと願う者はおしなべて近衛家の門を叩《たた》いたものだ。

幸い私はご家門さま（家礼《かれい》や門流の者は、摂家の当主をそう呼ぶのである）とは面識があり、すぐに奉公先を世話していただいた。

信長公に小姓として仕えることができたのはそのためで、信長公とご家門さまとの連絡役として重宝がられたものだ。

やんごとなきお方が私に白羽の矢を立てられたのは、そうしたいきさつをご存知だったからにちがいない。

しかも禁中や公家に残された文書を自由に使っていいという信じがたいほどの好意を示していただいたが、私は引き受けるのをためらった。

確かに信長公に仕えてはいたものの、わずか二年ばかりの短い間にすぎない。

それに数え年十五歳の子供だったので、あの当時何が起こっていたのか、本当のことは何ひとつ分ってはいない。

だからさんざん迷った末にお断わり申し上げたが、二度三度と使者を下されるに及んで、ついに引き受ける決心をした。

あの頃の記憶は、今も脳裡《のうり》に鮮明に残っている。その記憶と秘蔵の文書類を駆使したなら、少しは真実に迫ることができるかも知れないと思ったからである。

変の調査と記述にとりかかる前に、私は洛北の阿弥陀寺にある信長公の墓に詣《もう》で、書かせていただくことになったいきさつを報告することにした。

近頃では何もかもがあいまいになり、軍記物などがあたかも真実のようにもてはやされているので、信長公の墓所といえば大徳寺の摠見院《そうけんいん》や移築された本能寺にあると信じている人が多いようだが、阿弥陀寺こそ真の墓所なのである。

これには次のようないきさつがある。

変の当時、阿弥陀寺は西の京の蓮台野《れんだいの》にあり、八町四方という広大な寺域を有していた。

住職であられた清玉上人《せいぎよくしようにん》は、正親町《おおぎまち》天皇も深く帰依《きえ》しておられた高徳のお方だった。信長公とも昵懇《じつこん》の間柄だったので、六月二日の早朝に変が起こったと聞かれると二十人ばかりの僧を引き連れて本能寺に向かわれた。

ところが時すでに遅く、十人ばかりの近習が本堂裏で公の遺体を荼毘《だび》にふしていた。

遺体を敵に渡すなという信長公の命に従ってのことだ。

子細を聞かれた上人は、近習らにかけ合って遺骨を寺に持ち帰り、丁重に葬儀と法事を行なわれたのである。

ところがこの遺骨を巡って、秀吉公との間で争いが起こった。

山崎の合戦で明智光秀を滅ぼされた秀吉公は、信長公の葬儀を阿弥陀寺で行なおうとなされたが、清玉上人は頑としてこれをこばまれた。

その理由については、当時からさまざまな噂《うわさ》がささやかれたものだ。

織田家から天下を奪おうとする秀吉公の野心を見抜かれた上人が、葬儀をこばむことでこれを阻止しようとなされたと評する者が多かったが、中にはちがった見方をする者もいた。

秀吉公は変が起こるのを事前に知っておられた。

だからあれほど早く備中《びっちゅう》から兵を返すことができたのであって、信長公を裏切られたも同然である。

清玉上人はそのことを知っておられたので、秀吉公をお許しにならなかった、というのである。

いずれも京童《きょうわらべ》の勝手な憶測にすぎなかったが、こうした評判が流布《るふ》することは、天下取りを目ざす秀吉公にとって極めて不都合なことだった。

そこで大徳寺に摠見院を建立《こんりゅう》され、信長公の遺品ばかりを集めて十月五日に人目を驚かすほど盛大な葬儀を行なわれた。

その上摠見院を信長公の正式な墓所と定められ、諸大名や家臣ばかりか織田一門にまで阿弥陀寺への参詣《さんけい》を禁じられたので、阿弥陀寺は次第に没落し、人々からその存在を忘れ去られたのである。

私が寺を訪ねたのは、三月初めのしだれ桜のさかりの頃だった。

誰の口添えもない突然の訪問だったが、七十がらみのご住職はすぐに本堂に案内し、丁重に供養《くよう》の労を取って下さった。

須弥壇《しゅみだん》の左陣に厨子《ずし》があり、中には信長公の木像が安置されているという。

是非拝したいと申し出ると、ご住職はいかなる素性の方かとおたずねになった。

二年前の大坂の陣で豊臣家が滅び、徳川家の天下となったものの、信長公の墓所は今も大徳寺とされている。

この寺にかような木像があることを公言されては、どのような災いが降りかかるか分らないと案じておられた。

私は正直にすべてを打ち明け、本能寺の変について書き留めることになったいきさつを語った。

「ほう、公の一代記をお書きなさるか」

「いえ。こたびはもう少しちがった趣向のものにしたいと思っております」

「平家物語や太平記のようなものですかな」

「物語ではありますが、これまでとはちがった工夫をこらすつもりです」

従来の手法では、とても信長公の本当の姿は描けないと思ったが、どんな手法を取るべきかはこの時の私にはまだ見えていなかった。

「太田牛一《ぎゅういち》の公記は読まれましたか」

「拝読いたしました」

「いかがですかな」

「労作とは拝しましたが、信長公の真のお姿とはほど遠いと存じました」

牛一は長年信長公に仕え、近年『信長公記《しんちょうこうき》』なるものを著していたが、武家だけに信長公の外面的な動きにとらわれ過ぎている。

特に本能寺の変については記述も少なく、ほとんど何も理解していないとしか思えなかった。

私の僭越《せんえつ》な批評に対して、ご住職は何も語られなかった。

人の心の奥底まで見透《みすか》すような深い目を向けられただけで、厨子の扉を静かに開かれた。

信長公の木像は高さ二尺ばかりの小さなもので、束帯をめされ手に笏《しゃく》を持ち、腰には太刀をたばさんでおられる。

そのお姿を一目見るなり、私は思わずその場にひれ伏した。ありし日のお姿にあまりによく似ていたからである。

上段の間《ま》に座しておられるところなので、ご双眼はやや下眼使いながら、かっと見開いて居並ぶ群臣を威圧しておられる。

眉《まゆ》は細く鼻筋が際立《きわだ》った顔立ちで、口はいまにも誰かを怒鳴りつけようとするかのようにわずかに開いている。

しかも驚いたことに、拝している間に刻々と表情が変わる。

時には限りなく優しく、時には鬼のように怖ろしく、常に己れの生き方に自信と誇りを持ち、毅然《きぜん》として何物かに立ち向かう。

そんなお姿に見えたかと思うと、次の瞬間には見開いたご双眼に果てしない空虚が広がり、表情は憂《うれ》いと孤独に満ち、わずかに開いた口からは悲痛な叫びが聞こえてくるようである。

これこそ信長公だった。

ありとあらゆる感情を胸の内に抱え込み、その変容の激しさにご自身で苦しみながら、それでも厳然と己れを律しておられた。二万人を焼き殺せと命じるほどの冷酷さを持ちながら、時には路傍の窮民に手ずから施しをするほどの優しさを示される。

笑っておられたかと思うと急にお怒りになり、意気軒昂《けんこう》かと思えば、次の瞬間にはひどくふさぎ込まれる。

ふさぎ込んだ果てには、発作でも起こしたように手荒く家臣や馬を責められた。

太田牛一が時折「お狂いあり」と記しているのは、こうした状態を指してのことだ。

それにしても、いったい誰がこれほど見事な木像をものしたのか。

その疑問をご住職にぶつけると、

「ああ、そのお方なら寺にいますよ」

意外な答えが返ってきた。

「お坊どの、お坊どの」

老年のご住職がかすれた声を張り上げて呼ばれたが、返事はなかった。

本堂は夕暮れ時のような薄闇《うすやみ》に閉ざされ、屋根を打つ雨の音が聞こえてくるばかりである。

「おかしゅうございますな。先ほどまでおられたのだが」

墓参のために本堂を出ると、いましがたまで猛然と降りつづいていた雨がぴたりとやんだ。

空を見上げると天を厚くおおった鉛色の雲がもの凄《すご》い速さで東へ流れ、雲の切れ間からかすかに青空がのぞいていた。

「信長公がお喜びになっておられる」

ご住職はぽつりとつぶやき、本堂裏の墓地へと案内して下さった。

入口に紅しだれ桜が枝を垂らしていた。

七分咲きの花が雨に打たれ、艶《つや》やかに輝いている。

この花は、なぜ哀《かな》しいばかりに美しいのか。

墓地に埋められた者たちの鎮魂《ちんこん》のために、神々がこれほど見事な花を手向《たむ》けられたのか。

それとも地下に眠る者たちの無念が、桜の根にしみ込み、幹をかけ枝を走り、ひとつひとつの花となって何かを訴えようとしているのか……。

花の下にしばし茫然《ぼうぜん》と立ち尽くした後、広々とした墓地に入った。

正面には信長公と信忠公父子の墓が並んでいる。

墓前には真新しい菊の花がそなえられ、お香の煙が立ち上っていた。

雨はいましがた上がったばかりなのに、どうしてお香に火がついているのか。

解《げ》せぬ思いで墓前にぬかずき、三十五年間の不沙汰《ぶさた》をわびた。

左側には墓を守護するように近習たちの石塔が建っていた。

森蘭丸《らんまる》、森坊丸、森力丸、湯浅甚助《じんすけ》、菅屋《すげのや》角蔵、青地与右衛門《よえもん》……。

いずれも顔見知りの方々ばかりである。

わずか二年間とはいえ、私はこの方々と共に信長公に仕え、間近でお姿を拝していた。

そう思うと、信長公と共に逝《ゆ》かれた方々が、焼けつくほどに妬《ねた》ましかった。

「寺が蓮台野にあった頃は、もっと立派な墓でございました。ところがこの地に移されて以後は、秀吉公をはばかってこのような墓しか建てられなかったのでございます」

ご住職が無念そうにつぶやかれた。

墓参を終えて本堂に向かっていると、建ち並ぶ墓石の陰から小柄な男がぬっと現われた。

黒々とした髪を総髪にし、薄墨色の作務衣《さむえ》を着ている。細面《ほそおもて》のととのった顔立ちだが、右のこめかみから頬にかけて赤い火傷《やけど》の跡があった。

私は男を見るなり、はっと胸をつかれた。

無残なばかりの火傷の跡に臆《おく》したのではない。心の奥底に眠っている何かを揺り起こされた気がした。

「やあ、お坊どの、こちらでしたか」

ご住職から声をかけられても、男は返事もしなかった。

歳《とし》は四十前後だろうか。若いようでもあり、案外年嵩《としかさ》のようでもある。しかもどこかで会ったような気がして仕方がなかった。

「お坊どの、こちらは」

ご住職は引き合わせようとなされたが、男は私になど見向きもせずに、お香を入れた小箱を下げて立ち去ろうとした。

その後ろ姿と左足を少し引きずるような歩き方を見て、私の頭にひらめくものがあった。

「坊丸どの……、森坊丸どのではありませんか」

坊丸どのは本能寺で討死になされたと聞いている。だが後ろ姿と歩き方は、若い頃の坊丸どのとそっくりだった。

男はぴたりと足を止め、鋭い目でふり返った。

「貴殿は」

「清麿《きよまろ》でござる。いつも殿のお叱《しか》りを受けていた、たわけの清麿でござる」

そう名乗っても、坊丸どのは腑《ふ》に落ちぬような目を向けられただけだった。

それでも私は強引に坊丸どのに頼み込み、庫裏《くり》の一室で信長公の最期《さいご》のご様子について話をうかがった。

討死にしたと世を偽り、三十五年もの間信長公の墓所を守ってこられた坊丸どのにとって、六月二日の早朝の出来事は今も耐えがたい悪夢として脳裡に刻み込まれているにちがいない。

その痛みに耐えて語って下さったのは、次のような事だった――。

何やら奇妙な胸騒ぎを覚え、森坊丸は目を覚ました。

昨夜から主君信長の寝所の宿直《とのい》についていたが、いつの間にか寝入り込んでいたらしい。

こんなことは初めてだった。信長への忠義一途《いちず》に生きた父可成《よしなり》から、殿に仕える時には腹に刃《やいば》をのんでおけと教えられている。

宿直中に居眠りをすることなどこれまで一度としてなかったが、体中に綿のように積った疲れが心の刃を鈍らせたようだ。

ともかく忙し過ぎた。

信長がわずか百五十人ばかりの近習を連れて本能寺に入ったのは、五月二十九日のことである。

早朝に安土《あづち》城を出て夕方には都に入る強行軍だった上に、本能寺に着いてからも中国征伐や四国征伐のための指令を各方面にあわただしく飛ばした。

そのたびに坊丸は使者へ口上《こうじょう》を伝えたり、指示をあおぎに来る諸大名の取り次ぎをしたりと、休む間もなく動き回らなければならなかった。

しかも昨日朔日《ついたち》には、信長は公家《くげ》衆や京、堺《さかい》の商人らを招いて茶器の名物を披露した。

安土城から持参した名物は、つくも茄子《なすび》の茶入れや白天目茶碗《しろてんもくぢゃわん》、千鳥の香炉など三十八点にものぼる。いずれも国のひとつと換えても惜しくはないと評される名品ばかりである。

これを見るために参集した公家は太政《だじょう》大臣近衛前久を筆頭に、九条兼孝、一条内基、二条昭実《あきざね》など四十人にも及んだ。

名物披露の仕度も公家衆の接待も、すべて坊丸ら小姓衆の役目なので、一日中神経を張り詰め、あわただしく過ごさなければならなかった。

だからつい眠り込んだのも無理からぬことだが、坊丸は己れの懈怠《けたい》を恥じた。

それ以上に、眠りの中で聞いた父の言葉が気になっていた。

(殿の大事じゃ。何をしておるか)

戦場枯れしたわれ鐘のような怒鳴り声が、今も耳底にはっきりと残っていた。

あたりはまだ暗かった。

空は曇っているらしく、月も星も見えない。ご寝所の庭にたかれたかがり火だけが赤く燃えている。

時折薪《まき》のはぜる音がするほかは、しんと静まり返っている。

(今何刻《なんどき》だろう)

つかの間うたた寝をしただけなのか、それとも長々と寝入り込んでいたのか、自分でも判断がつかなかった。

坊丸は懐《ふところ》から種火入れを取り出した。灰に埋めた炭が半分ほど燃え残っている。夜明けまではまだ一刻近くあることが、それで分った。

天地は夜の静寂に包まれ、異変の起こる気配はない。眠りの中で聞いた亡《な》き父の罵《ば》声《せい》は、いったい何を告げようとしていたのか……。

坊丸はご寝所の控えの間《ま》に行き、兄蘭丸に声をかけた。

「坊丸か」

閉ざしたままのふすまの奥から、すぐに返答があった。

一歳上の兄は近習筆頭として重く用いられ、夜も常に信長の側《そば》近くに仕えていた。

「眠りの中で、父の声を聞きました。何やらただならぬ胸騒ぎがいたします」

「気のせいであろう」

蘭丸はそう答えるほど凡庸《ぼんよう》な男ではなかった。

一瞬の判断の遅れが生死を分ける戦場に身を置いてきただけに、予感や虫の知らせというものを決しておろそかにはしない。

「これより境内《けいだい》の様子を見てまいります。宿直の交代をお願いします」

後の手配を頼むと、坊丸は在番の兵二人を連れて見回りに出た。

本能寺は南は四条坊門、北は六角通りに面した四町四方の広大な寺である。

信長の宿所と定められて以来、外堀を深くし土塀《どべい》を高く築いて、城のような構えに作り替えられていた。

境内には信長が宿所とする奥御殿と、政務を執《と》るための表御殿があり、表御殿には常時三十人ちかくの御番衆がいた。厩《うまや》と馬場もあった。

こうした施設は本能寺の寺域を召し上げて築いたもので、旧来の寺の建物は境内の北半分に押し込められ、土塀でへだてられていた。

坊丸が真っ先に案じたのは、火の不始末だった。

寺の南半分には、旧来の堂舎と新築した殿舎が入り組んで建ち並んでいる。どこからか火の手が上がれば、またたく間に奥御殿に燃え移る恐れがあった。

次に懸念《けねん》されるのが、刺客《しかく》の侵入である。

信長は自ら陣頭に立って中国の毛利を討ち、天下統一を成し遂げようとしている。これを怖《おそ》れる毛利が、忍びを洛中《らくちゅう》に送り込んで信長の命をねらうことは充分に考えられた。

坊丸は殿舎の周囲を見回り、表門のくぐり戸を出て外の様子をうかがった。

いつもと変わりはない。

門前には甲冑《かっちゅう》姿の番衆が二十人ばかり、かがり火をたいて警固に当たっている。信長直属の馬廻り衆だけに、槍《やり》を立て鉄砲の火縄を点じて、少しの油断もなく持ち場についていた。

坊丸は次の間《ま》に引き返し、異変がなかったことを蘭丸に告げた。

「そうか。ご苦労であった」

「これより宿直に戻りまする」

「その儀は無用だ。詰所に戻って休むがよい」

「明朝卯《う》の刻に起こすよう、殿に命じられておりまする」

「そちも疲れておろう。後のことは私が計らうゆえ、案じずともよい」

兄の配慮に感謝しつつ小姓詰所に戻り、肩衣《かたぎぬ》だけを脱いで横になった。

あと半刻ばかりで夜明けである。このまま体だけ休めていようと思ったが、横になるなり引きずられるように眠りに落ちた。

どれほど眠っていたのだろう。

坊丸は表門の方から聞こえてくるざわめきに目を覚ました。

何やら押し問答をするような声が上がり、太刀を打ち合わせる金属音がする。

誰かが喧嘩《けんか》でも始めたのだろうか。

眠りから覚めきれないままぼんやりと考えていると、つるべ撃ちの銃声が上がった。

二十発ばかりの連射が三度、整然と間をおいてくり返された。織田家得意の三段撃ちである。

坊丸はぐさりと胸を刺されたような痛みを覚えた。

あれは喧嘩などではない。本能寺に攻め寄せた敵の攻撃にちがいなかった。

「起きよ。敵襲じゃ」

大声を張り上げて小姓衆を起こすと、大刀をつかんで表門に向かった。

何者の仕業《しわざ》か確かめるためだが、表門はすでに破られ、鎧《よろい》の袖印《そでじるし》さえつけていない黒ずくめの兵たちが乱入していた。

坊丸はすぐにきびすを返し、詰所の階上にある物見櫓《やぐら》に登った。

洛中はようやく明けそめたばかりだった。夜の名残りをのこす薄水色がかった景色の中に、軍勢がびっしりとひしめいていた。

南の四条坊門、北の六角、東の西洞院《にしのとういん》、西の油小路《あぶらのこうじ》、本能寺のまわりの通りという通りが鎧武者に埋め尽くされていた。

五千、いや一万は下るまい。のぼりも旗指物《はたさしもの》もない幽霊のような軍勢が、無気味な沈黙を保ったまま展開を終えている。

（謀叛《むほん》だ）

坊丸はすぐにそうと察した。

堂々と攻め寄せた敵なら、身許《みもと》を隠すような卑怯《ひきよう》な真似《まね》をするはずがない。

（でも、誰が……）

その疑問に答えるように、四方からいっせいに喊声《かんせい》が上がり、のぼり旗が天に向かって突き立った。

水色の地に桔梗《ききよう》の紋を染め抜いた、惟任日向守《これとうひゆうがのかみ》光秀の軍勢である。

坊丸は一瞬はらわたがずり落ちるような無力感にとらわれた。

光秀は羽柴《はしば》秀吉と並び称される、織田家中きっての智将《ちしよう》である。その男がこれだけの軍勢を動かして謀叛を企《くわだ》てたからには、万に一つも脱出する可能性はないにちがいない。

それでも気力をふり絞り、急を知らせるために奥御殿に駆けつけた。

蘭丸はご寝所の廻り縁にいた。

白いたすきをかけ、手には一間《けん》半ばかりの槍を持ち、近習たちに矢継ぎ早に防御の指示をしていた。

奥御殿の門を厳重に閉ざし、厩口や台所口には畳を積み上げて弾《たま》よけにした。

「兄上、敵は明智どのでございます」

「確かか」

「物見櫓に登って確かめました。桔梗ののぼり旗を押し立てた一万余の軍勢が、寺のまわりにひしめいております」

「日向守どのが、何ゆえ……」

蘭丸はしばし茫然《ぼうぜん》とした。

信長にあれほど重く用いられた光秀が謀叛を起こすとは、どうしても信じられないようだった。

その時、背後のふすまが音もなく開き、織田信長が姿を現わした。

「これは謀叛か」

鋭い目であたりを見回し、耳をそば立てて気配をさぐった。

「御意《ぎょい》」

蘭丸が片膝《かたひざ》立ちになって答えた。

「いかなる者の企てじゃ」

「明智日向守どのと思われまする」

その返答を聞いても、信長は眉《まゆ》ひとつ動かさなかった。

目を宙に向けたまましばらく何事かを考えた後、

「いましばらく敵を支えよ。女どもを先に落とし、奥御殿に火をかけよ」

手短に命じ、ご寝所に引きこもった。

蘭丸はそれだけですべてを察したらしい。小姓や馬廻り衆を呼びつけ、それぞれに役を割りふった。

「お坊、お力、その方らは小姓衆を引き連れ、菅屋《すげのや》どのと共に殿をお守りせよ」

「兄上は」

末の弟の力丸がたずねた。

「私は影とここで死ぬ。早く行け」

坊丸にはその意味が分らなかったが、問い返している暇《いとま》はない。力丸や小姓衆十人ばかりを引き連れて奥に向かった。

入れ替わるように、髷《まげ》を結《ゆ》い白小袖を着た男がご寝所から飛び出していった。顔も体つきも、信長と瓜《うり》二つだった。

小姓の中には驚いて足を止める者もいたが、本物の信長は寝所にいた。すでに鎖かたびらと皮袴《かわばかま》をつけ、床几《しょうぎ》に腰を下ろしている。

「あれは影じゃ。うろたえるでない」

菅屋角蔵が手厳しくとがめた。

信長は万一の時に備えて影武者を連れ歩いていたが、そのことは小姓衆にさえ明かしていなかった。

「我らはこれより、殿をお守りして敵中を突破する。たとえ最後の一人となろうとも、殿の御楯《みたて》となって戦うのだ」

角蔵は馬廻り衆筆頭。身の丈《たけ》六尺を超える偉丈夫で、馬上筒の名手だった。

信長は床几に座ったまま動こうとはしなかった。唇をきつく引き結び、じっと一点を見据えている。何を考えているのか誰にも分らない、深い空虚をはらんだまなざしだった。

やがて厩口から銃声が上がり、敵の喊声が間近で聞こえた。台所口からも必死で防戦する身方の気配が伝わってくる。

奥御殿の各所に火が放たれ、ご寝所にも黒い煙が流れ込んで来た。

「殿、そろそろ」

角蔵にうながされて信長が立ち上がった。

いつもと変わらぬ落ち着いた足取りで、取り次の間《ま》から御座の間《ま》へと下がっていく。

付き従うのは馬廻り衆七人、小姓衆十二人だけだった。

御座の間はすでに火に包まれていた。障子戸がそり反《かえ》るようにして燃え上がり、欄間《らんま》にも火が移っている。

その火がちろちろと天井をなめ、格《ごう》天井に描かれた狩野《かのう》派の色鮮やかな絵を黒くすすけさせた。

信長は御座の間に座り、

「水」

ひと言ぼそりとつぶやいた。

坊丸はそれを聞くなり、床の間に生けた露草を投げ捨て、白磁の花器をつかんで賄《まかな》い部屋に駆け込んだ。

料理場に引いた樋《とい》からは、常に水が流れ落ちている。その水を花器に受けて戻ろうとすると、中庭を十数人の女たちが横切っていくのが見えた。

信長の侍女たちが、御局《おつぼね》の間《ま》から裏門へと逃れているらしい。

先導するのは厩奉行の青地与右衛門だが、その出立《いでた》ちがふるっていた。六尺褌《ふんどし》ひとつになり、桔梗紋の旗指物を背負っている。

そうして空を抱き込むように両手を広げ、

「女衆じゃ、通されよ。女衆じゃ、御免こうむる」

そう触れながらあわてる風でもなく歩いていく。

与右衛門は相撲取り上がりだけに、腹の突き出た堂々たる体軀《たいく》をしている。その男が褌ひとつになって土俵入りでもするように歩くのを見ると、敵も身方も虚をつかれたように道を開けた。

坊丸はその見事さにしばし見惚《みほ》れ、急に現実に引き戻された。

女衆の中に小袖をかぶって顔を隠した者が四人いる。そのうちの一人は、黒く豊かなおすべらかしを腰のあたりまで垂らしていた。

（あれは……）

お阿茶《あちゃ》の局《つぼね》にちがいない。

誠仁《さねひと》親王の女御《にょうご》勧修寺《かじゅうじ》晴子《はれこ》が、信長の寝所を訪ねていたのだ。

坊丸は一瞬そんなことを考え、すぐに己れの懈怠《けたい》に気付いて御座の間に戻った。

「遅い」

信長はいつものように短く怒鳴り、花器の水に口をつけた。

ふた口ほど飲んで角蔵に渡す。角蔵が押しいただいて口をつけ、次の者にまわした。

明智勢はどうやら厩口と台所口を突き破り、奥御殿の中庭まで乱入したらしい。ご寝所に向かって撃ちかける銃弾が、時折御座の間をかすめていった。

それでも信長は動こうとしない。

（いったい何を待っておられるのか）

坊丸がそう問いたげな視線を投げた時、血だらけになった影が戻って来た。腹に銃弾を受け、背中にも二本の矢が突き立っている。その姿は死にゆく信長そのものだった。

「殿、お別れでござる」

影は最後の声をふり絞り、段差のある敷居に足を取られて倒れ伏した。

信長の動きは迅速《じんそく》だった。馬廻り衆を先に立て、書院を突っ切って納戸《なんど》へ向かった。小姓衆はわけが分らないままその後に従っていく。

火は東西から迫っているが、北側だけはまだ無事だった。

納戸は奥御殿の北西の角にある。

北側の本能寺の寺域との間には土塀を巡らし、通用門も開けてはいない。西側は築《つい》地塀《じべい》で、その外側は堀である。

信長はなぜそんなどん詰まりへ行こうとするのか。

坊丸は解《げ》せないまま、信長のすぐ後ろを走りつづけた。

御縁座敷の角をまわって裏庭に出た時、突然忍び装束《しょうぞく》の十人ばかりと出くわした。

信長を討ちもらすことを怖れた光秀が、からめ手から入れたらしい。

敵は信長に気付くなり短弓を射かけてきた。

それより早く、馬廻り衆五人がぴたりと体を寄せて信長の楯になった。

胸や腹に矢を受けても、馬廻り衆は微動だにしない。互いの体をしっかりと支え合い、巌《いわお》のように立ち尽くしている。

その脇《わき》からたてつづけに銃声が上がった。

角蔵が二連式馬上筒で、二人の射手を撃ち殺した。

敵が新たな矢をつがえた時には、怪力無双の高橋虎松《とらまつ》が杉戸をはずして楯板にし、そのまま敵の方に押し詰めていった。

「今だ。かかれ」

坊丸はそう叫ぶなり虎松の後につづいた。

頭にかっと血がのぼり、恐怖も痛みも感じない。二尺三寸の刀を握りしめて敵の中に飛び込み、無我夢中で暴れまわった。

弟の力丸も小姓たちも、手槍や刀で戦っている。まだ十五、六歳の少年ばかりだが、日頃から厳しい鍛練をつんでいるので、敵に一歩もひけを取らなかった。

その間に信長は、馬廻り衆に守られて書院の方へと引き返した。

残り少なに討ち減らされた忍びの頭《かしら》が、合図の笛をたてつづけに吹いた。

信長がここにいることを身方に知らせているにちがいない。

坊丸はとっさに刀を逆手《さかて》に持って投げつけた。切っ先はあやまたずに相手をとらえ、胸元に深々と突き立った。

素手になった隙《すき》につけ込み、横合いから大上段に斬《き》りつける者がいた。

坊丸は反射的に腰をさぐった。あいにく脇差しは身につけていない。

「兄上、危ない」

力丸が手槍《てやり》で敵の刀をはね上げようとした。

だが相手はよほどの手だれらしく、槍の柄《え》をすぱりと両断し、力丸の首から胸にかけて深々と斬り裂いた。

頸《けい》動脈が両断されたのだろう。

力丸の首からおびただしい血が噴き出した。

相手が返り血をさけようと一歩下がった瞬間、背後に回った高橋虎松が腕を目がけて刃をふるった。

ひじの下から斬り落とされた敵の腕が、刀を握りしめたままぼとりと落ちた。

虎松は片腕になった相手に組みつき、後ろから羽交い締めにした。

「お坊、お力の仇《かたき》を討て」

その叫びに我に返った坊丸は、両断された手槍をつかみ、敵のあごを下から突き上げた。

槍の穂先が脳天から突き出るほどの一撃に、相手は声もなく倒れ伏した。

「力丸、しっかりしろ」

駆け寄って抱き起こしたが、すでに虫の息である。

「早く殿を……」

信長が去った方に気づかわしげに目をやり、最後の力をふり絞って体を起こそうとした。

「案ずるな。命にかえてお守りする」

両の目から涙がどっとあふれ出した。

これは夢か。夢なら早く覚めてくれ。坊丸は心の中で叫びながら信長の後を追った。

信長は角蔵ら数人の馬廻り衆に守られて、書院からお焚火《たきび》の間《ま》に向かっていた。

書院はすでに火の海である。

その中を突っ切ろうと飛び込んだ途端に、突風に吹き散らされた炎が顔をなぶったが、もはや熱ささえ感じなかった。

お焚火の間は中央に囲炉裏を切った二十畳ばかりの部屋である。

武家の主従は互いの結束を固めるために、ここで同じ釜《かま》の飯を食べ、酒をくみ交わしながら一夜を過ごす。

その部屋で信長は再び行く手をさえぎられた。合図の笛を聞いた十数人の忍びが、刀や槍を手に取り囲んだ。

壁を背にした信長を、五人の馬廻り衆が守っている。いずれも武芸の達人だけに、忍びたちも攻めあぐねていた。

その様子を見るなり、坊丸は後先の考えもなく敵に斬りかかった。虎松も生き残った五人の小姓も、必死の形相《ぎょうそう》で後につづいた。

捨て身の攻めに、敵の包囲陣の一角がくずれた。角蔵らは信長を守りながらそこを突破し、長廊下へと走り出た。

納戸はこの廊下の半町ばかり先にあった。

坊丸は長廊下に立ちはだかって敵をはばんだ。

廊下は幅一間ばかりで、両側は壁である。信長が納戸に逃れるまで、小姓衆七人でここを死守するつもりだった。

だが敵の忍びは身軽だった。

短弓を持った男が身方の肩に飛び乗り、信長目がけて矢を放った。

矢継ぎ早に放たれた二本の矢は、坊丸らの頭上を真《ま》っ直《す》ぐに飛び、信長の背中に突き立った。

信長は前に倒れそうになる体を手槍で支え、もの凄《すご》い形相でふり返った。

その怒りは敵にではなく、主君を守りきれなかった小姓たちに向けられている。

坊丸はそう感じた。虎松も同じ思いなのだろう。

「おのれ、よくも殿を」

そう叫ぶなり、短弓を持った男に斬りかかろうとした。

ところが数人の敵にはばまれ、眉間《みけん》を射抜かれてあお向けに倒れた。

その間に坊丸らは信長の間近まで下がった。

「納戸へ……、納戸へ行け」

信長は角蔵に肩を支えられながらあえいだ。

その時、廊下の向こうに二人の人影が現われ、黒煙の中を駆け寄って来た。

(敵か)

誰もが一瞬息をのんだが、

「殿、ご無事でござるか」

そう叫びながら現われたのは、湯浅甚助と小倉松寿《おぐらしょうじゅ》だった。

二人とも昨夜洛中《らくちゅう》に宿を取っていたが、本能寺での異変を知ると、明智勢の雑兵《ぞうひょう》に身をやつして信長のもとに駆けつけたのだ。

「傷は浅い。早く敵を追い払え」

信長は遅参をとがめる口調で命じた。

「かしこまって候《そうろう》」

甚助は桶狭間《おけはざま》の合戦以来、常に信長の馬廻りにあった勇者である。光秀謀叛《むほん》と知ると、焙烙玉《ほうろくだま》を腰兵糧《びょうろう》のように結び付けて持参していた。

焙烙玉とは素焼きの陶器に火薬をつめた手投げ弾である。

甚助が火縄に点じて投げると、計ったように敵の頭上で爆発した。

狭い廊下だけに威力も大きい。十人ばかりの忍びは前後に吹き飛ばされ、黒いむくろとなって床に横たわった。

だが、信長はついに納戸にたどり着くことはできなかった。戸を開けた途端、先回りした忍びが中から槍を突いたのだ。

七寸ばかりの穂先が、信長の腹を深々と貫いた。

信長は反射的に槍の柄をつかみ、我が身に何が起こったのかを確かめようとした。

苦痛の色は少しも浮かべていない。ただ、この理不尽な現実が受け容《い》れがたいようなどまどった表情をしたばかりだった。

次に、刺した相手に視線を移した。

「お、おのれは、伊賀の……」

「風の甚助でござる」

覆面をした忍びは、身動きもせずに答えた。

時間が止まったような一瞬の静寂があり、信長の顔に凄《すさ》まじい憤怒《ふんぬ》の相が現われた。

「シャアー」

人のものとも思えない甲高《かんだか》い叫びを上げると、相手の眼球を手槍で突き刺し、左右にねじり回して頭蓋《とうがい》を切り割った。

それが、信長がこの世で討ち取った最後の敵だった。

怒りの発作が鎮《しず》まると、槍をつかんだまま力尽きたように膝《ひざ》からくずれ落ちた。

「殿」

坊丸が真っ先に駆け寄った。

角蔵も甚助も、あまりのことに魂を消し飛ばされたらしい。呆《ほう》けたような顔で茫然《ぼうぜん》と立ち尽くすばかりだった。

「お蘭か」

信長は力ない手で坊丸の頭をなでた。

「いえ、坊丸でございます」

「余のむくろを、敵に渡すな。死を悟られては……」

信長は何かを言いかけ、宙をにらんだまま息絶えた。

火はすでに御殿の北側にも回っていた。

炎と煙が突風に吹かれ、筒のようになった長廊下から押し寄せて来る。

生き残った九人は、信長の遺体を納戸に運んで戸を閉ざした。

納戸の三方には作りつけの棚があり、昨日の茶会で披露した天下の名物が、箱に入れたまま納めてあった。

広さは十畳ばかりあるが、窓ひとつない行き止まりの部屋である。

信長はなぜここに固執したのだろう。溺愛《できあい》した茶器とともに、最期《さいご》を迎えるつもりだったのか。

坊丸は信長の死を受け容れられないまま、暗い部屋を悄然《しょうぜん》とながめた――。

信長公討死にのくだりまで語られると、森坊丸どのは急に口を閉ざされた。

両手できつく膝がしらを握りしめ、焦点の定まらぬ哀《かな》しげな目を宙に向けたまま、深い物思いにとらわれておられた。

私も大きく心を揺さぶられていた。

本能寺を一万余の軍勢に包囲されながら、なおも脱出の道をさぐろうとなされていたことが、ひたすらおいたわしく身につまされるのである。

近頃の軍記物などでは、信長公は一代の英傑にふさわしく従容《しょうよう》と死につかれたと記されることが多いが、それは武士の心根の何たるかを知らぬ者の言い草である。

武士は最後の最後まで戦うものである。たとえ一人で万余の敵に当たろうとも、やすやすと諦《あきら》めたりはしない。

まず勝つ道をさぐり、勝てないと見たなら逃げる計略を巡らし、逃げることもかなわぬとあれば一人でも多くの敵を道連れにする。

そんな金剛石のような覚悟がなければ、とても戦場の修羅《しゅら》場《ば》に立つことはできない。

まして信長公は歴戦の勇者だけに、我が身にどんなことが起ころうとも即座に対応できるように、日頃から策を講じておられたのである。

では、信長公が逃れようとなされた納戸《なんど》には、いったいどんな仕掛けがあったのか。

私は一刻も早くその秘密を知りたかったが、哀しみに魂の抜けたような坊丸どのの様子を見ると、あからさまにたずねることははばかられた。

再び雨が降り始めたらしい。

あたりが急に暗くなり、庫裏《くり》の板屋根を叩《たた》く雨音が聞こえた。

頭上から降るまばらな音に耳を傾けながら、私はじっと坊丸どのの気持が鎮まるのを待った。

雨は次第に激しくなり、突然天を白く染めて稲妻が走った。

中庭の樹木が一瞬影絵のように浮き上がり、地を揺らして雷鳴がとどろいた。

「ああ、殿が……、殿が怒っておられる」

天をあおいだ坊丸どのの目から、どっと涙があふれ出した。

雷鳴はひとしきりつづいた。

その音が信長公のお怒りの声のように聞こえるのか、坊丸どのは静かに涙を流しつづけておられた。

人は泣くべきである。

耐えきれぬ苦しみを抱えて生きていかねばならぬ者にとって、涙は絶望の淵《ふち》から立ち上がるための心やさしき伴侶《はんりょ》である。

胸の苦しみを涙にとかして流しているうちに、坊丸どのの気持も次第に鎮まってきたらしい。たわけの清麿ごときの前で手放しで泣いたことを恥じるような、はにかんだ表情をなされた。

「本能寺の納戸には、何か特別な仕掛けがあったのでございましょうか」

私はこの機を逃さずにたずねた。

「あった」

坊丸どのはぼそりと言って、再び当日のことを語り出された。


塗りごめの納戸の戸を閉ざすと、中は真っ暗になった。

だが表で燃えさかる炎の明かりが戸の隙間から射《さ》し込み、目がなれるにつれてまわりが見えるようになった。

生き残った九人は信長の遺体を囲み、座り込んだままうなだれていた。

殿が果てられたからには、もはやすべてが終わったのだ。誰もがそう思い、気が萎《な》えて立ち上がることさえできなかった。

その間にも遺体からは血が流れつづけた。槍を抜いた傷口からわき水のように流れ出し、納戸の床に血だまりを作った。

坊丸はそれが悔しくてならず、傷口を押さえて血を止めようとした。だがどんなに強く押さえても、止めることなどできなかった。

血はまるで命あるもののように指の間からしみ出していく。坊丸はたまらなくなって、信長の血を飲み尽くそうとした。この偉大な魂のしたたりを、これ以上一滴たりとも落としてはならぬと思った。

「お坊、やめぬか」

角蔵が背後からえり首をつかみ、横に引き倒した。

その拍子に顔を床に打ちつけ、頰の皮がずるりとむけた。燃えさかる書院を突っ切って来た時に、ひどい火傷《やけど》を負っていたのだ。

それでも信長の死に動転していたため、少しも痛みを覚えなかった。

「むくろを敵に渡すなとのお申し付けじゃ。これよりご遺体を寺に運び、ご火葬申し上げる」

角蔵がご遺体を軽々とかつぎ上げた。

甚助と松寿の動きも速かった。

納戸の棚に置いた茶器の名物を次々と床に払い落とし、棚板を取りはずした。後ろの板壁を横に引くと、人が腰をかがめて通れるほどの出口が開けた。その奥には地下につづく抜け穴があり、幅広の梯子《はしご》がかけてあった。

松寿が火縄に火をともして先導し、甚助が後につづいた。坊丸たち小姓衆も、意外な仕掛けに驚きながら、梯子段を下りていった。

地下には高さ一間、幅三尺ほどの通路があり、はるか遠くへとつづいていた。最後に甚助が梯子を下り、石の扉で通路を閉ざした。その直後に地上で爆発が起こり、土砂が降り落ちる音が扉の向こうから聞こえてきた。抜け穴の入口をふさぐために、納戸の天井裏に土砂が積んであったのだ。

こうした仕掛けを目《ま》の当たりにして、坊丸にもようやく信長の考えが分った。万一敵に奇襲された場合には、影を替え玉にして死んだと思わせ、自分はこの通路を通って脱出するはずだったのだ。

蘭丸が影と共に討死にしたのも、信長が影の死を見届けてから動いたのもそのためだろうが、明智光秀はこうした策を封じるためにからめ手から忍びを入れていたのである。

それにしても、この通路はいったいどこにつづいているのか。

坊丸は解《げ》せぬ思いをしながら角蔵の後ろをついて行った。

いかに通路が長くとも、本能寺の周囲に巡らした堀の下をくぐって洛中に出ることはできないはずである。

殿はいったいどこに活路を見出《みいだ》そうとなされたのか……。

一町ばかり歩いた時、松寿が急に足を止めた。通路はそこで行き止まりになっていたが、岩壁を横に引くと木呂《ころ》が回る音とともに簡単に開いた。

その奥には二十畳ばかりの部屋があった。松寿が中に立つと、まわりの壁が火縄の明かりを反射して黄金色に輝いた。

そこは安土城ご天主の七重目とまったく同じ作りだった。

三間四方の座敷の内側に金箔《きんぱく》を貼《は》り、内柱には昇り龍下り龍《りゆう》を描き、格《ごう》天井には今しも空から舞い下りようとする天人の図、四方のふすまには三皇五帝、孔門十哲、商山四皓《しこう》、竹林七賢の図が描かれていた。

西側のふすまを開けると、ぱっと明るい光が射し込み、眼下に琵琶湖《びわこ》が広がっていた。

遠くに雪をいただいた比叡《ひえい》の山々がかすみをおびて連なっている。

それは描かれたものだった。地階なのに光が入るのは、ビードロ鏡などを使って工夫をこらしていたからだろう。

だがその光景を見た瞬間、坊丸は安土城に戻ったのだと信じた。

信長はこの国で初めて、己れが神であると宣言した天下人である。朝廷も寺社も否定し、この世を己れの膝下《しっか》に治めようという強烈な野心を持っていた。

（そうするだけの力と才覚を備えておられただけに、命果てたその瞬間に常人《じょうにん》には計りがたい奇跡をお示しになり、比叡の山々も琵琶湖もくぐり抜けて、安土城まで導いて下さったのだ）

そんな思いに打たれて陶然としたが、それは信長を失って動転した果ての錯覚にすぎなかった。

そこは本能寺の寺域の北側に建てられた経堂《きょうどう》だった。経典を納めておくための蔵の地下に、ひと時身を隠すための座敷を作っていたのだ。

瀕死《ひんし》の重傷を負った影の姿は、明智勢の多くが目撃している。しかも奥御殿は猛火に包まれて炎上したので、明智勢は信長は死んだものとみて囲みを解く。

その時までここに身をひそめていれば、脱出する機会もあると考えていたにちがいない。

寺域には明智勢は乱入していなかった。

南側の殿舎からは紅蓮《ぐれん》の炎と黒煙が上がり、時折つるべ撃ちの銃声が聞こえたが、寺域はいつもと同じたたずまいだった。

堂舎仏閣が建ち並ぶ中を、焼き討ちを怖《おそ》れた僧侶たちが寺宝や経典を抱えて裏門へと駆けていく。

坊丸たちは本堂裏の墓地に行き、薪《まき》を集めて信長の遺体を荼毘《だび》にふした。薪だけでは足りないので、卒塔婆《そとば》や墓標を集めて井桁《いげた》に組み、その上に遺体をのせた。

だが人の体とはなかなか焼けないものだ。

早くしなければ敵に発見される恐れがあるので、粗朶《そだ》をくべたり板切れで風を送ったりしたが、気が急《せ》くばかりでなかなか埒《らち》があかなかった。

そんな時、たすき掛けした二十人ばかりの僧を連れて清玉上人が裏門から駆けつけたのである。

「それ以後のことは、おのれも聞き及んでいるであろう」

坊丸どのは私を鋭い目で見据えられた。

「清玉上人は殿とご昵懇《じっこん》の間柄だったので、我らも日頃からご面識をいただいていた。その上人が、

『火葬は出家の役なれば、ここをば愚僧にお渡しあれ。僧徒も多数召し連れてまいったゆえ、ご火葬にいたし、お骨を寺に持ち帰って埋葬し、お墓を築きご葬礼ご法事もとどこおりなく相勤めまする。おのおの方はこれより存分の働きをなされるがよろしかろう』

そうおおせられるのを聞くと全員大いに喜び、敵の中に斬《き》り入って討死にすること
にした。
ところが菅屋どのは、私にだけはこの場に残れと命じられた。
『そちは殿のおぼえもめでたかったゆえ、清玉上人に仕えて殿と家臣たちの菩提《ぼだい》をと
むらえ』
否《いや》も応もない命令である。
失意のあまり茫然と立ち尽くす私の肩を軽く叩くと、菅屋どのは土塀に梯子をかけ
て燃えさかる殿舎に引き返して行かれた。
六人の仲間も後事を託し、にっこり笑って死地の中に飛び込んでいった。
最後まで残られた湯浅どのは、腰の焙烙《ほうろく》玉を一つ二つ、経堂に投げ込まれた。途端
に爆発が起こり、経堂は屋根を吹き飛ばされて炎上した。
『死すも定め、生きるも定めじゃ。方々のご遺志を無駄にしてはなりませぬぞ』
清玉上人が私の肩を抱くようにして諫《いさ》められた。
ふいに抑えていた気持が胸元までせき上げ、私は声を上げて泣いた。上人の法衣《ほうえ》を
握りしめ、子供のように泣きじゃくった。
上人は荼毘の間に私の頭を丸め、供の僧侶に加えて寺から連れ出して下された。

殿のご遺骨は、上人自ら法衣の袖《そで》に包んで持ち出し、蓮台野の寺に運ばれた……」

坊丸どのは再び口を閉ざされた。

何やら思い詰めた目をして黙り込んでおられたが、やがて怒りの形相となり、唇ばかりか頤《おとがい》までがわなわなと震え出した。

人は胸の秘密を打ち明けた時に、よくこうした状態におちいるものだ。沈黙を守りきれなかった羞恥《しゅうち》と、大事な思い出を汚《けが》したような後悔と、いくら話したところで誰にも分ってはもらえまいというやる瀬なさに、いたたまれない思いをするからである。

坊丸どののそうした思いは、話を聞き出そうとした私への怒りとなって爆発した。

「清麿、おのれごときに殿のことが分ると思うか」

坊丸どのは血走った目を見開いて私をにらみつけられた。

「思いませぬ」

私は真っ正直に答えた。

「ならば何ゆえ、殿を描こうなどという僭越《せんえつ》な真似《まね》をする」

「分らぬゆえに描きたいのです」

「たわけが。分らぬものが描けるはずがあるまい。光秀が誰にそそのかされて謀叛《むほん》を起こしたか、秀吉がなぜあれほど早く軍勢を返せたか、おのれには分るか。ええ、何も分りはするまいが」

「……」

「本能寺の変の背後には、朝廷も関わった数々の陰謀があった。それを知っておられたがために、清玉上人は秀吉の手の者に害され、誠仁親王は割腹せざるをえない立場に追い込まれたのじゃ。そのようないきさつを何ひとつ知らず、物書きどもが見てきたような絵空事を書き散らしておる。おのれもそのような輩《やから》の一人にすぎぬのじゃ」

「確かにそうかも知れませぬ。されど一心に念じて信長公に向き合えば、何かの知恵を授けて下さるやも知れませぬ。そのことのみを頼みとして、今のうちに公のお姿を写しておきたいのでございます」

私はさるやんごとなきお方から、変について書き残してほしいという依頼を受けたことを打ち明けた。

「朝廷秘蔵の文書類とあの頃の記憶をつなぎ合わせれば、お坊どのが先ほどおおせられた陰謀の実態を明かすことができるやも知れませぬ。それゆえ何としてでもお力をお借りしたいのでございます」

「そうか。おのれは公家《くげ》の出であったな」

坊丸どのはさも憎さげに吐き捨てられた。

「ならば武士とはちがった見方ができるかも知れぬ」

「ご助力をたまわれましょうか」

「よかろう。ただし殿のことを描くからには腹に刃《やいば》をのんでおけ。たとえ一行でも懈《け》怠《たい》の文章あらば、私が即座に成敗してくれる。それでも承知か」

坊丸どのの凄《すさ》まじい気迫は、まるで在《あ》りし日の信長公のようだった。

私は懐《なつ》かしさと怖ろしさと青年の頃のような気持の高ぶりを覚えながら、承知でございますと返答した。

翌日から禁裏の学問所に日参し、秘蔵の文書や記録、公家の日記などの調査にかかった。

ところが思いもかけぬ困難が待ち受けていた。

禁裏には『御《お》湯《ゆ》殿《どの》の上《うえ》の日記』というものがある。清涼殿《せいりようでん》の御湯殿の上の間《ま》で帝《みかど》に近侍した女官《にようかん》たちが記した当直日誌で、禁裏の動静を知るには恰好《かつこう》の史料である。

また公家の諸家には、後世の子孫の範とするために残した日記がある。

これらに目を通せば本能寺の変に際しての朝廷の動きは分ると思っていたが、変の後にそれらの史料の多くが焼却されたり隠蔽《いんぺい》、改竄《かいざん》されていた。

『御湯殿の上の日記』は天正《てんしょう》十年二月からの分が抜け落ちているし、吉田兼見卿《かねみきょう》が記された『兼見卿記』などは天正十年正月から六月までの分がそっくり書き換えられている。

また我らがご家門さまである前久公にいたっては、織田信孝公や秀吉公が山崎の合戦に勝って上洛《じょうらく》されると、関係書類をことごとく処分し、洛中から出奔《しゅっぽん》して徳川家康公のもとに身を寄せておられる。

こうした不都合があるものの、残されたものを丹念に読んでいくうちに意外な事実に行き当たることも多かった。

中でも驚いたのは、『多聞院《たもんいん》日記』の天正十四年七月二十六日のくだりである。

この二日前に急逝《きゅうせい》された誠仁親王のことについて、多聞院英俊《えいしゅん》は次のように記している。

〈親王様崩御云々《うんぬん》、疱瘡《ほうそう》と云《い》はしかと云、一説には腹切御自害とも云々、御才三十五才也と、自害ならば秀吉王に成られるは一定《いちじょう》か、天下の物怪《もののけ》也、一天ただ諒闇《りょうあん》とはこのごとき事也、浅猿《あさまし》々々、女御を誰ぞ盗む故《ゆえ》と云々〉

この一文を読んだ時、私は即座に誠仁親王さまが割腹せざるをえない立場に追い込まれたという坊丸どののお言葉を思い出した。

また本能寺の変の前夜に、勧修寺晴子さまが信長公の寝所を訪ねておられたという話に思い当たった。

だとすれば親王さまが割腹なされたのは、ご即位が間近に迫ったこの時期に、女御さまと信長公との不行跡《ふこうせき》が問題となったからではないか。

そしてそれを暴《あば》いたのは、親王さまが帝になられることを怖れた秀吉公ではなかったのか。

私は変の背後に隠された多くの謎《なぞ》に当惑しながらも、物語にとりかかった。

第一章　左義長《さぎちょう》

天正《てんしょう》九年（一五八一）の年が明けた。

新年の幕開けというものは、誰にとっても嬉《うれ》しいものだ。年が改まると同時に我が身にも何か喜ばしきことが起こるのではないかという期待に心が浮き立つものだが、ここ安土《あづち》城下はひときわ華やかな雰囲気に包まれていた。新年の到来を祝って馬揃《うまぞろ》えを行なうと、昨年暮れに織田信長が触れていたからである。

安土城の西の門から東の門まで、華々しく飾り立てた織田家の馬廻り衆が行軍するというので、大手前の道は美しく掃き清められ、沿道には見物のための桟敷《さじき》が用意されていた。

信長のお祭り好きは熱烈で、やることも度はずれて華やかである。

しかも集まった群衆にまで行き届いた施しをするので、庶民にとっても大きな楽しみになっていた。

この日はあいにく夜半から雨が降り出し、元旦《がんたん》の朝になってもやまなかったが、誰一人馬揃えが中止になると思う者はいなかった。

信長には天をも動かす力がある。この雨も馬揃えが始まる午《うま》の刻には上がるにちがいない。

そう信じているらしく、辰《たつ》の刻過ぎには周辺の村や宿場の者たちが三々五々と連れ立って安土城下に集まっていた。

初めてこの地を訪れた者がまず度胆《どぎも》を抜かれるのは、安土城の大きさと華やかさである。

安土山の山頂に築かれた天主は五階七重で、高さが十五丈ちかくもある。軒瓦《のきがわら》や破風《はふ》には金箔《きんぱく》をほどこし、六重と七重の柱や高欄は朱塗りなので、天上に浮かぶ王宮のようだった。

その雄姿は琵琶湖《びわこ》のほとりのいたる所からのぞむことができるが、いざ城下に到着してみると、予想よりはるかに大きいことに改めて驚かされる。

天主ばかりではない。安土山には本丸や二の丸、三の丸などの曲輪《くるわ》が築かれ、それぞれに贅《ぜい》を尽くした殿舎が建ち並んでいる。

その有様は山全体を巨大な城に作り替えたようだった。

この日信長は、天主七重目の座敷で年明けの酒宴を催していた。招かれたのは、織田信忠、信雄《のぶかつ》、信孝の三兄弟と、菅屋《すげのや》九右衛門、堀久太郎ら数名の近臣ばかりである。

そのせいか、それとも間近に迫った馬揃えに気持が高ぶるのか、信長はいつになく機嫌がよかった。

信長は日頃酒を口にしない。

だがこの日は珍らしく屠蘇《とそ》酒を飲み、三献《さんこん》の盃事《さかずきごと》を行なった。

信長が飲み干した盃が、信忠以下の列席者に順次回されていく。これが三巡することを一献という。

祝言《しゅうげん》などのめでたい席では三献を常とするために、三々九度の盃という呼び方がされる。

金箔をちりばめた竹林七賢の図を背にして座った信長は、盃が回る様子を黙って見つめていた。

酔ったせいか肩の力を抜いてくつろいでいたが、心中の気がかりは多かった。

今年で四十八歳。人間五十年と『敦盛《あつもり》』に謡《うた》われた年は間近に迫っている。

だが天下を平定し、唐《から》、天竺《てんじく》にまで版図《はんと》を広げようという遠大な夢は、ようやく半ばまで実現したにすぎなかった。

（あと十年、いや二十年の命が欲しい）

信長は切実にそう思った。

己れ一人でできることは限られている。あと二十年死にもの狂いで駆けたとしても、果たしてどこまでたどり着くことができるのか……。

年とともにそうした気弱さを覚えることがあるだけに、手足となって働き、志を継いでくれる者を切実に欲していた。

だが三人の息子は、どう贔屓目《ひいきめ》に見てもその器《うつわ》ではない。万一自分が斃《たお》れたなら、たちまち秀吉や光秀の軍門に下ることになるだろう。

それが明確に見えるだけに、時折ふっと息子たちに憎しみを覚える時がある。お前らは何をしているのかと、鼻面《はなづら》とって引き回したい怒りに駆られることがある。

この時もそうだった。

重臣たちにかしずかれ、まるで一人前のような顔をして酒を飲んでいる三人を見ると、信長はその心底をためさずにはいられなくなった。

「お蘭」

近習《きんじゆう》の森蘭丸を呼んで我意を告げた。

信長は近習以外には直接言葉をかけない。絶対者として振る舞うためには、軽々しい言葉を発することはできなかった。

「ご一門さまに申し上げます。新しき年にあたり、いかようなる存念《ぞんねん》をお持ちか聞きたいとおおせでございます」

蘭丸が平伏して三人に告げた。

「お答え申し上げまする」

まず嫡男《ちやくなん》信忠が口を開いた。

生駒《いこま》氏の娘吉乃との間に生まれた世継ぎで、二十五歳になる。日頃は冷静沈着で物静かだが、ひとたび戦場に出れば烈火のごとき働きをする。

武将としての才にも恵まれ、治政の手腕も充分で、信長も六年前に織田家の家督と尾張、美濃《みの》の本領をゆずって後継者にと目していた。

だが信忠の性格には陰気なかげりがあり、一途《いちず》に思い詰めて意固地に我を張り通そうとする。

幼い頃から信長になつこうともしなかったが、近頃では胸の内に反感を隠し持ったような態度を取ることが多くなっていた。

「本年は天下平定の仕上げの年と承知しております。越後の上杉、甲斐《かい》の武田、西国《さいごく》の毛利を討伐し、日本国中ことごとく父上の命に服させねばなりませぬ。それがしに武田討伐の先陣をお任せいただけるなら、美濃より攻め入り存分の働きをする所存にございます」

話しているうちに、信忠の丸くふっくらとした顔に朱がさしてきた。気負いのせいで酒の酔いが急に回ったらしい。

信長に対して反抗的な態度を取るのも、父親に負けまいという気負いからで、男としては見所があると言うべきだった。

「兄上がおおせられたごとく、それがしも天下平定のために尽力する所存にございます」

次男信雄が後につづいた。

信忠とわずか一歳しかちがわないが、馬にもまともに乗れない凡庸《ぼんよう》な男で、武将としての才は無きに等しい。

ただひとつの取り得は、茶の湯や能楽が好きで、勉学を欠かさぬことだった。

「されどそのために何をすべきかは、それがしのような者には分りませぬ。父上のご下命《かめい》に従い、身を粉《こ》にして働くばかりでございます」

信雄がこれほどへり下った物言いをするのは、二年前の伊賀攻めで大失態を演じたからだ。

信雄は十二歳の時に伊勢の北畠《きたばたけ》家の養子となった。

伊勢を領国に組み込もうとする信長の戦略に従ってのことで、伊勢長島の一向一揆《いっき》や石山本願寺との戦いにも従軍している。

だが、華々しい働きをしたことは一度もなかった。

配下の武将たちも表では信長の子として重んじていたが、裏に回ればその器にあらずと陰口を叩《たた》いていた。

そうした立場に身を置くことに耐えられなくなったのか、天正七年九月、信雄は信長の命令を待たずに七千の軍勢をひきいて伊賀の国に攻め込んだ。

天下の耳目をそば立てるほどの働きをしようという功名心《こうみょうしん》に燃えてのことだが、この出兵は無残に失敗し、多くの将兵を失って退却するという結果に終わった。

激怒した信長は、今後このようなことがあれば親子の縁を切るばかりか命の保障もしないと叱《しか》りつけた。

烈火のごとき一喝《いっかつ》に骨の髄までちぢみ上がった信雄は、それ以後信長の前に出ると必要以上にへり下った態度を取るようになっていた。

「それがしは西国平定の総大将を拝命しとうございます」

威勢よく申し出たのは、三男信孝だった。

側室である坂氏の娘が産んだ子で、年は信雄と同じである。

そのせいか信雄に対して競争心をむき出しにする難点はあるが、さっぱりとした明るい気性で、戦場での働きにも見るべきものがあった。

「すでに羽柴《はしば》筑前守《ちくぜんのかみ》は播磨《はりま》、美作《みまさか》を平定し、伯耆《ほうき》に兵を進めようとしております。丹後、丹波の兵を合わせて山陰道の後詰めとなし、それがしが二万の軍勢をひきいて山陽道を攻め下ったなら、毛利などたやすく滅ぼすことができましょう」

三人の言葉を聞いているうちに、信長の懸念《けねん》はますます大きくなった。

こいつらは自分の頭でものを考えていない。まわりから教え込まれたことを、鸚鵡《おうむ》の口真似《まね》のようにくり返しているにすぎないのだ。

しかも自分でそのことに気付いていないところに、雛鳥《ひなどり》のごとき危うさがあった。

信長はもう一度息子たちを試したくなった。

お前らは軽々しく天下平定などと言うが、敵をすべて滅ぼした後にはどうやって天下を治めるつもりなのか。

その問いに答えよと命じた。

「将軍になられるべきと存じまする」

信忠は源頼朝《よりとも》や足利尊氏《たかうじ》のように幕府を開くべきだと考えていた。それが武家にとってもっとも自然な在《あ》り方だというのである。

「それがしなどには、考えも及ばぬことでございます」

信雄は明言をさけた。

考えがないわけでもなかろうに、うかつなことを口にして信長から叱責《しっせき》されることを怖《おそ》れているのだ。

「関白になるのがよろしゅうございましょう」

信孝は物怖《ものお》じせずに言い放った。

織田家の遠い先祖は藤原氏なのだから、関白になるのがもっともふさわしいという。

だが関白となってどんな統治をするかについては何も考えていなかった。

信長が欲しているのは力だった。

天下を平定し、諸国の力を結集して海外に進出する。そのためにはどんなやり方で治めるのがもっとも適しているのか。

問いの主旨はそこにあったが、三人ともそんなことには考えも及ばないようだった。

（無理もあるまい）

信長は深いため息をつき、天井に描かれた天人御影向図《ごようごう》をあおいだ。

「ただ今、近衛《このえ》内府さまがまいられました」

ふすまの外から取り次ぎの声が上がり、赤いビロードのマントを肩にかけた近衛信《のぶ》基《もと》が入って来た。

前《さき》の関白近衛前久《さきひさ》の嫡男で、弱冠十七歳ながら内大臣に任じられている。

四年前に元服した時に信長が烏帽子《えぼし》親《おや》を務め、信の一字を諱《いみな》として与えた。

以来、親子同然の付き合いをつづけていた。

「新年おめでとうございます。ご尊父さまの健《すこ》やかなるご様子を拝し、祝着《しゅうちゃく》この上なきことと存じまする」

信基は居並ぶ重臣たちには目もくれず、信長の御前に真《ま》っ直《す》ぐに進んだ。

涼やかな立居振る舞いといい、瓜実《うりざね》顔のすっきりとした顔立ちといい、貴公子と呼ぶにふさわしい青年である。

公家《くげ》ながら信長に心酔することひと通りではなく、暇さえあれば京都から馬を飛ばして安土城にやって来る。

南蛮《なんばん》渡来のマントに革袴《かわばかま》という出立ちも、信長を真似てのことだった。

「本日は馬揃えをなされると聞き、かような品を持参いたしました。何とぞお納めいただきとう存じまする」

信基が差し出した紫色の包みを、蘭丸が受け取った。西洋の文字を記した木箱の中には、黒革の長靴が入っていた。

すねの中ほどまでの長さがあり、はきやすいように外側が大きく割れている。そこを革紐《かわひも》で締めるようにした斬新《ざんしん》な作りだった。

「大儀じゃ」

信長は初めて直《じか》に口をきき、このような物をどこで手に入れたかとたずねた。

近年南蛮船がさかんに堺《さかい》に入港し、西洋の文物を伝えるようになったが、これほど見事な靴は珍らしかった。

「薩摩《さつま》の坊の津から取り寄せた品に、私が手を加えたのでございます」

「どこに手を加えられたのでございますか」

蘭丸がたずねた。

この十七歳になる若者は、信長の様子を見ただけで正確に意中を察し、わずらわせることなく用を果たす。

沈黙を己れに課した信長にとって、なくてはならない側近だった。

「外側に切り込みを入れ、紐で締めるようにいたしました。また長《なが》の行軍におみ足が冷えぬよう、内側に兎《うさぎ》の毛を張り合わせてございます」

自分で工夫し、近衛家出入りの職人に加工させたという。後に三藐院《さんみやくいん》流の書道の祖になったほど感性豊かな男だけに、常識にとらわれない奔放《ほんぽう》な発想をする。

気性も豪胆で、馬術にも鷹狩《たかが》りにもたけた、公家にしておくのが惜しいような若者だった。

信長も信基がすこぶる気に入っていて、時期をみて猶子《ゆうし》にしようと心づもりをしていた。

信長は偉大な武将であると同時に、冷徹な政治家である。

やがては信基を関白にし、朝廷を御していこうという目論見《もくろみ》もあるので、この年若い内大臣が天下平定後の統治のあり方についてどのように考えているのか聞いておきたかった。

「よい機会じゃ。信忠と張り合わせてみろ」

信忠と信基を交互に見やり、声低くけしかけた。

「いかなる統治をするかは、ご尊父さまが何を望んでおられるかによって変わると存じます」

信基はしばらく考えを巡らし、落ち着き払って口を開いた。

「もしこの日の本のみの平安を望まれるのであれば、朝廷より征夷《せいい》大将軍職をいただいて幕府を開き、諸大名に領国を与えて治めさせるべきでございましょう。されど天下平定後に唐《から》、天竺《てんじく》にまで兵を進めるお考えであれば、幕府では用が足りぬと存じます」

「何ゆえでございましょうか」

信長に代わって蘭丸がたずねた。

「領国を得た大名たちは、天下のことより自家の利益を先に考えるようになるからでございます。前の幕府の頃には、三管四職《ししき》家でさえ足利将軍家をないがしろにいたしました。これではとても天下の力を結集することはできませぬ」

「結集するためには、どうすればよいのでございましょうか」

「かつて秦《しん》の始皇帝《しこうてい》が行なったように諸国に官吏を配し、ご尊父さまの意のままに動くように命ずるべきでございましょう」

「そのような統治をなされた例が、この国にはありましょうか」

「古代に律令《りつりょう》制がととのっていた頃には、帝《みかど》のご親政によってそのような政《まつりごと》が行なわれていたと伝えられております」

信基はよどみなく答えた。

摂政、関白を歴任してきた近衛家の十七代当主だけあって、政治に対する知見の深さには並々ならぬものがあった。

「その例にならうとすれば、殿はいかようなる官職につかれるべきでございましょうか」

「朝廷の顕職《けんしょく》について政を行なう道もございましょうが、それではご尊父さまの大望はついえることとなりましょう」

「何ゆえですか」

「朝廷には神代《かみよ》より伝わった数々の定めと仕来《しきた》りがございます。朝廷内に身を置けば、そうした定めに従わざるをえなくなります」

「それでは道はないのでございましょうか」

「いいえ。ひとつだけございます」

信基は折敷《おしき》から盃《さかずき》を取り、ゆっくりと酒を飲み干した。

人の注意を引きつける術《すべ》を知り尽くした、心憎いばかりの態度だった。

信長は焦《じ》らされることを何より嫌う。

その気性を知り抜いている蘭丸が、おだやかに先をうながした。

「日の本の王になられることでございます。秦の始皇帝は、強大なる力によって周王朝の権威を乗り越えました。ご尊父さまも同様に朝廷の権威を乗り越え、王として天下に君臨なされるべきと存じます」

「岐阜中将《ちゅうじょう》さまは、ただ今の内府さまのお言葉をいかように聞かれましたか」

蘭丸が信忠に話を向けた。

信忠は天正五年に従三位《じゅさんみ》左《さ》近衛《こんえ》中将に叙されて以来、岐阜中将と呼ばれていた。

「朝廷の権威を乗り越えよとは、内大臣さまとも思えぬ暴言と存じまする」

信忠は丸みをおびた顔に怒りさえ浮かべていた。

「帝や朝廷は、神代の昔より地上の平安と民の幸せを願って神々に礼を尽くしてまいりました。それゆえ諸国の民も朝廷の権威を重んじるのでございます。臣下の身でこの大権をおかすは、僭上《せんしょう》の極みでございます」

「幕府を開いても天下の力をひとつにはできぬと内府さまはおおせられましたが、このことについてはどうお考えでございますか」

「諸大名に領国の統治を任せても、やり方によっては力を集めることができましょう。それに諸国によって民の気質も暮らしぶりもちがいまする。これを一律に治めようとしては、かえって弊害多く国の疲弊を招くものと存じます」

「ただ今の中将さまのお言葉を、内府さまはいかように聞かれましたか」

「国の統治というものは、いつの世も諸刃《もろは》の剣《つるぎ》でございます。法を厳しくすれば民の自由は失われ、民の自由を重んじれば国の規律はそこなわれます。天下を諸国一律に治めようとすれば、確かに岐阜中将が申されたような弊害も生まれてまいりましょう」

信基は内大臣だけに、従三位の信忠を中将と呼び捨てにした。

「されど天下の力を集めて唐《から》、天竺《てんじく》までも討って出るとあらば、少々の犠牲はやむをえますまい。一万の軍勢をひきいていながら、二千、三千の将兵を失う恐れがあるからといって合戦をためらう武将がおりましょうか」

「内大臣さまにおうかがいしたい」

信忠が信基の方に向き直った。

「貴卿《ききよう》は天下平定の後には、唐、天竺まで兵を進めるべきだと考えておられるのでございますか」

「もしご尊父さまがそれをお望みなら、私も内大臣としてできうる限りの力添えをするつもりでございます」

「そのためには、父上に朝廷の上に立てとおおせられますするか」

この問いには、年若い信基もさすがに返答をためらった。

いかに信長に心酔していようとも、内大臣の身で帝の権威をおかしてもいいとは言えないのである。

「内大臣さまは先ほど少々の犠牲はやむをえないとおおせられたが」

信忠がにわかに勢いづいた。

「民に犠牲を強《し》いるには、万人が納得しうる道理が必要でござる。道理なく犠牲を強いれば、武力によって押さえつけるしか方法はござらぬ。秦の始皇帝の治世がわずか一代で終わったのは、道理なき圧政を民が見限ったからでございましょう」

「お蘭、もうよい」

信長は甲高《かんだか》い声でさえぎった。

信基の才覚も信忠の真意もよく分った。これ以上争論が進めば、二人とも抜きさしならぬことを口にしかねなかった。

「信基、この日の本にかほどの者がいたか」

信長は再び直にたずねた。

かほどとは、朝廷の権威を乗り越えようとした者を指している。

「日本国王を名乗られたのは、三代将軍足利義満公のみでございます」

信基は信長の意中を察して即答した。

巳《み》の刻にはやみかけていた雨が、馬揃《うまぞろ》えが始まる午《うま》の刻が近づくにつれて激しくなった。

ふすまを開けると、比叡《ひえい》の山々が雨に白く煙っていた。数万、数千万の雨のすだれが、眼下の琵琶湖に音もなく吸い込まれていく。

七重目の廻り縁に立ってそれをながめていると、まるで天上にいるようである。

信長はしばらく空を見上げてから、馬揃えの中止を告げた。

自身も楽しみにし、城下の者からも大いに期待されていただけに、雨に邪魔されるのは不本意である。

この無念は、馬揃え以上に派手な催しをしなければ晴らせなかった。

信長は蘭丸一人を廻り縁に呼び、松原町の海端に新しい馬場を築くように命じた。

「奉行は九右衛門、久太郎に命ずる。十日以内に作れと申し付けよ」

信長の命令は常に簡潔で、絶対だった。

空はからりと晴れていた。

空気もきりりと澄んで、純白の雪をいただいた鈴鹿《すずか》や比叡の山々がくっきりと鮮やかだった。

安土山の東側の松原町に作られた馬場のまわりには、数万人の群衆が集まり、左義《さぎ》長《ちょう》が始まるのを今や遅しと待ちわびていた。

雨にたたられて元日の馬揃えを中止した信長は、一月十五日の左義長を盛大に催すことにしたのである。

左義長は小正月の火祭り行事だが、その起源は朝廷で行なわれていた打毬《だきゅう》にある。

打毬は唐人の装束《しょうぞく》で馬に乗り、二組に分れて木の杖《つえ》でまりを打って競う遊技で、朝廷では古くから正月を祝うめでたい行事として行なわれてきた。

この遊技に使う毬杖《ぎっちょう》を祝儀物として贈る風習が公家の間に定着し、破損した毬杖を陰陽師《おんようじ》が小正月に焼くようになった。

これを三毬杖と呼ぶようになったのは、おそらく三本の毬杖を束《たば》ね、やぐらのように立てて燃やしたからだろう。

やがて三毬杖に左義長の字が当てられ、正月のしめ飾りを焼くトンド焼きとなって武家や庶民の間にも広がった。

この左義長を馬揃え以上に盛大な行事とするために、信長は菅屋九右衛門らに十日以内に馬場を作れと命じたのである。

馬場は大きく湾入した琵琶湖のほとりに築かれていた。

広さは南北五町、東西三町ばかりもあり、中央の三カ所に高さ三丈ほどの青竹が組み上げてあった。

青竹の枝には正月のしめ飾りや短冊《たんざく》が結び付けられ、いつでも火をつけられるように根元に藁《わら》や粗朶《そだ》を積み上げてある。

三つの青竹のまわりには三尺ほどの柵《さく》を巡らし、その外側に馬が駆け回るための道がある。

開始の刻限が近づくにつれて群衆の数はふくれ上がり、熱気は異様なほどに高まった。

「新年を迎えるにあたり、信長公はあるご決断をなされた。その成就《じょうじゅ》を祈念するために、銭《ぜに》配りをなされるそうだ」

そんな噂《うわさ》が風のように流れ、近江《おうみ》ばかりか周辺の国々からまで人が集まり、群衆の数は優に五万人を超えていた。

安土城下の人口は六千人ばかりなのだから、実にその十倍ちかい数である。これを目当てに物売りが店を出し、芸人や遊女が小屋掛けをして客を呼び込んでいた。

やがて未《ひつじ》の刻となり、つるべ落としの冬の日が西に傾き始めた頃、馬場の入口で華々しい銃声が上がった。

信長直属の鉄砲衆が、空に向けて空砲を放ったのだ。

その音に度胆を抜かれて静まり返る群衆の前に、織田家の面々が姿を現わした。

露払いを務めるのは、色鮮やかな装束に身を包んだ二十騎ばかりの小姓衆である。

その中には森蘭丸、坊丸、力丸の三兄弟や高橋虎松《とらまつ》もいたが、全員覆面をしているので見分けがつかなかった。

その後ろを、葦毛《あしげ》の馬に乗った信長が進んだ。

黒い南蛮笠《なんばんがさ》をかぶり、顔にはくっきりと化粧をほどこしている。緋色《ひいろ》の小袖《こそで》に唐錦《からにしき》の袖なし羽織を重ね、腰には虎皮のむかばきを巻いている。

金の鐙《あぶみ》に乗せた足は、正月に近衛信基が献上した黒革の長靴に包まれていた。

驚いたことに、信長と馬を並べて進むのは信基の父前久だった。

五摂家筆頭近衛家の当主でありながら、黄金の覆面をし、緋《ひ》毛氈《もうせん》の水干《すいかん》を着て、純白の馬にまたがっている。

二人の後に北畠中将信雄、織田三七信孝、織田七兵衛信澄などがつづいたが、いずれも覆面ですっぽりと顔をおおっていた。

一門衆の後には重臣や馬廻り衆、弓衆など五百騎ばかりが、同様に覆面をかぶり、整然と列をなして入場してきた。

南蛮笠をかぶった信長のみが素顔をさらし、家臣は全員覆面をしたこの異様な光景に、群衆は息をのんで立ち尽くした。

覆面は単に顔を隠すためのものではない。人がこの世ならざるものに成り変わろうとする時に身にまとうものだ。

この世の掟《おきて》から解き放たれて神々と同化し、神の化身《けしん》として地上に下り立つ者が覆面をかぶると、我が国では古くから信じられてきた。

それゆえ地上の掟に反逆しようとする者は、ひとしく覆面をかぶったのだ。盗人しかり、一揆《いっき》を起こす者しかりである。

こうしたことまで勘案してみると、信長が家臣全員に覆面をさせたことには重大な意味がある。

端的に言えば、「この世ならざる身となって余に仕えよ」ということだ。

人がこの世の掟を超えて仕える対象はただひとつしかない。神仏である。

信長は家臣全員に覆面をさせることで、己れ自身が神仏と化したと宣言したのだ。

あるいは神仏と化すという強い決意を表明したと言ってもいい。

群衆は直感的にそのことを悟ったのだろう。

信長が入場した時には静まりかえっていた見物席が次第にざわめき出し、やがて熱狂的な歓喜の渦に包まれていった。

毅《き》然《ぜん》と前を見据えたまま馬場をひと回りすると、信長は桟敷《さじき》に置かれた黄金作りの床几《しょうぎ》に腰を下ろした。

右脇《みぎわき》には小姓の森蘭丸が、左には近衛前久が座り、一門衆や十数名の重臣たちは一段低くなった床に控えていた。

今日の左義長に加わるために、明智日向守《あけちひゅうがのかみ》光秀がわざわざ伺候《しこう》していると噂されていたが、覆面をしているために見分けることはできなかった。

馬場の入口で再びつるべ撃ちの銃声が上がり、黒覆面に黒装束の三十騎ばかりが素晴しい速さで駆け込んで来た。

織田軍団屈指の馬廻り衆が、十騎ずつ魚鱗《ぎょりん》の陣形を組み、三列に重なったまま馬場を一周した。

真《ま》っ直《す》ぐ走る時も左に大きく曲がる時も、一糸乱れぬ陣形を保っている。馬も並はずれて大きく、四肢は見事な筋肉におおわれていた。

その一団がひと回りすると、赤覆面に赤装束の三十騎が同じ陣形をとったままぴたりと後ろについた。

ひと回りするごとに黄色、紫、白の一団が加わり、総勢百五十騎が五色染めの布のように丸く連なって馬場を駆け回った。

その美しさと速さ、馬が地を蹴《け》る力強い地響きが、織田軍団の強さを何より勇弁に物語っていた。

銃声の合図とともに五色染めが馬場の出口から流れ去ると、一騎駆けの強兵《つわもの》どもが駆け込んで来た。

色とりどりの鎧《よろい》をまとい、覆面のかわりに面頬《めんぽお》を付け、背中には巨大な母衣《ほろ》を背負っていた。

母衣とは後ろからの矢を防ぐためにマントのように布をなびかせたものだが、やがて中に竹ひごを入れて風をはらんだ形に作り、旗指物《はたさしもの》のかわりに用いるようになった。

指物とは戦場での働きを主君や戦目付《いくさめつけ》に見てもらうための目印なので、遠くからでもひと目で分るように派手で奇抜で大きなものでなければならない。ところが大きなものを背負えば動きにくくなり、目立つ物を用いれば敵の標的にされやすい。

だから巨大な母衣は勇者の証《あかし》だった。

鉄の規律で統率されている織田軍団にあって、勝手気ままな一騎駆けが許されている希有《けう》な者たちである。

当然信長の評価も高く立身出世の道も開かれていたが、そんなものには目もくれずに一騎駆けの栄光に生きる心憎い男たちだった。
十五、六騎がさっそうとひと回りした後には、白い覆面をした雑兵《ぞうひょう》が出て馬場の数カ所に柵を立て土嚢《どのう》を積み上げた。
坂東《ばんどう》一の馬乗りである矢代《やしろ》勝介が、左義長の祝いに曲乗りを披露するために、愛馬とともに駆けつけたのだ。

柵の高さは一間以上もあり、土嚢は四間ほどの間を空けてうず高く積み上げてある。どうやら堀や堀切りに見立てて飛び越える趣向のようで、底には槍《やり》の穂先を植えた板が敷き詰めてあった。

あれでは仕損じたら命はあるまい。

誰もが固唾《かたず》をのんで見守っていると、童髪《わらわかみ》の少女が白い子馬に乗って馬場をひと回りした。

勝介の身内の者らしく、柵や土嚢の位置を慎重に確かめている。少女と子馬が小さいだけに、柵の高さや土嚢の幅の広さが遠目には際立《きわだ》って見えた。

「あれは誰だ」

信長は少女の美しさに興味をひかれた。

まだ十歳にもなるまいが、目鼻立ちのととのった清楚《せいそ》な顔立ちをしている。何より きびきびと馬を乗りこなす姿が見事だった。

「矢代勝介の娘で、駒《こま》と申す者でございます」

蘭丸が即座に答えた。

「近衛、あれはどうじゃ」

信長は近衛前久とだけは直に話をする。前関白でもあり、五摂家筆頭近衛家の当主として朝廷を左右するほどの力を持っている傑物なので、ただ一人友人として遇していた。

「どうと申されますと」

前久は黄金の覆面の下から目だけをのぞかせていた。

「乗馬の腕前じゃ。なかなかのものと見たが」

「おおせの通り、なまなかの大人ではとても太刀打ちできますまい」

前久は乗馬にも鷹《たか》狩《が》りにも、信長に匹敵するほどの腕を持っていた。

「信基ならどうじゃ」

信長は正面を向いたままお駒の動きを追っていた。

「とてもとても。いまだに鞍《くら》にしがみついている未熟者でございますゆえ」

前久は大げさに謙遜《けんそん》した。

「そうかな。昨秋鷹狩りにともなった折には、家来どもに劣らぬ働きぶりであったが」

「お目をかけていただくのはありがたいことですが、しょせんは公家《くげ》でございます。武家には遠く及びませぬ」

前久は嫡男《ちやくなん》信基が信長に接近し過ぎることに危惧《きぐ》を抱いていた。信基を取り込んで朝廷を牛耳ろうという信長の意図を見抜いているからである。

お駒が馬場の下見を終えて引き揚げると、栗毛《くりげ》の馬に乗った矢代勝介が姿を現わした。

赤糸おどし金小札《こざね》の鮮やかな鎧をまとい、大鍬形《くわがた》の前立てを打った兜《かぶと》をかぶっている。

しかも身動きが楽な当世具足《ぐそく》ではなく、源平の合戦の頃のような大鎧である。重さが七、八貫はあろうかという骨董品《こっとうひん》のような代物《しろもの》だった。

あれではとても柵を飛び越えることはできまい。土嚢の間の槍ぶすまに落ちて、人馬ともに串刺《くしざ》しになるのではないか。

誰もがそうした懸念《けねん》に息をこらして、勝介の動きを見守っている。さっきまで熱気にざわめいていた場内が、水を打ったように静まり返っていた。

勝介はしばらく馬上で瞑目《めいもく》し、音も高らかに鐙《あぶみ》を蹴った。

栗毛の馬は見る間に加速し、最初の柵を軽々と飛び越えた。二番目の柵も難なく飛び越え、堀に見立てた土嚢にかかった。

ちょうど信長の桟敷の正面である。

土留めのように積み上げられた俵の間には、西日をあびて朱色に輝く槍の穂先が隙《すき》間《ま》なく並んでいる。

栗毛の馬は土嚢の頂きを後ろ足で力強く蹴り、竿《さお》立ちになりながら天に向かって跳躍《ちようやく》した。

四肢たくましい巨体が中空でわずかな弧を描き、落下にかかると同時に前傾の姿勢となって四間の幅を飛び越えた。

その鮮やかな軌跡は、まさに天馬空を行くがごとしである。

これにはさすがの信長も、驚嘆せずにはいられなかった。

「近衛、われにあのような芸当ができるか」

信長はそんな言葉で驚きを表わした。

「できるはずがありますまい。弓矢取っては那須《なすの》与一、手綱取っては矢代勝介、とても人間業《わざ》とは思えませぬ」

「あの娘の手並みも見たいものじゃ。そうは思わぬか」

「さようでございますな」

「信忠がここにおれば競わせてみるのじゃが」

信長が何気なさそうに口にした一言には、容易ならざる意味があった。

信長が信基を取り込もうとしているのと同様に、前久は信忠を掌中《しょうちゅう》にしようと上洛《じょうらく》するたびに近衛邸に招き、歌会や茶会、能などを催してもてなしていた。

その合間には朝廷と武家のあり方について、それとなく吹き込んだりする。

信忠が幕府を開くべきだと考えるようになったのも、知らぬ間に前久に感化されてのことだった。

それに気付いている信長は、信忠の名をそれとなく口にして前久を牽制《けんせい》し、代わりに信基を出せとほのめかしたのだった。

「信忠卿《きょう》なら後れを取られることはありますまい」

前久は何も気付かぬふりをして澄ましていた。

牛には四つの胃袋があるというが、公家にも四つばかりの腹がある。朝廷と家を守るためならどんな手練手管《てれんてくだ》も平然と使う、油断ならない連中だった。

「お蘭、信基を呼べ」

腹芸を破るには行動を迫るに限る。それが何度も煮え湯をのまされた末に信長が会《え》得《とく》した、公家との付き合い方だった。

信基は漆黒《しっこく》の馬に乗ってさっそうと現われた。

業病《ごうびょう》をわずらった者のように白い覆面をかぶり、卑賤《ひせん》の色とされる柿色《かきいろ》の衣をまとっている。肩には銀色の十字架を描いた黒いマントをかけるという傾《かぶ》ききった装《よそお》いだった。

「そちは何者じゃ」

信長が機嫌のよさを声音に乗せてたずねた。

「我は第六天の魔王の下部《しもべ》」

信基が短く答えた。

第六天の魔王とは、多くの眷属《けんぞく》をひきいて仏道の妨げをなす外道《げどう》である。信長はかつて自分こそ第六天の魔王だと名乗ったことがあった。

「下部ごときが何ゆえ地上に下り立った」

「ここに魔王ありしゆえに」

「その白覆面は何の謂《いい》ぞ」

「この地上は穢土《えど》たりしかば、我が面《おもて》さらすに足らず」

「柿色の衣は」

「一揆を催さんと企《くわだ》つるなり」

「背《せな》のマントは」

「大宇須《ダイウス》教の神に通じん」

「ならば下部よ。これをつかわす」

信長は頭にかぶった黒い南蛮笠《なんばんがさ》をはずし、手ずから信基に渡した。

信基はうやうやしくいただき、しっかりと頭にかぶった。その笠ひとつで、ちぐはぐに見えた信基の装束が急に調和のとれたものとなった。

柵《さく》や土嚢を片づけた馬場で、信基とお駒の馬競《うまくら》べが行なわれることになった。

信基は異形の装束のまま漆黒の馬にまたがり、お駒は水色の水干を着て白い子馬に乗った。

信基の馬の方が、ひと回りも大きい。これでは公正な腕くらべにはならぬという声も上がったが、矢代勝介はお駒の馬を替えようとはしなかった。

馬場の入口にくつわを並べた二頭は、合図の声とともに勢いよく飛び出した。

桟敷前の三町ばかりの直線を駆け抜け、左に大きく曲がっていく。直線では黒馬が圧倒的な速さを見せたが、曲線にかかると馬体の大きさと速さが災いして外側に大きくふくらんだ。

その隙に白馬が内側に割り込み、結《ゆ》い回した柵すれすれに走って先に抜け出した。なんとお駒は手綱を取っていなかった。鞍の前輪を両手で押さえ、体を内側に大きく傾けている。

その巧みな重心の移動だけで、柵をなめるように馬を走らせていた。

見物席側の直線に出ると、信基は猛然と巻き返しにでた。勝つためには直線で引き離すしかないと思ったらしく、鐙を蹴り鞭《むち》を入れて馬を駆った。

だがあまりに速く駆け過ぎたために、次の曲線にかかる所で馬からふり落とされ、砂煙を上げて地に突っ伏した。

「たわけが」

近衛前久が黄金の覆面の奥で小さくつぶやいた。

祭りとは人のためにするものではない。

人が神々に感謝の意をささげるために、あるいは己れの存在を知らしめてご加護を願うために行なうものである。

だから供物《くもつ》や神楽《かぐら》が必要とされる。農民や漁民がその年初めての収穫物を供物とするように、武士は最初に取った敵の首を戦神のいけにえとする。血祭りに上げるとは、そうした風習から生まれた言葉である。

信長はこの血祭りがひときわ好きだった。大がかりな祭りを行なう時には、捕虜を引き出して群衆の前で首をはねるという残虐《ざんぎゃく》をあえて行なった。

後ろ手に縛り上げられた者が、砂洲《さす》に掘った穴の前に引き据えられ、容赦なく首を斬《き》り落とされるのは、思い出すだにおぞましい光景である。

だが人の心の中には計りがたい魔物が一匹棲《す》んでいて、恐怖に目をおおいながらも、残虐の快感に酔いしれてしまうのだ。

恐怖が大きければ大きいほど、その快感もまた大きい。だから人は怖いもの見たさに、血祭りの場や処刑場に足を運ぶのである。

信長は人の心の深奥《しんおう》まで見透す洞察力を備えているだけに、盛大な祭りを行なう時にはいけにえを欠かさなかった。

己れの力を家臣や群衆に見せつけ、「敵する者は滅び、服する者は報われる」ということを頭に叩《たた》き込んで、服従せざるをえないように仕向けたのである。

近衛信基とお駒の馬競べが終わった頃には、冬の陽《ひ》が比叡の山々の向こうに沈み、あたりは薄暗くなっていた。

逢魔《おうま》が時という。

今日はどんないけにえが血祭りに上げられるのか。信長はどんな趣向をこらして血に飢えた我々の魂を満たしてくれるのか。

誰もが固唾をのんで馬場の入口に目をこらしていた。

しばしの静寂があった。

西の空に鮮やかな夕焼けが射《さ》し、琵琶湖の面《おも》を朱色に染めている。その間を画するように、比叡の山々が影絵のように連なっている。

湖を渡って吹きつける一陣の風が、砂ぼこりを巻き上げて馬場を吹き過ぎてゆく。

その風の冷たさと静けさが、血祭りの期待にわき立つ群衆の熱気をさましていった。

と、突然、つるべ撃ちの銃声が上がった。

百挺《ちょう》ばかりの連射音が三度、合戦の開始を告げるように宙を走り、山彦を呼んで響き渡った。

その喧噪《けんそう》が終わらぬうちに、馬場の入口から一騎が飛び出して来た。全身を黒装束と黒覆面でおおい、背中に燃えさかる火を背負っている。

騎乗のまま焼き殺すつもりではないのか。

一瞬そう思ったほどの火の勢いだが、黒覆面の男は炎を背負ったまま馬場を一周し、背中の松明《たいまつ》を三カ所に組み上げた青竹に向かって放り投げた。

松明がゆるやかな弧を描いて青竹の根元に落ち、積み上げた藁《わら》や粗朶《そだ》に火が燃え移った。

三つの炎が勢いよく上がったと見る間に、火が地上を走り出した。青竹の間を、二筋の火が命あるもののように駆けていく。

火薬で道筋をつけていたのだろう。燃え上がる三つの青竹は、またたく間に炎の鎖で結び合わされ、迫りくる夕闇《ゆうやみ》に彩《いろど》りをそえた。

いよいよ左義長、世にいうところのトンド焼きが佳境に入ったのだ。どうやら今日はいけにえの趣向はないらしい。

群衆が安堵《あんど》と失望の入り混ったため息をもらした時、地の中からけたたましい声を上げて犬が飛び出した。

いったいどんな仕掛けがしてあったのだろう。

地からわき出るように次々と犬が飛び出し、百匹ちかくになって狂ったように柵の中を駆け回った。

それを見計らったように五十騎ばかりの弓衆が現われ、猛烈な速さで馬場を回りながら犬を射殺していった。

武家伝統の犬追物《いぬおうもの》である。

逃げ回る犬を馬上から射るのは、よほど鍛練を積まなければできることではない。

だが織田軍団選りすぐりの者たちだけに、一本の矢も無駄にすることなく、敵に見立てた犬を仕とめていった。

「馬引け。弓を持て」

信長は血が騒いでじっとしていられなかった。

葦毛《あしげ》の馬が桟敷《さじき》の前に引き出され、森蘭丸が重籐《しげとう》の弓を差し出した。

「近衛、われも供をせよ」

信長が替えの南蛮笠をかぶって立ち上がった。

前久は辞退しようとしたが、信長は許さなかった。

「その覆面は何のためにかぶっておる。主《あるじ》の命には従うものぞ」

そう言うなり、前久の馬を引き出すように命じた。

得物《えもの》は馬上筒である。前久は若い頃から南蛮渡来の鉄砲の修行を積み、名人と称されるほどの域に達していた。

先に信長が駆け出した。左手に弓を持ち、右手に三本の矢をつかみ、手綱も取らずに葦毛の馬を駆っていく。

奥州産の馬は他にくらべてひと回りも大きく、足も素晴しく速い。その馬を手放しであやつりながら、柵の中を走り回る犬を射た。

一本目の矢は大柄の黒犬の横腹を深々と射抜いた。素速くつがえて二本目を放つと、茶色の小犬の耳の下に突き立った。

馬はすでに直線を走り抜け、左の曲がりにかかっている。

だが信長は体重の移動だけで曲線を回りながら、三本目の矢を放った。

これは惜しくもはずれたが、見物席からは感嘆のどよめきが上がった。

あえなく落馬した信基の姿が脳裡《のうり》に焼きついているので、それ以上の速さで馬を駆りながら弓を射る信長の技量が際立ったのである。

弓、鉄砲、槍《やり》、刀、馬、どれをとっても信長は一流の域に達していた。その技を駆使して若い頃から陣頭に立ち、返り血に真っ赤になりながら運命を切り開いてきた。

同時に信長は、そうした技には限界があることも知っていた。だから英知の限りを尽くし、絶対に敵に勝つ戦略をあみ出していった。

時代は人を作るというが、信長こそ戦国乱世が作り出した傑作中の傑作だった。

前久の腕も見事だった。

黄金の覆面に緋毛氈《ひもうせん》の水干という派手な装束のまま白馬を走らせ、長さ三尺ばかりの馬上筒をあやつっている。

前久がねらうのは、射られながら死にきれずにいる犬ばかりだった。地に倒れてのたうち回る犬を選び、寸分の狂いもなく額《ひたい》を撃ち抜いていく。馬を走らせ、弾《たま》の装塡《そうてん》をしながらこんな芸当ができるとは、信じられないほどの腕の冴《さ》えだった。

不幸な犬たちがことごとく血祭りに上げられた頃には、三カ所に組み上げた青竹が炎に包まれ、竹がはじける音が相ついで起こった。

それに呼応するように、馬場の入口から派手な爆裂音が上がった。

爆竹である。

色とりどりの覆面をした三百騎ばかりが爆竹をふり回し、耳をつんざくような音をたてながら馬場になだれ込んで来た。

信長と前久は、その最後尾に馬をつけた。するとその後ろから二百騎ばかりがつづき、見物する群衆の頭上に銭の雨を降らせた。

鞍《くら》につけた皮袋から銭や小粒をつかみ出し、惜しげもなくふりまいていく。

群衆は爪先《つまさき》立って奪い合い、地にはいつくばって拾おうとした。

信長は冷ややかな目を群衆に向け、唇の端に皮肉な笑みを浮かべて馬場をひと回りすると、五百騎の家臣たちと共に安土城下へ引き揚げていった。

翌日、安土城本丸御殿の大広間で、左義長慰労の酒宴が開かれた。

招かれたのは一門衆と重臣、それに近衛前久、信基父子ら二十数人である。

末の席に居流れた重臣の中には、明智日向守光秀の姿もあった。左義長に加わるためにわざわざ伺候《しこう》したという噂《うわさ》は本当だったのである。

酒宴は無礼講だった。三献の作法にとらわれず、面々が勝手に酒を飲み談笑する。

御座の間《ま》に座った信長は、黙ってその様子をながめていた。

「それにしても内府どのの落馬ぶりは見事でござった。昨日一番の余興でござったなあ」

酒に酔ってきわどい冗談を飛ばす重臣がいた。

「あれは近衛流落馬術というものじゃ。この通り打ち身ひとつしておるまい」

信基が水干の両袖《りようそで》を広げて応酬した。

「それでは我らにもご伝授下され」

「よかろう。されど束脩《そくしゆう》はちと高いぞ」

「何をご所望でござるか」

「合戦に連れていってくれ。陣頭に立って指揮を執《と》ってみたい」

「それは高い。こちらの命がいくつあっても足り申さぬわ」

その一言が爆笑を誘った。

どうやら信基は、織田家の重臣たちにもすこぶる受けがいいようだった。

「それにしても、いずれも見事な趣向であった。都人にも見物させたいものじゃ」

「信基、まことか」

ふいに信長が口を開き、笑いさざめいていた座がぴたりと静まった。

信基は何をたずねられたのか分らず、盃《さかずき》を持ったままとまどった表情をした。

「まことに都人にも見物させたいとお考えでございますか」

森蘭丸が信長の意をくんでたずねた。

(うかつなことを言うでない)

前久がそう言いたげな厳しい視線を送ったが、年若い信基には通じなかったらしい。

「都であのような鮮やかな催しができるのであれば、是非とも披露していただきたく存じます」

「近衛、われはどうじゃ」

信長が前久に声をかけた。

「結構なこととは存じますが、洛中《らくちゅう》にあれほど広い馬場を作るのは難しゅうございましょう」

前久がやんわりと釘をさした。

黒々とした髪といい、つややかな細面の顔といい、四十六歳とは思えないほど若々しい。

だが十九歳で関白になって以来、並いる戦国大名と渡り合ってきただけに、何気ない仕草にも底知れぬ凄《すご》みがただよっていた。

「余が足利義昭《よしあき》を奉じて上洛した時、帝《みかど》と対面できるように計ろうてくれたことがあったな」

「ずいぶんと昔のことでございます」

「あれは確か左義長の日であった。あいにく対面はかなわなかったが、その返礼として今度は余が左義長を奉じたい。異存はあるまい」

「その旨《むね》を奏上し、叡慮《えいりよ》をあおがなければ、何とも返答いたしかねます」

「内大臣、そちはどうじゃ」

「帝も叡感ましますことと存じまするが、臣下の身ゆえ軽々には申し上げられません」

信基も思わぬなりゆきに慎重になっていた。

「ならば早々に奏上して許しを得よ。ただし臣下の身でご来臨を乞《こ》うのはおそれ多い。おのれらが左義長を見物したいと奏上し、朝廷より安土に要請の使者を出すよう計らうのじゃ」

「承知いたしました」

前久も信長の命令には逆らうことができなかった。

「光秀、差配はわれに命ずる。細々としたことはお蘭に聞け」

信長は思い通りに事を運ぶと、わずか四半刻《しはんとき》ほどで席を立った。

第二章　都からの使者

安土《あづち》城の南側には琵琶湖《びわこ》へとつながる沼が横たわり、天然の外堀となっていた。

信長はこの沼の対岸に真《ま》っ直《す》ぐな道を築き、城の東側の須田《すだ》と西側の豊浦《とようら》を結ぶ主要道路とした。

幅四間ちかい道の両側には並木を植え、一町おきにほうきを置いて城下の者に清掃を欠かさぬように申し付けた。

そのために多くの者たちが行き交うにもかかわらず、馬糞《ばふん》はおろかちりひとつ落ちていなかった。

登城する者はこの道を通り、沼にかけられた朱塗りの橋を渡って大手門へたどり着く。

門を入ると幅五間もある大手道が、山頂の天主に向かって真っ直ぐに伸びていた。

寸分の狂いもなく積み上げられた石段が、垂直に切り立つように一町ばかりもつづいている。

その頭上にそびえるきらびやかな天主を目にすると、大手門をくぐった者はしばし茫然《ぼうぜん》と立ち尽くさずにはいられなかった。

大手道の両側には、重臣の屋敷と来客用の宿坊があった。宿坊と呼んだのは、城内にある摠見寺《そうけんじ》の僧たちが応接役を務めていたからである。

中でも大宝坊はもっとも立派な宿坊で、よほどの賓客《ひんかく》でなければ宿泊を許されなかった。

左義長《さぎちょう》慰労の酒宴を終えて大宝坊に戻った近衛前久《このえさきひさ》は、じりじりしながら信基《のぶもと》の帰りを待っていた。

あのはね上がった愚かな息子のために、事は容易ならざる方向に進もうとしている。

だが当の本人はそんなこととは夢にも思わず、今頃は織田家の重臣たちといい気になって飲んでいるにちがいなかった。

「たわけが」

前久は思わず声を出してつぶやいた。

内大臣の身でここまで信長に取り込まれているとなると、今のうちに手を打たなければ由々しき大事になりかねなかった。

「お呼びでございましょうか」

丹後が次の間《ま》から声をかけた。

大宝坊に居座っている信基が都から連れてきた料理人で、祖父の代から近衛家に仕えている。丹後の出身なので代々そう呼ばれていた。

「いいや。独り言だ」

「酒《ささ》でもお持ちいたしましょうか」

「うむ。信基は日頃からかように遅いのか」

「いえ、さほどでもございませぬが」

丹後は逃げるように引き下がった。

まだ二十歳ばかりの若者で、信基とは気が合うらしい。前久の意に反してでも若い主人を守り抜こうという様子がありありと見て取れた。

（たわけが）

前久はもう一度声に出さずにつぶやいた。

丹後がほどよくぬくめた酒を飲みながら暇をつぶしていると、障子戸の外が急に明るくなった。

雪である。

いつの間に降り始めたのか、広々とした庭も眼下に広がる安土の町もうっすらと雪におおわれていた。

前久は縁側に立って降りつづく雪をながめていた。綿のような大粒の雪が音もなく宙を舞い、地上を白一色に染めていく。

前久は子供の頃から雪が好きだった。

雪には汚濁《おだく》にまみれたこの世を清める力がある。峻烈《しゅんれつ》な冷たさや白い輝きが、魂の汚れをはらってくれる。

幼い頃からそう感じていて、雪の朝《あした》に目を覚ますと一番に庭に飛び下り、犬ころのように駆け回ったものだ。

乳母や侍女は風邪をめされぬかと気をもんだが、前久は一向に平気だった。

公家《くげ》は真冬にでも水ごりをして身を清める。そうした伝統が寒さに強い体質を育《はぐく》んだのか、風邪はおろかしもやけになったことさえなかった。

前久は二寸ばかり積った雪の上に下りてみようと、袴《はかま》をつかんでたくし上げた。

その時、表の戸をけたたましく叩《たた》く音がして、

「丹後、今帰ったぞ。内府さまのご帰宅じゃ」

だらしなく酔った信基の声がした。

前久は袴の裾《すそ》を下げ、何事もなかったように元の席についた。

ややあって信基が入って来た。

黒い烏帽子《えぼし》をかぶり、赤いビロードのマントですっぽりと体をおおっている。顔は赤いが、足取りは意外としっかりしていた。

「これは父君、お早いお帰りでございましたな」

信基はマントを投げ捨て、丹後に酒を運ぶように命じた。

「まだ飲み足りぬか」

「もう充分ですが、何やらお話があるようなのでお付き合い申し上げましょう」

「ならば表で雪見酒とまいろうか」

二人は庭先に床几《しょうぎ》を出し、雪に降られながら酒を飲み始めた。

前久は烏帽子、水干《すいかん》姿である。マントを羽織ろうとした信基も、父と張り合って水干のまま表に出た。

「どうだ。酔った体には心地よい冷たさであろう」

「何やら父君の皮肉にさらされた時のような心地がいたしまする」

「我ら禁裏にある者の酒は、己れが楽しむためのものではない。政《まつりごと》を大過なく行なうための方便じゃ」

前久は一合は入ろうかという盃《さかずき》を軽く干して信基に回した。

給仕役になった丹後がなみなみとつぐと、信基も負けじと干して返盃《へんぱい》した。

公家は酒飲みである。

朝廷での行事があるたびに朝から酒宴が開かれるし、茶会や歌会などを催した時には必ず最後は酒宴となる。

しかしこれをただの贅沢《ぜいたく》や放蕩《ほうとう》と見なすのは誤りである。

公家たちは酒をくみ交わしながら、朝廷の運営や各家の扱いについてのきわどい根回しをする。

それとなく相手の意向をさぐり、こちらの心づもりをほのめかし、互いの面目がつぶれないような解決の道を模索するのだ。

だから公家は、酒は飲んでも飲まれてはならぬ。楽しく酔いながらなお、頭だけは刃《やいば》のように研《と》ぎすましておかねばならない。

そうした習慣が定着するうちに、相手を是が非でも酔いつぶしてやろうと企《たくら》む輩《やから》が現われ、酒の飲みくらべが行なわれるようになった。

前久が信基を誘ったのも、そのためだった。

いや、単に飲みくらべと言っては、正確さを欠くことになる。

不肖の息子に課した試練と表現した方がより真実に近い。それも多分に懲罰的な意味合いを込めた試練だった。

「左義長を都人にも見物させたいと申し出たのは、あのお方の差し金か」

前久は五杯目の盃を軽く干して信基に渡した。

「いいえ。そうではありませぬ」

「では何ゆえあのような不用意なことを口にした」

「昨日の見事さを、たたえたかったばかりでございます」

信基も五杯目に挑もうとしたが、急に吐き気が突き上げてきたらしく、あわてて口を押さえた。

「お前は本心から、あのような催しを都でやりたいと思っておるのか」

「いけませぬか」

「当たり前じゃ。あの覆面が何を意味するか、お前とて知らぬわけではあるまい。それにあのお方が派手な催しをなされる時は、必ず胸に企《たくら》みをひめておられる。それが何か、お前には分るか」

「分りません」

信基はやり込められる怒りにまかせて酒をあおった。

「しかし父君も、帝《みかど》に奏上するとおおせられたではありませんか」

「そう言うほかに、あの場を取りつくろう方法があったか」

朝廷にとって、信長は虎《とら》に似た猛獣だった。

うまく御《ぎょ》して力を借りているうちはいいが、万一牙《きば》をむいてくる事態になれば、史上類を見ないほどの残虐《ざんぎゃく》な敵となることは明らかである。

それだけに信長との交渉に当たる前久の心労は、並たいていではなかった。

雪はますます激しさを増し、前久の肩にも信基の肩にもひとしく降り積った。

庭にも大手道の石段にも音もなく積り、純白の輝きがますます鮮やかになっていく。

前久は盃に雪を受けながら八杯目まで飲み干した。

信基も何とかついてきたが、顔はすでに酔いと寒さに蒼白《そうはく》だった。

「お前はあのお方に、日の本の王になれと申したそうだな」

「岐阜中将《ちゅうじょう》から、さっそく注進があったようですね」

信長の嫡男《ちゃくなん》信忠は前久に心酔している。何か事があるたびに、織田家の内情をそれとなく知らせていた。

「そのようなことはどうでもよい。言ったかどうかとたずねておる」

「申しました」

信基は酔いにすわった目で、前久を真っ直ぐに見つめた。

「何と言ったか、この場で聞かせてくれ」

「秦《しん》の始《し》皇帝《こうてい》は強大なる力によって、周王朝の権威を乗り越えました。ご尊父さまも、同様に朝廷の権威を乗り越え……、王として天下に君臨なさるべきと……」

「声が小さい。ものを言う時ははっきりと言え」

「王として天下に君臨なさるべきと存じます。そう申しました」

「それがお前の本心か」

「……」

「答えろ。本心からそんなことを言ったのか」

前久の声はおだやかである。だが返答によっては廃嫡も辞さないという厳しさがあった。

「ご尊父さまがそれを望まれるのなら、そうあるべきと存じます」

「では朝廷はどうなる。この国は太古の昔より、帝が治められるものと定まっておる。その権威を乗り越えるものが現われてもよいと言うのか」

「朝廷など、消えてなくなればいいんだ」

信基は低くつぶやいて九杯目をあおった。

「父君は二言目には朝廷大事と申されるが、今の朝廷にいったいどれほどの力がありますか。時の権力者にこびへつらい、わずかの捨て扶持《ぶち》をもらって生き延びているだけだ。しかも千年も前の仕来《しきた》りに縛られ、体面を守ろうと汲々《きゆうきゆう》としているばかりではありませんか」

「それが、どうした」

「そんな所には、もううんざりです。かび臭い屋敷と苔《こけ》むしたようなあほう面《づら》ばかりで、息が詰まって死にそうだ」

信基はそうつぶやくなり四つんばいになって激しく吐いた。

すだれのように降りつづく雪が、その背中に容赦なく積っていった。

「ご家門さま、明智日向守《あけちひゆうがのかみ》さまのご使者がまいられました」

丹後が遠慮がちに声をかけた。

「客間に通しておけ」

前久は肩に積った雪を払い、縁側に上がった。

やり過ぎたかと思わぬでもない。だがここまでやったからには、最後の一撃まで加えておくべきだった。

「よいか信基、お前が朝廷についてどう考えようと勝手だ。だが朝廷の要職にあり近衛家の第十七代当主であるからには、主上をおとしめるような発言は金輪際許《こんりんざいゆる》さぬ。それが守れぬとあらば、即刻廃嫡するほかはあるまい」

「やってみられるがよい」

雪の上にはいつくばったまま、信基は肩を震わせて笑い出した。

「ご尊父さまは、朝廷の差配を私に任せるとおおせられた。そのご意向に背《そむ》く覚悟がおありかどうか、じっくりと拝見させていただきましょう」

信基は庭の古木にからんだ枯蔓《かれづる》につかまって立ち上がろうとしたが、命を失った蔓はたわいもなくちぎれ、頭から雪の中に突っ伏した。

(たわけが)

前久は丹後に後の始末を命じて客間に向かった。

明智光秀からの使者は、前髪姿の小姓だった。

「主《あるじ》日向守からの書状を持参いたしました。お目通しいただきとう存じまする」

前久は差し出された立て文《ぶみ》に素早く目を通した。

明日午《うま》の刻に坂本城に戻るので、山科《やましな》までなりともお送り申し上げたい。そう記されていた。

翌日には雪があがり、空はからりと晴れていた。

安土城の周辺は四季を通じて天気の変化が激しく、晴天の空がにわかにかきくもり、雷雨や突風に襲われることも珍らしくない。

岐阜からこの地に移ってきた織田家の家臣たちは、この天気をひそかに「上さま日《び》和《よ》り」と呼んでいた。

感情の起伏が激しい信長への、畏敬《いけい》と揶揄《やゆ》を込めた命名だった。

陽《ひ》が頭上にかかり、昨夜降り積った雪がとけ始めた頃、前久は四方輿《しほうごし》に乗って大須田にある明智光秀の屋敷を訪ねた。

光秀は屋敷の表門まで迎えに出ていた。

前久より八歳年上だから、五十四歳になるはずである。美濃土岐《みのとき》氏の末流の出で、若い頃から奉公衆として足利将軍家に仕えていた。

前久とはその頃からの知り合いだった。

「近衛太閤《たいこう》さま。ご足労いただきかたじけのうございます」

光秀が片膝《かたひざ》立ちになって頭を下げた。

瓜実形《うりざねがた》の美しくととのった顔立ちをしているが、髪はすでに霜が降ったように白かった。

「こちらこそ手間をかけるな」

「舟の用意をととのえております。そのままお進み下されませ」

光秀に案内されて駕輿丁《かよちょう》たちが船着場へ下り、輿ごと前久を小舟に乗せた。

高貴な身分の者は、むやみに大地を踏まぬのが朝廷の仕来りである。前久は内心不便なことだと思いながらも、近頃ではそうした仕来りに身を任せるようになっていた。

沖合いに三十挺艪《ちょうろ》の大型船が待っていた。

船側に取りつけた梯子《はしご》を上ると、対岸に連なる比良《ひら》山地が間近に見えた。真新しい雪をいただいた峰が青い空を背にしてそびえるさまは、心洗われるほどに荘厳《そうごん》である。

前久は敬虔《けいけん》な思いに打たれ、静かに頭《こうべ》を垂れた。

「今日はいい日和りでようございました」

光秀が背後に立って声をかけた。

「安土城下では、上さま日和りというそうだな」

「奥に御座《ござ》の間《ま》を用意してございます。お移り下されませ」

何事にも慎重な光秀は、聞こえなかったふりをして船屋形に案内した。

屋形の中には六畳間が縦に二つ並んでいた。

奥の間《ま》が一段高くこしらえてあり、繧繝縁《うんげんべり》の畳と金蒔絵《まきえ》の脇息《きょうそく》が置かれていた。

「心づかいはありがたいが、これは主上がご使用になるものじゃ。使うわけにはいかぬ」

前久は繧繝縁の畳を下げさせ、板張りに腰を下ろした。

「恐れ入りまする。近頃は摂関家でもご使用になるとうかがいましたゆえ」

「そのような輩《やから》もいるが、私は同意できぬ。何事も往古の仕来りに立ち返るべきなのだ」

「お引き合わせしたい者がおりまするが、よろしゅうございますか」

「うむ」

「与一郎。これへ」

光秀に呼ばれて、長身白面の青年が入って来た。

細川藤孝（幽斎）の嫡男、与一郎忠興《ただおき》である。まだ十九歳だが、十五歳の初陣《ういじん》以来赫々《かくかく》たる戦功を上げ、信長の覚えもひときわめでたい。

三年前には信長直々《じきじき》の命令により、光秀の次女玉子を娶《めと》っていた。

「こたびの左義長に加わるために、丹後の田辺城より伺候《しこう》したのでございます」

光秀も忠興の力量は高く評価している。領国の丹波と丹後は隣国なので、忠興を婿《むこ》として細川家との絆《きずな》を強めたことを心強く感じていた。

「お初にお目にかかります。細川与一郎忠興にございます」

忠興が平伏したまま名乗った。

「いや、そちとは昔会ったことがある」

前久は面《おもて》を上げるように命じた。

ひいでた額《ひたい》と意志の強そうな大きな目は、若い頃の藤孝にそっくりだった。

「それがしには覚えがございませぬ。いつのことでございましょうか」

忠興は物怖《ものお》じすることなくたずねた。

「そなたがまだ三つばかりの頃じゃ。覚えておらぬのも無理はない」

「あれは確か二条御所で行なわれた花見の宴のことでございましたな」

郷愁にかられたのか、光秀が昔を懐《なつ》かしむような遠い目をした。

永禄《えいろく》八年だから、まさに忠興が三歳の年のことである。時の将軍足利義輝《よしてる》は、二条御所に近衛前久を招いて花見の宴を催した。

この時細川藤孝や明智光秀と共に、幼い忠興も将軍への目通りが許されたのだ。

前久と義輝、そして藤孝は奇《く》しき因縁で結ばれている。

前久の祖父尚通《ひさみち》は、衰微を極めていた朝廷と足利幕府を立て直すために、近衛家と足利家の結び付きを強め、公武一体となって復興を成し遂げようとした。

そのために娘の慶寿院を、十二代将軍義晴《よしはる》の正室とした。慶寿院は義輝の母であり、前久の叔母に当たる。

前久の父稙家《たねいえ》もこの政策を受け継ぎ、前久の妹里子を義輝の正室とした。

このために前久と義輝は、従兄弟《いとこ》で義兄弟という二重の縁《えにし》で結ばれることになった。

ところが、この政略結婚に泣かされた女がいた。細川藤孝の母である。

藤孝の母は当代最高の学者とたたえられた清原宣賢《のぶかた》の娘で、足利義晴に侍女として仕えるうちに藤孝を身ごもった。

本来ならそのまま正室となり、藤孝が十三代将軍となる道も開けるはずだった。

ところがにわかに義晴と慶寿院の縁談が持ち上がったために、妊娠したまま家臣の三淵晴員《みつぶちはるかず》に嫁《とつ》がされることになった。

藤孝はそこで生まれたが、義晴もさすがに気の毒になったのか、やがて細川管領《かんれい》家の一門である細川元常の養子にした。

だから将軍義輝にとって藤孝は異母兄であり、忠興は甥《おい》に当たる。

義輝と前久の内輪の酒宴に忠興までが列席を許されたのは、そうした縁故によるものだった。

この年、前久と義輝は共に三十歳である。片や関白、こなたは将軍として、朝廷と幕府の実権を握っていた。

三十二歳になる細川藤孝は義輝の右腕として幕府を支えていたし、三十八歳の光秀も奉公衆として重く用いられていた。

だからこの日の花見の宴は、気心が知れた者だけの心温まるものとなった。

咲き誇る花の下で酒をくみ交わし、宴たけなわになると義輝が剣舞を披露した。

前久は笛をかなで、藤孝は鼓《つづみ》を打ち、光秀は漢詩を誦《ず》して義輝の舞いに興をそえた。

いずれも一流の域に達した者ばかりである。その見事さに誘われて、女たちまでが庭に出て見物した。

慶寿院と里子は琴を持ち出し、男たちに負けじと近衛家直伝《じきでん》の曲を爪弾《つまび》いた。叔母と姪《めい》だけに息もぴたりと合い、音の花が咲き乱れたようにあでやかだった。

ああ、あの春。

あれが今生《こんじょう》の別れになろうとは、誰一人想像すらしていなかった。

「あの日の御所さまの舞いは、ひときわ見事でございました。今も目を閉じると、まぶたの裏にはっきりと見えまする」

光秀が目頭を押さえて涙を隠した。

「あの日は確か、そちの送別の宴でもあったな」

「諸大名へ使いせよと命じられ、翌日に都を発《た》ちました。若狭《わかさ》の武田、近江《おうみ》の浅井を訪ね、越前の一乗谷に着いた時に、御所さまの変事の知らせが届きました」

花見の宴から三月ほど後の五月十九日、義輝は松永弾正《だんじょう》らの謀叛《むほん》によって討ち取られた。前久の叔母も妹も、この時運命を共にしたのである。

二条御所が松永勢の大軍に囲まれていると知った前久は、あらん限りの手を尽くして義輝を助け出そうとした。

義輝が無理なら慶寿院と里子だけでも落としてくれと申し入れたが、松永弾正は懇願をあざ笑うように包囲網を厳重にして御所に火を放った。

火は折からの風にあおられてまたたく間に燃え広がり、紅蓮《ぐれん》の炎を上げて何もかも焼き尽くした。

足利義輝を失った痛手は、計り知れないほど大きかった。

将軍家と一味同心して朝廷と幕府の復興を成し遂げるという近衛家三代の計略は一朝にして瓦解《がかい》したが、前久や藤孝には惨事を嘆いている暇はなかった。

興福寺の門跡となっていた義輝の弟覚慶を安全な場所に移し、何としてでも将軍家の血筋を守り通さなければならない。

その日のうちに前久は興福寺に使いを出して覚慶の保護を依頼し、数日後には松永勢の厳しい監視の裏をかいて寺の外へ連れ出した。

この覚慶が後の十五代将軍義昭である。

義昭は藤孝や光秀の尽力によって越前の朝倉義景のもとに身を寄せたものの、朝倉家には新将軍を奉じて上洛《じょうらく》するほどの力はなく、いたずらに時を過ごすばかりだった。

そこで美濃、尾張を領していた織田信長を頼ったのだが、この根回しをしたのは前久だった。

近衛家の家礼《かれい》である山科言継《ときつぐ》を使者として織田家につかわし、義昭を受け入れてくれるかどうかを打診したのだ。

こうした根回しがあったからこそ、光秀や藤孝がすんなりと義昭を岐阜城へ移すことができたのだった。

信長は万全の仕度をととのえて義昭の到着を待っていただけに、それからわずか二カ月後に五万余の軍勢をひきいて上洛し、三好三人衆を都から追い出して義昭を将軍位につけた。

だがそれは前久にとって、信長という異形の男との長い長い戦いの幕開けにすぎなかったのである。

三十挺艪の船は、青く澄んだ湖をすべるように渡っていく。

かすかに波立つ水面が傾きかけた陽に照らされ、踊るようにきらめいていた。

安土から坂本まではおよそ七里。一刻ばかりで渡れる距離である。

対岸の船着場まであと一里ばかりに迫った頃、

「ところでこたびの催しのことでござるが」

光秀が意を決したように切り出した。

「洛中にどこかほど良き場所がございましょうか」

「それは信長公が何を望んでおられるかによるであろうな」

信長が何をねらっているかを、前久は慎重に突きとめようとした。

「主上に左義長を披露したいと申されましたが」

「要はそのやり方じゃ。一昨日と同じようなことなら、洛中で催すのは難しかろう」

「何ゆえでございましょうか」

「洛中にはあれだけの広さの馬場を作る場所がない。賀茂《かも》の河原なら何とかなるであろうが」

前久の懸念《けねん》はふたつあった。

ひとつは信長が主上にまで覆面をかぶれと言い出すのではないかということ。もうひとつは左義長を口実にして、朝廷に新たな要求を突きつけてくるのではないかということである。

「河原での催しに、主上のご来臨をあおいだ例がありましょうか」

「お忍びでならあると思うが、内裏《だいり》に戻って調べてみなければ確かなことは申せぬ」

「何とか洛中にて行なえるように、ご尽力いただけませぬか」

「むろんできる限りのことはするが、私には信長公のご真意がいまひとつ分らぬ。何ゆえ急にこのようなことを言い出されたのであろうな」

「今年は諸国に兵を進め、敵する輩《やから》を討伐なされるご意向でございます。その前に織田の軍勢を天覧に供し、将兵の士気を高めたいとお考えなのでございましょう」

光秀が存外《ぞんがい》正直なことを言った。

「ならば左義長ではなく、馬揃《うまぞろ》えということになるな」

諸国に出陣する前に主上の御前で馬揃えをするということは、諸国征伐の勅命《ちょくめい》を得たも同じである。

戦《いくさ》を仕掛けるにも和議を結ぶにも勅命を大義名分とするのが、信長の常套《じょうとう》手段だった。

「馬揃えでは不都合でしょうか」

「信長公はすでに天下の権を握っておられる。馬揃えを天覧に供したとて何の不都合もないが、それならそれなりに朝廷に対して礼を尽くしてもらわねばならぬ」

大津まで光秀の船で送ってもらい、その先は細川忠興に警固されて洛中へ向かった。

前久の供は駕輿丁十人、警固の青侍十人である。これに忠興の家臣五十騎が加わり、二列縦隊となって進んでいく。

日ノ岡峠を越えて山城国に入ると、前久はほっと肩の力が抜けるのを感じた。

その直後から雨になった。大粒の雨がまばらに四方輿の屋根を叩《たた》く。

前久は簾《すだれ》を上げて空を見上げた。北の空に古綿色の厚い雲がかかり、湿った空気が重く肌にまとわりつく。

やがて本降りになる雲行きだった。

「与一郎、近う」

前久は前を行く忠興を呼び止めた。

「この雨はひどくなる。今夜は吉田神社に宿を借るゆえ、先触れをしてくれ」

「承知いたしました」

忠興はただちに二十騎ばかりを供として雨の中を走り去った。

吉田神社は藤原氏の氏神《うじがみ》である春日大社《かすがたいしゃ》の神々を勧請《かんじょう》したもので、近衛家とのつながりも深い。

また神主である吉田兼和《かねかず》（兼見）と細川藤孝は従兄弟に当たる。忠興に先触れを命じたのは、親戚《しんせき》だと知っていたからだった。

粟田口《あわたぐち》を通って吉田山のふもとの神社に着いた時には、あたりは薄暗くなっていた。申《さる》の刻をわずかに過ぎたばかりだが、すでに夕暮れの暗さである。風も厳しく吹き始めて、体が凍《こご》えるほどに冷え込んでいた。

忠興から知らせを受けた兼和は、万全の仕度をして待ち受けていた。

「お湯を使われまするか。それとも熱い酒《ささ》でお体をぬくめられまするか」

前久を式台に座らせると、兼和は下僕のようにひざまずいて半靴《ほうか》を脱がせた。

吉田神道《しんとう》の学統を受け継ぐ四十七歳になる祠官《しかん》である。

清原宣賢の孫だけに学識には並々ならぬものがあったが、それ以上に処世の才にたけていて、前久の手足となって各方面との連絡に当たっていた。

「余人を交えず話がしたい。席をあつらえよ」

「ならばこちらへお進み下され。部屋も暖めておりまする」

兼和が小柄な体をさらにちぢめて茶室に案内した。

茶室は六畳ばかりの広さがあった。

中央に狭い炉を切ってあり、五徳にのせた釜《かま》からさかんに湯気が上がっている。冷たい雨の中を旅してきた身には、何とも心地よい温かさだった。

「安土での左義長はいかがでございましたか」

兼和が手早く茶を点じて差し出した。

「馬を乗り回し、爆竹を鳴らし、犬追物《いぬおうもの》までいたしおった。沙汰《さた》の限りじゃ」

「ほう、犬追物を」

「信長め、この私にまで犬を撃てと申してな」

「応じられたのでございますか」

「あやつの気性はそちとて知っておろう。馬鹿《ばか》げた騒ぎに付き合わされたおかげで、血の汚《けが》れに触れてしもうた。精進潔斎《けっさい》がすむまでは参内《さんだい》することもできぬわ」

前久は苦々しげにつぶやいて茶を口にした。

朝廷では血と死の汚れを何より忌《い》む。出仕する途中に獣《けもの》の死体を見ただけで参内を中止するほどだ。

信長はそれを知っていながら、前久に犬を撃たせたのである。

「それは災難でございましたなあ」

「他人事ではないぞ。信長は似たような催しを洛中で行ない、帝《みかど》のご来臨をあおぎたいと言い出しおった」

「されば馬揃えでございますな」

「そうじゃ。己れの威勢を天下に示すために、帝のご威光を利用しようとしておるのだ」

それを許しがたいと思いながらも、前久には信長にあらがう力がない。耐えがたきを耐えて言いなりになるしかないだけに、苛立《いらだ》ちはいっそうふくれ上がっていった。

「今日立ち寄ったのは、そちに頼みがあったからじゃ」

「馬揃えの下ごしらえでございますね」

兼和の落ちくぼんだ金壺眼《かなつぼまなこ》に、生き生きとした輝きが浮かんだ。

「春長軒と連絡をとり、信長の出方をさぐってくれ。主上のご来臨をあおぐからには、万に一つの手落ちもあってはならぬ」

春長軒とは京都所司代村井長門守《ながとのかみ》貞勝のことである。

貞勝を通じてどこまで信長を軟化させられるかに、事の成否はかかっていた。

二条御所は洛中のほぼ中央に位置していた。

東西を烏丸《からすま》通りと室町通り、南北を三条坊門通りと押小路《おしこうじ》に囲まれた交通至便の一角である。

三条坊門通りを御池《おいけ》通りと呼ぶのは、この通りのかたわらに龍池《たついけ》があったからだ。天正四年四月末日、龍池の西隣にある妙覚寺に宿泊していた織田信長は、この地の景観がいたく気に入り、池の東側に館《やかた》を築かせた。

〈二条殿御屋敷幸ひ空間地《あきち》にてこれあり。泉水・大庭の眺望《ちようぼう》、面白くおぼしめされ、普請《ふしん》の様子の条々、村井長門守に仰《おお》せ聞かせらる〉

太田牛一《ぎゆういち》は『信長公記《しんちようこうき》』にそう記している。

その後外堀や築地塀《ついじべい》を巡らして城郭としての構えをととのえたが、天正七年になると屋敷ごと誠仁《さねひと》親王に献上した。

誠仁親王は正親町《おおぎまち》天皇のご嫡子《ちやくし》で、この年二十八歳。すでに立太子の礼もすまされ、即位の日も遠くはあるまいと目されていたお方だった。

信長が二条御所を献じたのは、親王を内裏から引き離して自家薬籠《じかやくろう》中のものにするためだ。当時洛中ではそんな噂《うわさ》が飛び交ったものだ。

というのは信長と正親町天皇との間が、その頃しっくりといっていなかったからである。

正親町天皇は弘治三年に四十一歳で践祚《せんそ》なされて以来、二十三年もの間皇位の重責をになってこられた。

帝としての経験も豊かで、朝廷の有識故実《ゆうそくこじつ》にも精通しておられただけに、王城鎮護《ちんご》の比叡山《ひえいざん》を焼き討ちしたばかりか、朝廷に対しても次々と理不尽な要求を突きつけてくる信長に対して、強い憤《いきどお》りを抱いておられた。

それゆえ武家伝奏から信長の意を伝えられても、難色をお示しになることが多かったのである。

信長は意のままにならない当今《とうぎん》を廃して、誠仁親王を皇位につけようとしているのではないか。

そんな懸念をはらみながらも、天正七年十一月二十二日に誠仁親王ご一家の二条御所への移徙《わたまし》が行なわれた。

卯《う》の刻に内裏を出た行列は、一条通りを南に折れて室町通りを下っていった。

先導するのは近衛前久だった。

朝廷一の実力者が露払いを務めるということは、この移徙を実現したのが前久だということを何より雄弁に物語っていた。

次に近衛大納言《だいなごん》信基、関白九条兼孝、左大臣一条内基、右大臣二条昭実《あきざね》、鷹司《たかつかさ》少将信房ら五摂家の当主たちが、輿《こし》を連ねてつづいた。

その後には親王家の御物《ぎょぶつ》（宝物）を入れた朱色の唐櫃《からびつ》が荷車にのせられ、内裏の雑《ざつ》役《えき》にたずさわる雑色《ぞうしき》たちによって引かれていった。

沿道には数万の群衆が出て見物していた。東宮（皇太子）の行列を拝する時には膝《ひざ》を折るのが礼儀だが、立ったままの者が数多くいた。

やがて六丁の板輿が進んで来た。

一番目には信長の猶子《ゆうし》となっている五の宮が若い乳母《うば》と共に乗り、二番目には親王の寵愛《ちょうあい》を受ける勧修寺《かじゅうじ》晴子《はれこ》と中山康子《やすこ》が乗っていた。

六丁の板輿の後には、お伴の女房衆六十人と公家衆《くげ》三十五人が徒歩で従っていた。公家の中には晴子の兄勧修寺中納言晴豊や、康子の兄中山中納言親綱《ちかつな》、広橋頭弁《とうのべん》兼勝、中院《なかのいん》中納言通勝《みちかつ》など、この後の公武関係に少なからぬ影響を与える俊英たちがいた。

また吉田神社の神主である吉田兼和も、立烏帽子《たてえぼし》に錦《にしき》の直垂《ひたたれ》という装束《しょうぞく》で加わっていた。

最後は清華《せいが》七家の当主を従えて、誠仁親王の御輿が進んだ。

輿の四方には簾《みす》が垂らしてあったが、折から昇った朝日に照らされ、親王の姿がくっきりと見えた。

その時の様子を太田牛一は、

〈折節、御簾《みす》へ朝日さし入り候《そうろう》て、御物見の所より、慥《たし》かに、おがまれさせ給《たま》ひ候。御眉《おんまゆ》めされ、御立烏帽子、御練貫《ねりぬき》、かうの御そばつき、衣の白き御はかまなり。昔も後代にも、かくの如《ごと》く、まぢかく拝み奉《たてまつ》る事、あるまじきためしなり〉

と感激を込めて書き記している。

この時親王の輿には、三種の神器《じんぎ》のひとつである御剣《ぎょけん》がのせられていて、二条御所に着くと中院通勝が中に運んだ。

以来一年余り、親王家の生活は表面的には穏やかだった。

その間に一家には二つの大きな事件が起こった。

ひとつは昨年四月に十二歳の長女が急逝《きゅうせい》したこと。もうひとつは昨年末に晴子が次女を出産したことである。

親王と晴子の間にはすでに六男一女がいて、これが八人目の子宝だった。

洛中が信長の馬揃えの噂《うわさ》でわき返っていた頃、産後一カ月の療養期にあった晴子は、奥御殿の寝所にこもったまま、寝たり起きたりの生活をつづけていた。

一月も晦日《みそか》となったこの日も、晴子は寝所から出ようとはしなかった。

夜具《やぐ》の上で体だけを起こし、脇息《きょうそく》によりかかったままぼんやりとしていた。

乳はすでに上がっていたが、体の調子が悪いわけではない。ただ何とのう憂鬱《ゆううつ》で、何をする気力もわいてこなかった。

薬師《くすし》は出産の疲労による虚脱と見立てたが、そのようなものではないことは晴子が一番よく分っていた。

体は疲れてはいない。ただ心の張りが一度に失《う》せて、水を失った草のようにしおれてしまったのだ。

そのきっかけは、昨年四月に長女の幸子が死んだことである。

十七歳の時に初めて授かった利発で可愛《かわい》らしい娘だったが、急に得体の知れない病にかかり、三日とたたないうちに身まかったのである。

子供を失うのはこれが二度目だった。

六年前には四番目の息子が生後一月もたたないうちに儚《はかな》くなったが、幸子を失った痛手はその時の比ではなかった。

十二年も共に暮らし、女同士にしか通じぬ話の相手にもなってくれただけに、自分の体の一部を失ったようだった。

そんな折も折、八人目の子を身ごもっていることが分った。

誠仁親王は愛娘《まなむすめ》の生まれかわりだとお喜びになったが、晴子にはとてもそんな風には思えなかった。

自分の意志とは関わりなく命が宿ることに、女の性《さが》をべろりとむいて見せつけられたような嫌悪《けんお》を覚えた。

思えば十五歳で親王に仕えて以来、休む間もなく七人の子を産みつづけてきた。

それが勧修寺家に生まれた者の務めだという責任感と、朝家《ちようか》の血を受けた子を産む誇りもあったが、幸子の死を目《ま》の当たりにしてからは何もかもが空《むな》しくなった。

(うちの人生って、何やろ)

人間存在の根幹に関わる怖《おそ》ろしい疑念が芽生え、夜な夜な胸をかむようになったのである。

それなのに体の中では新しい命が日に日に育っていく。

出産に対する周囲の期待も大きいので、晴子はじっと黙って耐え忍んだが、忍び抜いた末に産み落とすと、精も根も尽き果てて体の中が空っぽになった気がした。

「姫《ひぃ》さま、お加減はいかがでございますか」

侍女の房子がくず湯を運んで来た。

晴子と共に勧修寺家から移って来た、四十がらみの古女房である。

「少しは何か召し上がらないと、お体にさわりますよ」

房子がくず湯を差し出したが、晴子は手をつけようともしなかった。

「ほんとにどうなされたのでございましょう。あんな立派なややこに恵まれながら、何がお気に召さないのやら」

「話したところで、お前には分りますまい」

「心外な。ちゃんと聞く耳もあれば考える頭もありますもの。話して分らぬという法はございませぬ」

「いいえ。八人も子を産んだ者のやる瀬ない胸の内が、お前などに分るものですか」

晴子は脇息をはね飛ばし、夜着《よぎ》を頭からかぶって横になった。

「銀《しろかね》も金《くがね》も玉も何せむに、という歌もございます。子宝に恵まれてお幸せなことではありませんか」

房子が遠慮なく夜着をめくり、晴子の上体を引き起こした。

「さあさ。そんなにおすねにならないで、くず湯を召し上がれ。これ以上おやせになっては、可愛らしいお顔が般若《はんにゃ》のようになってしまいますよ」

「可愛くなんぞあるものですか。もうこんな年ですもの」

「そんなことはございません。姫《ひい》さまは今でも光り輝くようでございます。御所中の者が、天照《あまてらす》さまが岩戸にお隠れになったようだと嘆いておりますよ」

房子の強引さに負けて、晴子はくず湯を口にした。ほんのりとした甘味が広がり、胸のつかえをいやしていった。

房子の言葉は決して世辞や追従《ついしょう》ではなかった。晴子は二十九歳になり八人の親となっても、充分に美しかった。

黒目がちの大きな瞳《ひとみ》は生き生きと輝き、高い鼻筋がすっきりと通り、唇は朝露を受けたつぼみのように瑞々《みずみず》しく赤い。あごが細くとがった小ぶりの顔立ちで、つややかな黒髪を腰のあたりまで伸ばしていた。

少女の頃からその美しさは知れ渡っていて、晴子の姿を一目見ようと勧修寺家の門前に男どもが群をなすほどだった。

「おかわりはいかがでございますか」

房子がぷっくりと太った両手を差し出して茶碗《ちゃわん》を受け取ろうとした。

「もうたくさん。宮さまはどうしておられますか」

晴子は今でも誠仁親王のことを宮さまと呼ぶ。他にしっくりとする呼び方が見つからないのである。

「月末のお祓《はら》いがございますので、参内なされております」

「ご装束のお世話はどなたが」

「さあ、うかがっておりませぬ」

「嘘《うそ》。若草の君がなされたのでしょう」

晴子は房子のわずかな表情のかげりからそう読み取っていた。

若草の君とは中山康子のことだ。

親王は以前、十九歳の康子を春の若草のようだと評されたことがある。

以来康子はそう呼ばれていた。

晴子は悋気《りんき》の強い質ではない。

だが自分が大きなおなかをして苦しんでいた時に、宮さまはあの御所人形のような娘のもとに通っておられたのかと思うと、さすがにおだやかではいられなかった。

「お加減が悪いことを、宮さまも案じておられます。有馬へ湯治《とうじ》にでも出かけたらどうかとお声をかけて下さいました」

「わたくしがここにいては、きっと気詰まりなのでしょうね」

「めっそうもない。そのようなことを口になされてはなりませぬ」

「外は雨ですか」

「ええ」

「いっそ思いきり雨にでも打たれたなら、少しは気持が晴れるかも知れませんね」

「そうそう。今度信長が洛中《らくちゅう》で左義長を催すそうでございます」

房子が素早く話題を変えた。

「何でも安土では二千もの騎馬をそろえ、爆竹を鳴らしながら馬場を駆け回ったとか。その見事な有様を近衛太閤《たいこう》さまが内裏でお話しになると、主上もご覧になりたいとおおせられたそうでございます」

「それは近衛さまが仕組まれたことでしょうね」

「どうしてですか」

「主上は信長を嫌っておられます。ご覧になりたいと思われるはずがありません」

おそらく信長の強要に屈した前久が、朝廷の体面を保つために話をすり替えたのだ。

晴子はそう察していた。

「でも近々、佐五の局《つぼね》さまが安土にご使者に立たれるそうでございますよ」

信長に左義長張行《ちょうぎょう》の依頼をするために、佐五の局をつかわすことにしたという。

「安土の城は琵琶湖のほとりにあって、雲突くような高さだそうでございます。その姿が湖に映るさまは、まるで龍宮城《りゅうぐうじょう》のようだと聞きました」

「お前も行ってみたいですか」

「命のあるうちに、一度は見てみたいものでございます」

「ならばそのように計らいましょう。兄君を呼んで下さい」

晴子の兄勧修寺晴豊がやって来たのは、半刻《はんとき》ほどしてからだった。

身の丈《たけ》六尺ちかいが、すらりとやせているので棒のようだと評されている。晴子より九歳年上で、武家伝奏として公武の連絡に当たっていた。

「急な呼び出しなので何事かと思いましたが、元気そうではありませんか」

晴豊が烏帽子をかぶった頭を下げて鴨居《かもい》をくぐった。

晴子と同じように、あごのとがったすっきりとした顔立ちである。身の丈に比して顔があまりに小さいので、不自然なほどだった。

「佐五の局を安土につかわされるそうですね」

「女房どのの耳は早い。もうそんな秘事が伝わりましたか」

「洛中で左義長を催すとは本当ですか」

「馬揃《うまぞろ》えですよ。織田軍の威容を天下に知らしめるために、主上の御前で馬揃えをしようとなされているのです」

「それを承知していながら、どうして使者などつかわすのですか」

「臣下の身でご来臨をあおぐのははばかりがあるゆえ、朝廷の求めに応じる形にしたいと信長公がおおせられたそうでございます」

晴豊は近衛前久の右腕として武家との折衝に当たっている。安土でのいきさつも逐一承知していた。

「そこには何か企《たくら》みがあるとは思いませんか」

「どういう意味でしょうか」

「朝廷から馬揃えを依頼するからには、それに見合う引出物が必要でしょう。信長がそれを求めた時に、応じる用意はございますか」

「いいえ。そのようなことは考えてもいませんでした」

「この話はきっと難しいことになりましょう。わたくしも忍びで安土にまいりますので、近衛さまにそう伝えて下さい」

朝廷を守るために信長と会おう。そう決すると晴子は久々に気力がわき上がってくるのを感じた。

それにしても、東宮夫人という軽からざる身でありながら、どうして急にこんなことを思い立ったのだろう。

愛娘《まなむすめ》を失った痛手や産後の憂鬱、そして若草の君のもとにばかり通う誠仁親王への不信。そうした八方ふさがりの暮らしから、ひと時飛び出したかったのか。

それとも齢《よわい》三十も間近になり、これまでとはちがう生き甲斐《がい》を求めたくなったのか。

十五歳で入内《じゅだい》して以来、晴子は親王に尽くし世継ぎをもうけることをただひとつの生き甲斐としてきた。

その甲斐あって、嫡男《ちゃくなん》の和仁《かずひと》（後の後陽成《ごようぜい》天皇）を頭《かしら》に六人の若宮に恵まれたが、近頃では母としての役割も妻としての務めも終わったように感じることが多かった。

子供たちの世話は乳母や侍女が手落ちなく果たすし、夫の足は若草の君に向いたままである。

このまま自分は誰からも必要とされずに年老《としお》いていくのではないかという不安と焦《しょう》燥《そう》が、朝廷のために働くという新しい生き甲斐を求めさせたのかも知れない。

もうひとつ見落とせないのは、晴子の母方の祖父が武士だということである。

栗屋《あわや》右京亮《うきょうのすけ》元隆という。

若狭の守護武田氏の家臣で、一門の栗屋勝久は織田信長に臣従している。

晴子が公家《くげ》らしからぬさばさばとした気性をしているのも、兄晴豊が大柄な体格に恵まれたのも、武家の血のなせる業《わざ》なのである。

晴子は幼い頃、元隆や勝久から信長の話を何度か聞かされたことがある。いずれも軍勢の先頭に立って馬を駆り、何倍もの敵をまたたく間に蹴散《けち》らしていく青年武将の物語だった。

そのさっそうたる姿は、まるで須佐之男命《すさのおのみこと》か日本武尊《やまとたけるのみこと》のように鮮やかに脳裡《のうり》に刻み込まれている。

だから佐五の局が安土に下ると聞くと、少女の頃の物語がよみがえり、自分も信長に会ってみたいと思ったのである。

いずれにしろこの決断が晴子の人生を大きく変え、取り返しのつかない悲劇をもたらすことになるのだが、神ならぬ身には知る由《よし》もなかった。

晴子が房子や佐五の局と共に安土を訪れたのは、天正《てんしょう》九年二月六日のことである。忍びだけに名を若狭の局と偽り、化粧や装束も侍女のように地味なものに変えていた。

外堀にかかる朱色の橋を渡って大手門をくぐり抜けると、広々とした石段が目の前に切り立っていた。

駕輿丁《かよちよう》たちは晴子と房子が乗った板輿《いたごし》を横にして、石段をかつぎ上げていく。輿までが石段と同じ角度に傾くので、吊《つ》り紐《ひも》にしっかりとつかまっていないと、後ろにすべり落ちそうだった。

「姫《ひい》さま。大丈夫でございますか」

房子が片手で紐をつかみ、一方の手で晴子の背中を支えようとした。

「わたくしは平気です。お前こそ力尽きそうではありませんか」

「何のこれしき。薪《まき》割りできたえた腕ですもの」

「強がりはおやめなさい。それに今は若狭の局です。姫《ひい》さまと呼んではなりません」

外に聞こえないようにささやき交わしている間にも輿は進んでいく。目を上げると、物見の向こうに安土城の天主が見えた。

「姫さま、あれを、あれをご覧下されませ」

房子が袖《そで》を引いてわなないた。

「分っています。あれくらい何ですか。取り乱してはなりません」

晴子は強がりを言ったが、真下から見上げる天主の偉容には息をのむ思いがした。琵琶湖を船で渡る時から、安土城の壮麗な姿には心を奪われていた。その思いは船が近づくにつれてますます強くなり、城下の港に着いた頃には胸のときめきさえ覚えたほどだ。

だが晴子は朝廷の使者として信長とわたり合いに来た身である。

（こんなこけ威《おど》しにのまれたらあかん。たかが建物やないの）

己れにそう言いきかせていたが、天に突き立つようにそびえる天主を真下から見上げるに及んで、ついにとどめを刺された感じだった。

輿は石段の中ほどで右に折れ、瀟洒《しようしや》な造りの建物の前で止まった。賓客の宿舎とされている大宝坊である。

ここで旅の疲れをいやしてから、織田信長との対面にのぞむ。晴子は総身《そうみ》が粟立つような思いをしながら輿を下りた。

大宝坊の客間で疲れた足を伸ばしていると、

「姫さま、大変。大変でございます」

房子が血相を変えて厠《かわや》から戻って来た。

「はしたない。何をそうあわてているのです」

「この宿坊に、近衛内府さまがおられます。厠から出るなりばったりと出くわして、それはもう息が止まるかと思いました」

「内府さまが、どうしてここに」

「都の暮らしにはあきあきしたので、しばらくこちらで英気を養っておられるそうでございます」

「お言葉を交わしたのですか」

「だって厠の戸を開けるなり、目の前に立っておられたんですもの」

房子はまだ驚きがさめやらぬのか、しきりに胸元をさすっていた。

「まさか、わたくしも来ているとは言わなかったでしょうね」

「言いませんとも。若狭の局さまと一緒だと申し上げたばかりでございます」

「それなら結構。顔を合わせないように注意しなければね」

晴子は信基が幼い頃から知っている。忍びでここに来ていることが知れたなら、どんな騒ぎが持ち上がるか知れなかった。

「お二方、よろしいか」

妙に取り澄ました声がして、佐五の局が入って来た。

内裏から使者としてつかわされた五十がらみの女官《にょうかん》である。

賢こそうな油断のない表情をしているが、ひどくやせているので刺々《とげとげ》しい感じがした。

「これから山上の本丸へ行って信長公と対面しますが、あなた方は一言たりとも口をきいてはなりません」

「どうしてでしょうか」

房子がたずねた。

「これは公武の将来に関わる大事なお役目です。信長公は油断のならないお方ゆえ、不用意なことを口にすればつけ込まれる恐れがあります。あなた方は黙って話を聞き、二条の御所さまにご報告申し上げればいいのです」

佐五の局は晴子と会ったこともないので、目の前に東宮夫人がいようとは思ってもいないらしい。対面は半刻後なので仕度をしておくようにと、高飛車に言い付けて出て行った。

大宝坊からは歩いていくことになった。

坊の役僧に案内され、足弱の三人がそろりそろりと登っていく。その後ろには警固役の入道姿の武士が、信長への贈り物を入れた箱を持って従っていた。

両側に屋敷が建ち並ぶ石段を右に左に曲がっていくと、眼前に巨大な門がそびえていた。

黒鉄《くろがね》門である。

門扉《もんぴ》にも柱にも黒く塗った鉄が張ってあり、数百挺《ちょう》の鉄砲を撃ちかけてもびくともしないほど頑丈に作られている。

門を入ると、前髪姿の小姓が片膝《かたひざ》立ちで待ち受けていた。

「森坊丸と申しまする。上さまの命によりご天主をご案内申し上げます」

「あの上まで登るのですか」

石段を登っただけで息が切れた晴子は、そうたずねずにはいられなかった。早春にしては強い陽が照りつけている。体が汗ばみ、着物がまとわりついて歩きにくくなっていた。

「お疲れでございましょうか」

「疲れました。しばらく休ませて下さい」

佐五の局がにらんでいるのも構わず、晴子は正直なことを言った。

本丸御殿でしばらく休み、いよいよ天主へと歩を進めた。

間口一間半の登閣御門をくぐり、狭い石段を登った所が一階だった。東西十七間、南北十七間というから、二百八十九坪の広さである。

いずれの部屋も金碧《きんぺき》をちりばめた障壁画で飾られていたが、十二畳の信長の居間だけは梅を描いた墨絵を配していた。

二階は百二十坪の広さで、花鳥を描いた四畳敷の御座の間《ま》、十二畳の対面所、賢人の間と呼ばれる控の間などがあった。

三階は八十八坪、鳳凰《ほうおう》の間や龍虎《りゅうこ》の間など、畳の部屋が七つ、板張りの部屋が三つあった。

「こちらをご覧下されませ」

坊丸が龍虎を描いたふすまを開けた。

部屋ばかりかと思っていたが、中央に勾欄付きの縁を巡らした広々とした空間があった。

しかも床には大きな穴が開けられ、中央に能舞台の橋掛のように通路が通してあった。

案内されるままに通路から下をのぞいた晴子は、思わずのけぞって後ずさった。

何とがらんどうの空間が地階にまでつづいている。高さは清水の舞台ほどもあり、地の底にぽんやりと明かりが灯っていた。

城の中央がバテレンの教会のように吹き抜けになっていることを、坊丸は都からの使者を驚かすために三階まで秘していたのである。

佐五の局は下をのぞいた途端、へなへなとしゃがみ込んだ。まるで奈落の底に吸い込まれそうで、腰を抜かしそうになったのだ。

房子が薪割りできたえた腕で佐五の局を抱え上げ、体を寄せ合うようにして先へ進んだ。

四階は木屋の段と呼ばれる物置きで、広さは三階とまったく同じだった。

五階に登ると、佐五の局は今度こそ本当に腰を抜かしてへたり込んだ。階段の正面に阿鼻叫喚《あびきようかん》の無間《むげん》地獄が広がっていたからだ。

正八角形の部屋の外陣《げじん》に、真っ赤な炎を上げて炎上する阿鼻城が描かれ、亡者《もうじや》を詰め込んだ火車《かしや》を引いた牛頭《ごず》の鬼が門前にさしかかっている。

門の前では冥途《めいど》の役人が、妙に取り澄ました顔をして地獄の獄卒と亡者引き渡しの交渉をしていた。

その役人の顔は、簾越《みす》しに見た信長とどことなく似ている。

（なんやこれ。自分のこととちがうやろか）

晴子は怖さよりもおかしみを覚えた。

比叡山を焼き討ちにし、一向宗徒数万人を焼き殺した信長が、こんなところで言い訳をしていると感じた。

外陣の柱は鮮やかな朱色に塗られ、その間には阿鼻地獄図、双龍争珠《そうしゆ》図、波濤《はとう》に飛龍《ひりよう》図などが、狩野《かのう》永徳の勢いある筆で描かれていた。

内陣の柱は金、壁も天井も金きら金で、ふすまには釈迦《しやか》説法図と降魔成道《ごうまじようどう》図が配してあった。

どうやら地獄から極楽へと至る仏の教えを表わしたものらしい。

最上階の六階は三間四方、九坪の正方形で四角の段と呼ばれていた。

この部屋の造りも見事なもので、外側の壁や庇《ひさし》にまで金箔《きんぱく》を押してあったが、晴子はいささか食傷気味でさしたる興味も覚えなかった。

それより何より、廻り縁からながめる景色が素晴しかった。

眼下に広がる湖や、遠くに連なる山々をながめていると、雲の上にでも立っているような心地がした。

こんなに清々《すがすが》しい感動を覚えるのは、いつ以来だろう。

幼い頃、祖父に馬に乗せてもらって野山を駆けたことがある。あの時の空を飛ぶような感じとよく似ていた。

(うち、地の底に住んどったんやな)

晴子はふとそう思った。

京都は三方を山に囲まれた袋小路のような土地である。この地に都が築かれてから八百年ほどの間に歴史もふり積り、王城にふさわしい生活の様式も確立された。

晴子は生まれた時から、その様式にどっぷりとつかって生きてきた。仕来《しきた》りと因習と年中行事に縛られた暮らしに疑問を持ったことなど一度もない。

だがそれは、本当に自分らしい生き方だったのだろうか。勧修寺家、内裏、東宮夫人、そんなものにいったいどれだけの意味があるというのか……。

「姫《ひい》さま、ほら、あそこに」

房子が朱色の高欄から身をのり出して眼下を指さした。

城下の港から五十挺艪《ろ》の大型船が出ていくところだった。

船縁《ふなべり》に立った屈強の水夫《かこ》たちが太鼓の音に合わせて艪をこぐと、船は白い航跡を残してぐんぐん速さを増していった。

その動きにつられるように、晴子も身をのり出した。

船出。何と清々しい希望に満ちた言葉だろう。このまま両手を広げたなら、鳥のようにどこへでも飛んで行けそうな気がした。

「そのような無分別をなされては、危のうござるぞ」

背後でおだやかにたしなめる声がした。

ふり返ると、侍烏帽子《えぼし》をかぶった信長が立っていた。細面《ほそおもて》のすっきりとした顔立ちで、薄いひげをたくわえている。

房子はあわてて下座《しもざ》についたが、晴子は生来急ぐということを知らない。信長に向かって軽く会釈《えしゃく》をすると、もの凄《すご》い形相《ぎょうそう》でにらんでいる佐五の局《つぼね》を無視してゆっくりと席についた。

「ご、ご無礼をいたしました。こちらにお出ましになるとは、思いもよらぬことでございましたので」

佐五の局が床に額《ひたい》をつけんばかりに平伏した。

「そなたが都からのご使者か」

「上臈《じょうろう》の局さまにお仕えする佐五の局と申します」

「後ろのお二人は」

信長が深くひれ伏してもいない晴子に目を向けた。

「二条御所からの使いの者でございます。何分世なれぬ者ゆえ、無作法、無調法をお許し下されませ」

佐五の局が晴子の袖《そで》を引いて頭を下げるようにうながした。

「先ほどは結構な品を頂戴《ちょうだい》した。礼を申す」

「上臈の局さまからの心ばかりの品々でございます。くれぐれもよろしくお伝えするようにとのことでございました」

「この城はいかがかな」

「聞きしにまさる見事さに、ただただ驚くばかりでございます。唐《から》の国にある紫禁城《しきんじょう》もかくやと思われまする」

「わしはまだ紫禁城を見ておらぬが、お局どのはご覧になられたかな」

「い、いえ。かくやと思うばかりでございまして」

「さようか。実《じつ》のない言葉よな」

信長は急に不機嫌になって黙り込んだ。

佐五の局は取りつく島を失ってうろたえるばかりである。

晴子は芝居でも見物するように二人の様子をながめていた。信長のすねたような物言いがおかしく、片頬にえくぼを浮かべている。

信長は「何だお前は」とでも言いたげに晴子をにらんだ。

敵も身方も震え上がらせる鋭い眼光だが、晴子には通じなかった。

「そちの名は」

信長がぼそりとたずねた。

「若狭の局と申します」

「何かわしに言いたいことがあるようじゃな」

「お使いの口上《こうじょう》は、佐五の局さまから申し上げまする」

「そのようなことは聞かずとも分っておる」

「それなら、ひとつだけおたずねしてもよろしゅうございますか」

「許す」

「戦場で全軍の先頭を切って馬を駆る時には、どのような心地がするものでしょうか」

この問いには信長も虚をつかれたらしい。

一瞬唖然《あぜん》とした表情になり、やがて高らかに笑い出した。

「そうさな。いとしき女性《にょしょう》のもとに通う時のように、気もそぞろで血がわき立つばかりじゃ」

このやり取りで座は急に打ち解けたものになり、佐五の局も大過なく務めを果たせたのだった。

第三章　馬揃《うまぞろ》え

馬揃えを挙行するために織田信長が入洛《じゆらく》したのは、天正《てんしよう》九年二月二十日のことだった。

すでに嫡男《ちやくなん》信忠、次男信雄《のぶかつ》は入洛し、万全の仕度をととのえて待ち受けている。

百騎ばかりの供を従えた信長は、警固の兵が立ち並ぶ都大路を悠然と本能寺に入った。

この馬揃えが安土《あづち》城下での左義長《さぎちよう》に端を発し、信長の強要によって朝廷側から望んだ形にさせられたことは、すでに述べた通りである。

中国、四国、甲州征伐を目前にひかえていた信長は、大々的な馬揃えを天覧に供することで、征服戦争の大義名分を得ようとしたのである。

しかもこの機会に正親町《おおぎまち》天皇にご譲位を迫るという怖《おそ》るべき計略を胸に秘めていたのだが、その物語に入る前に少々お断わりしておきたいことがある。

というのは近頃幕府や諸藩お抱えの儒者たちは、この時の馬揃えは朝廷からの求めに応じて信長が行なったもので、公武の関係を改変するような政治的意図はなかったととなえているからだ。

その根拠として彼らは、天正九年一月二十四日の『御湯殿《おゆどの》の上《うえ》の日記』の次の記述をあげる。

〈廿四日《にじゆうよつか》。しゆんちやうけん所へくわんしゆ寺中納言《ちゆうなごん》。左大弁宰相。ひろはしして。みやこにてき(さ)きつちやうあらい御らんまゐられたきよし。のふなかに申候《そうら》へとの御つかいにておほせられ候へは。かへり事に。けふ上へあかりて申候はんとそんし候所へちか比しかるへきよし御かへり事申〉

二十四日に春長軒村井貞勝のもとへ、勧修寺《かじゆうじ》中納言晴豊、左大弁宰相広橋兼勝をつかわし、主上が左義長をご覧になりたいとのご希望であると信長に伝えよと申し付けると、貞勝は今日上《かみ》(内裏《だいり》)に参内《さんだい》して申し上げようと思っていたので、まことに好都合であったと返事した。

およそそんな意味である。

つまり信長側からも村井貞勝を通じて左義長天覧を申し入れようとしていたが、それより先に朝廷側から申し入れたのだから、信長が強要したことにはならないというのである。

しかしこれは、まったく間尺《ましやく》に合わない理屈である。

なぜなら信長が後々の交渉を有利に運ぶために、朝廷側から左義長張行《ちょうぎょう》の申し入れをするように工作したことは明らかだからだ。

朝廷側はそれをこばむことができなかったために、武家伝奏の勧修寺晴豊と広橋兼勝をつかわして申し入れをしたのである。

こうした事情を一切無視して、日記の文章だけを拠《よ》り所《どころ》として洛中での馬揃えは朝廷からの希望によるものであったと弁じるのは、木を見て森を見ぬに等しい態度ではあるまいか。

たとえば吉田兼和《かねかず》の日記の一月二十五日の条に、次のような記述がある。

〈夜に入り、惟任日向守《これとうひゅうがのかみ》より書状到来。今度信長御上洛ありて御馬汰（馬揃えの沙汰《さた》）なり。御分国ことごとく罷《まか》り上るべきの旨仰《むねおお》せ付けらる。日向守の条相触るなり。その内公家《くげ》陣参の衆、罷り出らるべきの旨御朱印なり。案書の写し来《きた》る〉（『兼見卿記《かねみきょうき》』）

二十五日の夜に明智《あけち》光秀から兼和のもとへ書状が届いた。今度信長が上洛して馬揃えを行なうので、配下の将はことごとく上洛するようにとの命令である。

中でも公家陣参の衆は必ず参加するようにと信長直々《じきじき》の命令で、案書の写しも添えられていたというのである。

この書状からは、実に多くの事実を読み取ることができる。

ひとつは信長が今度の馬揃えには配下の軍勢をことごとく集めるように命じたことだ。

その命令を伝える役を、明智光秀がおおせつかっていることは、光秀が織田家中においで信長に次ぐ地位を占めていたことの何よりの証《あかし》である。

いまひとつは信長が公家陣参の衆も必ず参加せよと、わざわざ朱印状をもって命じていることだ。

信長が公家陣参の衆にこれほどこだわったのは、今度の馬揃えの目的が朝廷への影響力を強めることにあったからにほかならない。

しかし、読者諸賢よ。

それより何より重要なのは、一月二十五日にはすでにこれだけの段取りが進められていたという事実である。

信長が命令を発し、光秀が分国の諸将に命令を伝え、吉田兼和のもとに案書の写しを届けるまでには、少なくとも二、三日はかかるはずだ。

こうした事情を勘案すれば、一月二十四日に朝廷から申し入れがあったのだから、馬揃えは朝廷の要望によって行なわれたという儒者たちの主張が、いかに理不尽極まりないものかお分りになるはずである。

にもかかわらず、何ゆえ儒者たちは誤った主張をくり返すのか。

その理由は明白である。

徳川幕府は成立以来、朝廷の力を押さえ込もうとやっきになってきた。「公家衆法度《はつと》」や「勅許紫衣《ちよつきよしえ》法度」、そして近年では「禁中 並《ならびに》公家諸法度」を発して、主上さえも幕府の法度に従わせる体制を作り上げた。

また西国《さいごく》大名と朝廷とのつながりを断ち切るために、大名たちの洛中への立ち入りを禁じているほどだ。

それほど朝廷の力を怖れているだけに、歴史上の事件においても朝廷の影響力を極力小さく見せかけたがっている。

だから天正九年の馬揃えについても、朝廷側から要望があり、とどこおりなく終わったということにしておきたいのだ。

そこでお抱えの儒者に命じて、歴史をねじ曲げるような説をとなえさせているのである。

しかし、こんなことが許されていいのだろうか。

以前高名な儒者にそう問うたところ、彼はためらいもなく「然《しか》り」と答えたものだ。学問は真実の探究のためばかりではなく、社会の安定にも寄与すべきである。不幸にして真実の発表が社会の混乱を招くと予想される場合には、社会の安定を優先するのが儒者の取るべき道だ。そうのたまうのである。

確かにその言にも一理はある。百歩ゆずってそれが正しいとしても、それではこの国の学問はどうなるのだという懸念《けねん》をぬぐい去ることはできない。

こんな幕府があと百年もつづいたなら、我が国の歴史は嘘《うそ》で嘘を塗りかためた醜悪なものになってしまうにちがいない。

歴史は国の自我像であり、国民の心の拠り所である。

為政者の都合で勝手に書き換えていいはずがないと思うのだが、いかがなものだろうか。

上洛の翌朝、織田信長は早々と目を覚ました。

二万余の軍勢を集めた馬揃えを前にして、合戦前のように気持が高ぶっている。

それを鎮《しず》めるために昨夜は森蘭丸に夜伽《よとぎ》を命じたが、体の中で埋《うず》み火《び》のように燃えるものは残ったままだった。

夜はまだ明けきっていない。つり鐘形の明かり障子がほの白く染まり、部屋はぼんやりと暗かった。

上体を起こしたまま物思いにふけっていると、ふいに天上から己れを見下ろしている錯覚にとらわれた。

四方に水墨画を配した小さな部屋に、顔の細い小柄な男がぽつねんと座っている。すでに知命《ちめい》の年も間近で、肌は艶《つや》を失い髪には白いものが目立っていた。

(信長よ)

何者かがそう語りかけてきた。

悠久の天地に比すれば、人の一生はあまりにも短い。地をはう虫も同然のか弱き有様である。

それでも、いや、それだからこそ、人は己れの限界まで可能性を追い求めるべきなのだ。

この世には善悪も優劣もない。そのようなものは群がってしか生きられぬ惰弱《だじゃく》な奴《やつ》らが、保身のためにでっち上げた虚妄にすぎない。

人にはすべてが許されている。なぜならこの悠久の天地は天道に司《つかさど》られているからだ。

己れの内に生じたあらゆる想念が、つまるところ天道のなせる業《わざ》なのである。殺したければ殺せ。犯したければ犯せ、盗みたければ盗め。もし天道が汝《なんじ》を嘉《よみ》したまわぬのなら、たちどころに滅ぼされるであろう。その虫けらのごとき五体をいまだ生かしてあるということ。それこそが天の意志なのだ。

(信長よ、お前は私であって私ではないのだ)

信長は背筋に寒気を覚えて我に返った。

なぜだろう。時折自分が自分でないような感覚にとらわれる時がある。

善と悪、美と醜、生と死、ありとあらゆる矛盾する感情が己れの内側でせめぎ合い、渾然《こんぜん》一体となって沸騰《ふっとう》し、白熱した脳裡《のうり》に青い稲妻が走る。

至福の陶酔と奈落の底に落ちていくような恐怖に、五体が無残に引き裂かれる。

その後だ。己れの道を切り開く輝かしいひらめきがやって来るのは……。

「お蘭」

声をかけるとたちどころに返事があった。

「お呼びでございますか」

裃《かみしも》姿の蘭丸がふすまを細目に開けた。

夜の間も正座のまま眠り、声がかかれば瞬時に反応する。そうした厳しさがなければ、とても信長の近習《きんじゅう》は務まらなかった。

「南蛮人《なんばん》どもはどうした」

「十三日に堺《さかい》に到着され、都へ向かっておられます」

「行列の様子は」

「馬三十五頭、馬借《ばしゃく》四十人が荷を運び、八十騎ばかりの兵が宣教師《パードレ》さまたちを警固しております」

「ヴァリニャーニとかいったな」

「アレッシャンドロ・ヴァリニャーノさまと申します」

「どんな男だ」

「身の丈《たけ》が六尺三寸もある大きな方で、年は四十三になられるそうでございます」

「言葉は」

「日本語はまったく話されません。フロイスさまとロレンソさまが通訳をなされております」

キリシタンの洗礼を受けている蘭丸の顔が、期待に生き生きと輝いた。

ヴァリニャーノはイエズス会の東インド管区巡察師で、インドから日本にかけて活動する宣教師を統轄《とうかつ》する立場にある。

最初はインドのゴアに赴任し、マカオに渡り、二年前に島原半島の口ノ津《くちのつ》に到着した。

初めは島原、次に豊後《ぶんご》にいて布教に当たっていたが、このたび五畿内《きだい》巡察のために上洛することになったのである。

「数日前に高槻《たかつき》城下にて、ジェスト右近《うこん》さまと共に復活祭《イースター》を行なわれたところ、二万人もの信徒が集まったとのことでございます」

ジェスト右近とは、キリシタン大名高山右近のことである。

「イースター？　何だそれは」

「ゼス・キリストは処刑された三日後に復活なさいました。それを祝う祭りでございます」

「馬鹿《ばか》な。死んだ奴が生き返ってたまるか」

信長は薄いひげを吊《つ》り上げて笑った。

キリシタンの教義は、フロイスやオルガンチーノから何度か聞いたことがある。

だが聖母マリアが処女のまま懐妊したとか、処刑されたキリストが生き返ったという話はどうしても納得できなかった。

「ヴァリニャーノさまの供の中には、体中が真っ黒な男がいるそうでございます。見物人はその男を見たさに集まっているとのことでございます」

蘭丸は教義問答に深入りすることをさけ、信長が気に入りそうな話題に転じた。

「色黒の奴なら家来の中にも大勢おる。秀吉などは色黒の猿のようではないか」

「なみの黒さとはちがうと申します。それゆえ多くの者たちが見物に押しかけるのでございましょう」

「いつ上洛《じょうらく》する」

「明日か明後日には、到着なされるとのことでございます」

「六尺三寸の大男に、猿より黒い男か。楽しみよな」

信長はその者たちを馬揃《うまぞろ》えに加えようと目論《もくろ》んでいる。この時期にわざわざ上洛させたのはそのためだった。

正午を過ぎた頃、近衛《このえ》前久《さきひさ》が勧修寺晴豊と吉田兼和を連れて訪ねて来た。

「馬揃えの馬場について、言上《ごんじょう》したき儀があるとのことでございます」

「そちが聞いておけ」

昼の湯漬けを食べたばかりの信長は、横になったまま蘭丸に命じた。

前久に対する信長の感情は複雑だった。

公家第一の人物であることは間違いない。弱冠十九歳で関白に就任した切れ者で、若い頃には長尾景虎《かげとら》の軍勢に加わって関東に攻め入ったほどの胆力も備えている。古今東西の知識に通じ、公家ばかりか寺社や武家にも幅広い人脈を持ち、前久が出向くだけでたいがいのもめ事は丸く治まる。

身方にすれば調法な男なので、朝廷や寺社との交渉を任せていたが、決して信頼しているわけではなかった。

「上様、近衛太閤《たいこう》さまが是非ともお目通り願いたいとおおせでございます」

蘭丸が復命した。

「馬場の目星でもついたと申すか」

「お目にかかって直《じか》に進言したいとのことでございます」

「馬場ならもう決めてある」

ぐだぐだ言うなら追い払えと言おうとして、信長は口をつぐんだ。

せっかく来たのなら、自分の方針をはっきりと伝えておこう。それにあの奴ばらを座興の庭に引き出すのも面白いかも知れぬ。そんな考えがひらめいたのである。

前久ら三人は、表御殿の対面所で待っていた。

「近衛、何やらよい知らせがあるそうだな」

信長はにこやかに笑いながら上座《かみざ》についた。

「遠路のご上洛、大慶に存じまする」

前久が高貴な顔におだやかな笑みを浮かべて応じた。

「公家陣参の衆へのお触れ、しかとうけたまわりました」

「天下無双の馬揃えじゃ。名馬をそろえ、贅《ぜい》の限りを尽くして装束《しょうぞく》をあつらえよ。費用に不足あらば、いかようにも手当てをいたす」

「かたじけのうございます。先日馬場についてのおたずねがありましたので、お答え申すべく推参いたしました」

「余は馬揃えの仕度をせよと命じたのじゃ。馬場についてなどたずねてはおらぬ」

信長の記憶は驚くほど明確である。十年前でも二十年前でも、必要とあらば昨日のことのようにはっきりと思い出すことができた。

「馬場の選定も仕度のうちと存じましたので、この者たちに命じて適した場所をさがさせたのでございます」

「どこじゃ」

「吉田神社の近くに春日《かすが》馬場がございます。ここなら広さも充分にあり、賀茂《かも》の河原に大軍を止めておくこともできまする」

「そちはよほど馬揃えが気に入らぬようだな」

「めっそうもない。良かれと思えばこそ、こうして奔走しているのでございます」

「余は洛中にて行なうと言った。春日馬場は洛外じゃ」

「先日も申し上げたごとく、洛中には数万の軍勢を止めおく場所がございません」

「それに春日馬場は、平清盛公が平治の乱の折に馬揃えをなされた縁起のよい場所でございます」

兼和が前久の後ろから身をのり出して助勢した。

信長は前久の腰巾着《こしぎんちゃく》のような小男をじろりとにらみ、つづきはお前がやれと蘭丸に目で伝えた。

「上様はすでに洛中に馬場を築くように命じておられます」

蘭丸が即座に後を引き継いだ。

「そのような場所が、洛中にありましょうか」

「近衛太閤さまの下屋敷から五町ほど北に、広々とした火除《ひよ》け地がございましょう。あそこなら造作《ぞうさ》なく馬場にすることができまする」

「お待ち下され、あそこは……」

内裏の東隣に当たる。

広々と空地にしてあるのも、大火の際に内裏が類焼することをさけるためだった。

「あそこなら主上も東の門からお出ましになるだけで馬揃えをご覧になることができます。これ以上の適地はありますまい」

「しかし、あの広さでは数万もの軍勢を収容することはできません」

「馬揃えに加わるのは、一千騎ばかりでございます。他の軍勢は路上に待機させまする」

めったに感情を表に出さない前久が、蘭丸の言葉に真っ青になった。

内裏のすぐ隣で馬揃えをするなど、汚《けが》れと不浄を忌《い》み嫌う朝廷にとって許しがたいことである。

しかもその間数万の軍勢を路上に止められては、内裏は織田軍に包囲されたも同然だった。

「それは……、軍勢を路上に待機させることだけはご容赦願いたい」

「何ゆえでございましょうか」

「信長公の馬揃えと聞けば、洛中洛外から数万もの群衆が見物に押しかけましょう。その者たちと、どのような争いが起こるやも知れませぬ」

「当家の配下には、群衆と争うような不心得者はおりませぬ。また所司代の兵が万全の警備をいたしますので、ご懸念は無用でございます」

「しかし、それでは……」

反論に詰まって口ごもる前久を、信長は胸のすくような思いでながめていた。

(さあ、言え。お前らのような人殺しを、尊い主上に近づけたくはないのだと言ってしまえ)

言えるか、言えまい。なぜならお前らは、我々が血まみれになって築き上げた太平の上にあぐらをかいているからだ。

しかも臣下としてひれ伏すことまで求めている。そんな都合のいい話があってたまるか。

ひれ伏すのは余ではない。お前たちだということを、これから骨の髄まで分らせてやる……。

「ところで吉田どの。ひとつ教えてもらいたいのだが」

信長は急に相好をくずして兼和に声をかけた。

「何でございましょうか」

「神道《しんとう》とはいかようなるものかな」

「その奥儀《おうぎ》は深遠にして、とてもひと口には申し上げられませぬ」

吉田神社の神主である兼和は、曾《そう》祖父吉田兼倶《かねとも》が体系化した唯一《ゆいいつ》神道を相伝する本邦第一の神道家だった。

「では、簡単なことだけでも教えてくれ。神道のもとは天照大御神《あまてらすおおみかみ》と聞いたが、これはまことかな」

「はい。この世のすべては、大御神より生じております」

「兼和、控えよ」

危ういと見た前久が、素早く間に割って入った。

「近衛、われこそ控えておれ」

「しかし、上様に教えをたれるなど僭越《せんえつ》でございますゆえ」

「そのようなことがあるか。余は幼少より戦《いくさ》に明け暮れてまいったゆえ、四書五経を読んだことも和歌や物語の素養もない。それゆえ本邦第一の学者に教えを乞《こ》いたいのだ」

信長は立ち上がると、兼和の手を引いて上段の間《ま》に座らせた。

「師に教えを乞うに、上座にあってはなるまい。どうぞこちらでご教授下され」

「そのような、めっそうもない」

はいつくばったまま後ずさろうとする兼和の大きな袖《そで》に、信長はいきなり脇差《わきざし》を突き立てて釘付《くぎづ》けにした。

「無用の遠慮は無礼と同じじゃ。生きてここを出たければ、余の求めに応じよ」

「どうぞひらに、ひらにご容赦を」

「ならぬ。わが師となるか素っ首を失うか。ふたつにひとつじゃ」

「晴豊、まいろうか」

前久が勧修寺晴豊をうながして立ち去ろうとした。

「近衛、なぜ帰る」

「我らがいてはご学問のさまたげとなりましょう。それに急ぎの用もございますゆえ」

「ならぬぞ。われにもまだ用があるでな」

「ならば、そのように無粋なものは片づけていただきたい」

「そうか。これか」

信長は今しがたのことなど忘れたように機嫌を直し、蘭丸に脇差を片づけるように命じた。

「さて、これでよかろう。吉田どの、そなたは先ほど、この世のすべては天照大御神より生じていると申されたな」

「さよう申しました」

「ではキリシタンのとなえるデウスと、天照とは同じものでござろうか」

「いいえ。デウスや釈迦《しゃか》や孔子の教えは、天照大御神の教えが姿を変えてこの世に現われたものでございます」

「蘭丸、さようか」

「我らキリシタンは、デウスこそ万物の根本であると信じております」

「ならばどちらが正しいか、論じてみなければならぬな。数日後にはヴァリニャーノらが上洛するゆえ、宗論いたせ。近衛、われも立ち合うのじゃ」

朝廷にとっては青天のへきれきともいうべき命令を下すと、信長は返事も待たずに席を立った。

宗論――。

信長がなぜ急にこのようなことを言い出し、朝廷側は顔色《がんしょく》を失うほどに怖《おそ》れおののいたのか。

著者《わたし》はその頃信長公に仕えてはいたものの、たわけの清麿《きよまろ》と呼ばれた新参者にすぎなかったので、本当のところはよく分らない。

だが当時の史料を渉猟《しょうりょう》し、森坊丸どのからうかがった話と合わせて考えてみると、およそ次のような事情が察せられる。

信長が宣教師ルイス・フロイスと初めて会ったのは永禄《えいろく》十二年、西洋人が用いるグレゴリオ暦では一五六九年のことである。

この前年に足利義昭《よしあき》を擁して上洛した信長に対し、フロイスは洛中での在住と布教の許可を求めた。

信長は快《こころよ》くこれを許したが、朝廷や寺社からはいっせいに非難の声が上がった。

日本は神道を基《もと》とし、仏教、儒教の教えを合わせて成り立った国である。しかも都は帝《みかど》が内裏を営まれ、諸山が鎮護《ちんご》する聖なる場所である。

そこに南蛮人を立ち入らせ、キリシタンの布教を許すとは、本邦破滅のもとである。

神官も僧侶《そうりょ》も口を極めてそう主張し、信長に許可の取り消しを求めた。

その先頭に立ったのが、日蓮《にちれん》宗徒の朝山日乗《あさやまにちじょう》である。信長にも重く用いられていた日乗は、信長が宿所としていた妙覚寺に日参してキリシタンの追放を訴えた。

そこで信長はどちらの主張が正しいかを決するために、日乗とフロイスに宗論を命じた。

ところが洛中では論客をもって鳴る日乗が、一刻《とき》ちかくもつづいた議論の末に完膚《かんぷ》なきまでに論破されたのである。

日本語の不自由なフロイスのために、日本人修道士ロレンソが通訳を務めていたが、議論に窮した日乗は、信長の刀をつかんでロレンソに斬《き》りかかる失態を演じたほどだ。

これで勝負は決したかに見えたが、信長が岐阜城に引き揚げると日乗は思いもよらぬ反撃に出た。

正親町天皇からキリシタン追放の綸旨《りんじ》を得て、フロイスたちを洛中から追い出しにかかったのである。

こうしたやり方に激怒したフロイスは、岐阜城に駆けつけて事の次第を信長に訴えた。

並の大名なら、「ご綸旨とあれば是非もない」とフロイスの訴えをさけたはずである。

ところが信長はフロイスの訴えに理があると判じ、在住と布教の許可を撤回しなかったばかりか、

「内裏も公方《くぼう》も気にするには及ばぬ。すべてのものは余の支配下にあり、余の命に従っておればよい」

高らかにそう宣言したのである。

以後洛中にも安土城下にもキリシタンの教会が建てられ、信者の数は増加の一途をたどった。

キリシタンに改宗する大名も多く、領国内の神社仏閣を容赦なく破却していった。

朝廷や寺社にとっては容易ならざる事態である。

この上にフロイスよりもはるかに地位の高いヴァリニャーノなる巡察師が来て、吉田兼和を筆頭とする神道界の理論家たちを論破したなら、信長は朝廷の存続さえ停止するのではないか。

洛中ではそんな噂《うわさ》が飛び交い、公家《くげ》たちは首筋にうすら寒さを覚えながら一行を待ち受けていたのだった。

ヴァリニャーノの一行が京都に着いたのは、天正九年二月二十二日のことだ。

森蘭丸が報告したように、馬三十五頭、馬借四十人が信長への献上品を運び、騎馬八十、徒兵《かち》二百が警固するものものしい行列だった。

ヴァリニャーノは金色のひげをたくわえ青い目をした、雲つくような大男だった。肩幅のがっしりとした巨体を、黒い絹の長衣《スータン》でおおい、つば広の黒い南蛮帽をかぶっている。

その両側にはオルガンチーノとフロイス、ロレンソが従っていたが、都人がもっとも注目したのは、黄金の十字架を高々とかかげて行列の先頭を歩く肌の黒い男だった。

身の丈はヴァリニャーノと同じくらいに高いが、しなやかなほっそりとした体つきをしている。年は二十五、六ばかりで、目の大きいととのった顔立ちである。髪は丸くちぢれて頭に張りついたようで、顔も手も驚くほどに黒かった。

都大路に群れ集まった者たちが注視する中、一行は四条坊門通りに面した南蛮寺に入った。

三階建の西洋風の教会で、天正四年にフロイスらが信長の助力を得て築いたものだ。

一行が到着した直後から、南蛮寺の周囲では大変な騒ぎが持ち上がった。丹波の黒牛のような肌をした男がいると聞いた洛中《らくちゅう》の者たちが、一目見ようと先を争って押しかけたからである。

このことあるを予期していた村井貞勝は、所司代の兵を出して警固に当たらせたが、これを怒った群衆は兵たちに投石する有様だった。

物見高いという点では、信長も負けてはいない。翌二十三日には件《くだん》の黒人を本能寺に呼び、信忠や信孝を同席させて対面した。

南蛮寺と本能寺は間近である。長身の黒人は、オルガンチーノや日本人信者と共に中庭に控えていた。

（ほう）

信長は一目見るなり、心の中で驚きの声を上げた。

男の澄んだ目と高貴な顔立ちに、ただならぬものを感じたのである。

「ご命令により参上いたしました。この男がヴァリニャーノさまの召使いヤーシェルでございます」

オルガンチーノが流暢《りゅうちょう》な日本語で語った。

イタリア出身で、イエズス会の中部日本布教長に任じられている。来日して十二年目になる、日本びいきの宣教師《パードレ》だった。

「ヤーシェルとは名前でございましょうか」

信長の意を受けて蘭丸がたずねた。

「その通りでございます」

「どちらの国の生まれでございますか」

「アフリカ大陸の南東にモザンビークという所がございます。そこで生まれたと申しております」

モザンビークにはポルトガル人の巨大な要塞《ようさい》があり、ヴァリニャーノの一行もここに寄港してきたという。

「その国の者たちは、皆このような肌の色をしているのでしょうか」

「その通りでございます」

「洗ってみろ」

信長がぼそりと命じた。

蘭丸は一瞬何を言われたか判断がつかず、端正な顔にとまどった表情を浮かべた。

「墨を塗っておるやも知れぬ。上着を脱いで体を洗ってみろ」

さっそく手桶《ておけ》と布が運ばれ、ヤーシェルの服が脱がされた。

顔と同じように、体も黒漆《くろうるし》を塗ったようにつややかである。しかも胸も腹も肩口も、無駄のないしなやかな筋肉におおわれていた。

（ほう）

信長は再び驚きの声をもらした。

幼い頃からよほど厳しく鍛え上げなければ、こんな体つきにはならない。得意の武器を取らせたなら、かなりの腕前にちがいなかった。

しかもよってたかって背中や胸をこすられながら、仏像のように平然と座り、口もとには鎮《しず》まった笑みを浮かべていた。

「得物《えもの》は槍《やり》か」

信長が甲高《かんだか》い声を発した。

気になるあまり、蘭丸に取り次がせる間を待てなかった。

「そうです」

驚いたことにヤーシェルが直に答えた。

「言葉が分るか」

「日本に来てもうすぐ二年になりますから」

ヴァリニャーノの一行が島原半島の口ノ津に着いたのは、天正七年七月二日のことだ。

以来九州での布教活動に従事し、二十日ほど前に豊後《ぶんご》から出港してきたのである。

信長はさっそく槍の心得のある者を選び、ヤーシェルと手合わせるように命じた。

長身の高橋虎松《とらまつ》が、穂先をはずした稽古《けいこ》用の槍を小脇《こわき》にたばさんで庭に下りた。

ヤーシェルも同じく二間《けん》の槍を構えて対峙《たいじ》した。六尺三寸もの背丈なので、虎松が子供のように小さく見える。

それでも虎松は相手の足元めがけて果敢に攻めた。

長身がわざわいして下半身に隙《すき》があると見てのことだが、ヤーシェルは前後左右に足を送り、時には槍ではね上げて巧みにかわす。

焦《あせ》った虎松が上体をねらって槍を突くと、自分の槍をからめるようにしてはね上げた。槍は虎松の手を離れ、高々と宙に舞った。

（ほう）

信長は三度《みたび》感嘆の息をもらし、この男が欲しくてたまらなくなった。

「パードレさま。上様はこの方を家臣にしたいとお望みでございます」

蘭丸がさっそくオルガンチーノに意を伝えた。

「これはヴァリニャーノさまの召使いです。私の一存では決められません」

「それでは明後日の巡察師さまとの対面の折に、改めて申し入れることにいたします」

二日後、ヴァリニャーノが本能寺を訪ねた。

オルガンチーノ、フロイス、ロレンソらを従え、ヨーロッパやインド、マカオなどで仕入れたおびただしい献上品をたずさえている。

その中には、ヤーシェルも含まれていた。

信長は自ら玄関まで出て一行を迎え、客間へ案内した。

客間には赤いビロードを張った椅子《いす》二脚を置き、ヴァリニャーノと向かい合って座った。

オルガンチーノらは二人の間に立ったまま通訳を務めた。

「遠国からのご来訪、大儀でござった」

フロイスはポルトガル人、オルガンチーノとヴァリニャーノはイタリア人である。通訳はオルガンチーノがイタリア語で果たし、時折フロイスが補足することにした。

「この椅子は実に座り心地がよい。以後大切に使わせていただく」

信長は献上品の椅子をさっそく使用することで、ヴァリニャーノの好意に報いた。

「信長さまがイエズス会の布教のために数々の手助けをしていただいていることは、パードレたちからの報告で知っておりました。ローマの教皇さまも大変喜んでおられます。深く感謝申し上げます」

「日本についてどう思われたかな」

「九州も美しい土地でしたが、都はもっと素晴しい。アジアの宝石と呼ぶにふさわしい国でございます。それに整然と治安が保たれ、人々が活発に往来しているのを見て、信長さまの治政が大変優れたものであることを実感いたしました」

「この者もキリシタンの信者でな。貴殿が来られるのを、首を長くして待っておった」

信長はかたわらに控えた蘭丸を紹介した。

「日本に来てパードレたちの報告が偽りではなかったことを知りました。日本の信者はとても真剣で熱心です。高槻でのイースターでは、私も行列に加わって彼らと共に歩きました」

「それは良いことをなされた。献上品の中にはぶどう酒もあったようだが、貴殿は飲まれるかな」

「いいえ。酒は信仰の妨げとなりますので」

「さようか。ならば茶を運ばせよう」

信長も酒は好きではない。この青い目をした大柄な男が酒を飲まないと聞いて、急に親しみを覚えた。

「ヴァリニャーノさまは今でも毎日鞭打《むちう》ちの苦行《くぎよう》をつづけておられます」

上司の偉大さを伝えずにはおれないというようにオルガンチーノが付け加えた。

「鞭打ち……。何のためにそのようなことを」

「人は原罪を背負ってこの世に生まれました。ですから一日の行ないをかえりみて、罪あるところを正すために已れを鞭打つのでございます」

「原罪とは何かな」

「人の祖先は楽園にあった頃、神のお申し付けにそむきました。それゆえ罪を負ってこの地上に追放されたのでございます」

「仏教に言う執着と原罪とは同じものであろうか」

「考え方においてはきわめて似ていますが、仏教では個人の修行によって執着を去ることができると説いています。キリスト教における原罪は、神に帰依《きえ》することによってしか消し去ることができません」

「背中を見せてもらおうか」

本当に毎日鞭打っているのか、信長は自分の目で確かめたくなった。

「ヴァリニャーノさまは、イエズス会総長と同じ権限を持ったお方でございます。そのような申し入れをするのは適当ではありません」

オルガンチーノが困惑して通訳をこばんだ。

「ならばフロイス、そちが伝えよ」

「私もオルガンチーノと同じ考えでございます。上様が他国を訪問なされた時に同様のことを求められたなら、どのような思いをなされるでしょうか」

「その方たちは常々、神の子は平等であると申しているではないか。ヤーシェルの体を洗うことは認めておきながら、この方の背中を見るのは許さぬと言うのは理屈に合うまい」

「デウスに仕える者には、己れの善行や苦行を人にひけらかしてはならないという掟《おきて》がございます。それゆえこのように申し上げるのでございます」

オルガンチーノとフロイスは口をそろえて弁解につとめたが、信長は執拗《しつよう》に背中を見たがった。二人がこばむのは、鞭打っているという話が嘘《うそ》だからではないかと思ったからである。

急に険《けわ》しくなった雰囲気をいぶかって、ヴァリニャーノが理由をたずねた。

オルガンチーノから事情を聞くと一瞬むっとした表情になったが、

「見せることは掟にそむくのでできませんが、触っていただくだけなら構いません」

そう返答させた。服の上から触れば分るはずだという。

自信と威厳に満ちた表情を見ると、信長の疑いは氷解した。

そしてこの大きな男がどんな国に生まれ、なぜ宣教師としての道を選んだのか知りたくなった。

「この方の言葉をそのまま訳せ。偽りや飾りはまかりならぬ」

信長に厳命されてオルガンチーノが通訳したのは、次のようなことだった。

「私はイタリア南部のナポリ王国に一五三九年二月六日に生まれました。

ヴァリニャーノ家は町でも有数の名門貴族で、父は枢機卿《すうききょう》大司教という高い地位についていました。ローマ教皇パウロ四世とも親しい間柄でした。

信長さまの名前には長く信じるという意味があるそうですが、私のアレッシャンドロという名前には寛大なという意味があります。

若くしてイタリア北部のヴェネツィアへ行き、パドヴァ大学で法律学を学びました。この大学は完全な知識のゆりかごと評された名門で、コペルニクスや数多くの学者を輩出しています。

彼らの研究によって地球が球体であることが証明され、イスパニアやポルトガルの大航海時代が始まったのですから、今日の世界の基礎を築いた大学と言っても過言ではありません。

私は十八歳で法律学の学位を得て卒業し、故郷に帰って聖職者として生きることといたしました。

ところがその二年後に、私の後ろ楯となっておられた教皇パウロ四世が死去されたために、カトリック教会内で約束されていた私の将来ははかないものとなりました。

私は自分の力で未来を切り開く必要に迫られ、もう一度パドヴァ大学に戻って学問をつづけることにしました。

法律学の権威となって、検察官か弁護人になろうと思ったからですが、やがて私自身が法律によって裁かれる身になろうとは、神は何と深遠なるご配慮をなされるのでしょう。

あれは一五六二年十一月二十八日のことですから、私は二十三歳、日本の数え方に従えば二十四歳になっておりました。

その日は大学の講義が終わり、長い冬の休みに入る前日で、学生たちは解放された気分にひたっておりました。

いずれも二十歳前後の血気さかんな若者ですから、それぞれの郷里に帰る前に飲み明かそうということになり、仲間と町の酒場にくり出しました。

盃《さかずき》を重ね酔いが進むにつれて、次第に自由で大胆な悪魔的な気分になっていき、酒場の女たちをくどき始めました。

その店の二階は旅館にもなっていて、気に入った女がいれば連れて上がることができるようになっていました。

それまで私は娼婦《しょうふ》と接したことは一度もありませんでした。父が厳格な司教だったせいか、神の教えに背《そむ》いてはならないという信念が心の中にしっかりとあったからです。

ところが若い頃には妙な気持にそそのかされるもので、仲間たちが先を争って女たちをくどいているのを見ると、自分が遊びなれていないことを見抜かれるのが恥ずかしくなりました。

教皇パウロ四世が亡《な》くなられた今では、司祭として生きることもないという鬱屈《うつくつ》した思いもあったのでしょう。

仲間たちの中では最年長だった私は、さも遊びなれた風を装《よそお》い、安酒場の船乗りのように下品な言葉で女を誘いにかかりました。

それを神はお許しになりませんでした。

近くの席に座っていたフランチェスキーナという若い女性の口を借りて、私の軽薄な振る舞いをとがめられました。

彼女は店の女ではなく、恋人と食事に来ていたのですが、私はすでにそう判断することもできないほど理性を失っていました。

しかも心の中に神の教えに背いているという後ろ暗さがあったせいか、そのことを真っ向からとがめられると、我を張り通さずにはいられなくなりました。

私は論理も誠実さもない口論をつづけた挙句、逆上して彼女に襲いかかりました。

なぜそんなことをしたのか、今でも分りません。はっと我に返った時には、フランチェスキーナは顔中を血だらけにして床に倒れていました。

あわてて近くの外科医を呼んで手当てをさせ、何とか一命はとりとめましたが、顔には十四針も縫《ぬ》うおぞましい傷跡が残りました。

私は犯罪者として拘禁《こうきん》され、検察官に罰金と治療費と賠償金の支払いを命じられた後に町から追放されました。

このことがあって以来、私は己れの罪深さ、人の原罪というものを強く意識するようになりました。この罪をあがなうためには、神の下部《しもべ》として生涯を過ごすしかないと決意し、もう一度聖職者の道を志しました。

鞭打ちの苦行を行なうようになったのは、この頃からです。

一五六六年、二十七歳の時にイエズス会の会員となるための試験を受けました。

信長さまもご存知のことと思いますが、イエズス会は一五三四年にフランシスコ・ザビエル師やイグナチウス・デ・ロヨラ師がパリのモンマルトルの丘で誓願を立てて始められた会派で、パウロ三世によって活動を認可されました。

ザビエル師の事績からも分るように、全世界への布教を目的として設立されたものでした。

イエズス会員となるための試験に合格した私は、その後ローマ学院において司祭になるための本格的な勉強を始めました。

幸いパドヴァ大学で法律学を修めていましたので、教会法学者としてはすでに高く評価されていましたが、その上に哲学、神学、数学、物理学の研究に没頭しました。そうして一五七〇年三月二十五日の土曜日、聖母マリアお告げの祝日に司祭に任じられました。

インドへの派遣を希望したのは、それから三年後のことです。私もザビエル師のように一人の司祭としてキリストの教えを世界に広めたいと念じていましたが、思いがけないことにイエズス会総長メルクリアンは私を東インドの巡察師に任じました。

東インド管区のパードレたちは、アフリカの喜望峰から極東の日本に及ぶ広大な地域で布教活動を行なっています。巡察師はその最高責任者ですから、私のような者にはとても務まらないと辞退しましたが、メルクリアンの強い要望に押し切られて引き受けることにしました。

一五七三年九月にローマを出発し、イエズス会の後援者であるポルトガル国王と対面した後、翌年の三月二十一日にインドに向けて出港しました。

おたずねになったことにうまく答えられたかどうかは分りませんが、これが故国を離れるまでの私の簡単な経歴でございます」

ヴァリニャーノの長い話を、オルガンチーノが工夫をこらしながら日本語に訳していった。

信長はヴァリニャーノの青い目を真っ直《ま》ぐ《す》に見ながら話を聞いていた。

意味の分らないことも多かったが、この大きな男が一人の女を傷つけたことを深く気に病み、生涯を神に捧《ささ》げようと決意したことはよく分った。

「御免」

信長はふいに立ち上がり、ヴァリニャーノの後ろに回って背中をなでた。

黒い長衣《スータン》の上からでも、背中の肉がもり上がり、足の裏の皮のように固くなっているのが分る。何年もの間我が身を鞭打ってきたことが事実だと、手のひらから直に伝わってきた。

「貴殿の話が本当だということがよく分った。誠実に話していただいたことに感謝申し上げる」

丁重に礼を述べながらも、信長には女を傷つけたくらいでこんな生き方を選ぶ男の心情が理解できなかった。

「信長さまは、どのような青年時代をお過ごしになりましたか」

ヴァリニャーノがたずねた。

「そうだな。余は……」

信長は珍らしく来《こ》し方《かた》に思いを馳《は》せた。

もっとも心にわだかまっているのは、弟の信行を清洲《きよす》城に呼び寄せて斬殺《ざんさつ》したことである。ヴァリニャーノが女に傷を負わせたのと同じ二十四歳の秋のことだ。

対立していた弟を病気と偽っておびき出し、自らの手で斬《き》り殺した。

そこまでしたのは弟ばかりを可愛《かわい》がる母親への復讐《ふくしゅう》心があったからだと話したなら、この寛大なパードレは何と言うだろう。

八年前には妹の夫を攻め殺し、二人の間に生まれた息子を串刺《くしざ》しの刑にした。そればかりではあき足らず、夫の頭蓋骨《ずがいこつ》に金箔《きんぱく》を塗って盃《さかずき》を作り、皆で戦勝の祝盃《しゅくはい》を上げた。

比叡山《ひえいざん》の焼き討ち、伊勢長島や越前での一向一揆《いっき》のなで斬り、そして数えきれないほどの合戦。

生涯に殺した者の数は二十万を下るまい。自分で手を下した者も二百人ちかいはずである。

それでも後悔などしていないと言ったなら、このパードレはどんな顔をするだろうか……。

「余の青年時代は、戦《いくさ》に明け暮れる日々であった。語るべき思い出など何ひとつない」

気が滅入《めい》る話は早々に切り上げ、ヨーロッパからの航路についてたずねた。

オルガンチーノは待ってましたとばかりに世界地図を広げた。

「ここがイスパニア、その隣がポルトガルです。ヴァリニャーノさまはリスボアから出航され、喜望峰の沖を通過して、モザンビークに入港なさいました」

モザンビークからインドのゴアへと向かい、三年間布教に従事した後、マラッカ、マカオを経て九州にたどり着いた。

それぞれの港にポルトガルの要塞《ようさい》があるので、航海中に身の危険を感じることはなかったという。

世界地図の上では、日本など豆つぶほどに小さい。キリシタン嫌いの家臣の中には、パードレたちは自分の国の偉大さを吹聴《ふいちょう》するために偽《にせ》の地図を見せているという者もいたが、信長はそうは思わなかった。

フロイスやオルガンチーノから聞いた航海日数や海流の流れ、各地の様子などは、実に整然として説得力に満ちているからだ。

信長は最後に布教の目的についてたずね、望みがあれば何なりと申し出るようにと伝えさせた。

「布教の目的は世界中の人々に神の教えを伝え、魂の苦しみから解放することでございます」

ヴァリニャーノは迷わずそう答えた。

「この国では仏教や儒教、神道というものが信仰されておる。それらの教えでは救うことはできぬか」

「それは教えを聞いた人が判断することでございます。我らはただ神の教えを伝えるばかりで、強制しようという気持はございません」

「余はキリシタンと神道の教えがどうちがうのか、いずれが正しいのかを見極めてみたい。神主にもその旨《むね》申し付けておるゆえ、余の前で宗論をしてもらいたい」

「承知いたしました。お望みとあらば、いつでも応じる用意をしておきましょう」

かつて朝山日乗に完勝した実績があるためか、パードレたちは自信満々だった。

「それで、望みは」

「ヴァリニャーノさまは安土での滞在と、ご領国への布教を許していただきたいと望んでおられます」

オルガンチーノが申し出た。

「造作もないことじゃ。好きなだけ安土にとどまり、どこにでも自由に出かけられるがよい。費用に不足があれば、いつでも申し出られよ」

「かたじけのうございます。もし差し支えないようでしたら、もうひとつ望みをかなえていただきたいのですが」

「遠慮は無用じゃ。申してみよ」

「この国の帝《みかど》にお目にかかりたいのでございます」

「分った。近々馬揃《うまぞろ》えをいたすゆえ、その場で会われるがよい」

信長の表情がみるみる険しくなり、こめかみにはくもの巣のように青筋が浮き上がった。

「ただし、常々その方らにも申しておるごとく、この国のすべてのものが余の支配下にあり、余の命令にだけ従っておればよい。内裏も帝も朝廷も、もはや帽子につけた羽根飾りのようなものじゃ。馬揃えの場で、余がそのことを証《あか》してみせよう。また彼らがとなえる神道が、いかに矛盾とまやかしに満ちたものであるかは、宗論の席でご自身で確かめられるがよい」

天下布武《ふぶ》。己れを頂点とする整然とした支配体制を築こうとしている信長は、例外を一切認めない。

ひときわ鋭い美意識と潔癖性とが、それを許さないのだった。

織田軍団による馬揃えは、二月二十八日と定まった。

その前日、近衛前久は早朝から内裏に参内した。八景絵間に太閤《たいこう》（関白経験者）を集めて、馬揃えへの対応策を話し合うためである。

信長がこれほど強引に洛中《らくちゅう》で馬揃えを行なうのは、何かねらいがあってのことだ。無理難題を持ち込まれる前に、こちらから懐柔策を講じておかなければ、抜き差しならぬことになりかねない。

前久は馬揃えの日取りが決まった時からそう訴え、ようやく太閤評定《ひょうじょう》までこぎつけたのである。

朝廷の方針は近衛陣での陣定や、三位《さんみ》以上の公卿《くぎょう》を集めて行なう小御所会議で決定されるが、非公式な根回しは八景絵間の太閤評定で行なわれるのが常だった。

前久はこの席で、織田信長を左大臣に推任したいと提案した。

信長は天正六年に右大臣を辞して以来、朝廷の職についていない。ここで左大臣に就任したなら、朝廷のために力を尽くしてくれるにちがいない。

たとえ就任を断わったとしても、推任さえしておけば馬揃えの後にどのような難題を持ち込まれようと、左大臣に就任してくれるなら応じると言って切り返すことができる。

前久はそう主張したが、現関白の九条兼孝らの反応は鈍かった。信長に対して前久ほど脅威を感じていないからである。

「近衛太閤はんは、信長に取り入ろうとしてあないなことを言わはるんや」

そんな批判を真顔で口にする者もいた。

それに信長を左大臣に推任するとなれば、現職の一条内基をどうするかという問題が起こり、朝廷の人事すべてに手をつけなければならなくなる。

信長の目的は主上のご来臨をあおいで馬揃えをすることにあるのだから、剣や時服を下賜《かし》するくらいで充分であろう。

一刻《とき》ちかい評定の末に決まったのは、そんな生ぬるい結論だった。

憤懣《ふんまん》やる方ない前久は、酒席のさそいも断わって内裏を辞した。

(信長に取り入ろうとしてだと)

評定での批判を思い出すと、猛烈に腹が立ってきた。

信長に接近したのは、朝廷を守る道はそれ以外にないと見切ったからである。決して自己の利益を図るためではない。

(それを事もあろうに、あのような席で……)

馬鹿《ばか》で意固地でねたみ深いのは、持って生まれた資質だからやむをえない。許しがたいのは、あの者たちの性根《しようね》が腐っていることだ。

五摂家当主という生まれながらの地位にあぐらをかき、何の技量も見識もないくせに権門意識だけはおおせいである。

朝家《ちようか》の将来や我が国のあるべき姿についての考えなど、毛の先ほども持ち合わせてはいない。

怒りにふくらむ胸の内であれこれと悪態をついているうちに、前久は「かび臭い屋敷と苔《こけ》むしたようなあほう面《づら》ばかりで、息が詰まって死にそうだ」と言った信基の姿を思い出した。

朝廷の屋台骨を支える身としては、信長に接近し過ぎた息子を是とすることはできない。だが五摂家筆頭の近衛家に生まれながら、その地位に甘んじることなく己れの道を模索しているところは、なかなか見所があると言うべきだった。

土御門《つちみかど》通りまで出ると、前久は四方輿《しほうごし》を東に向かわせた。

内裏の東隣の広大な空地に、馬場が作られていた。

南北は鷹司《たかつかさ》通りから一条通りまでおよそ四町半、東西は万里小路《までのこうじ》通りから高倉通りまで一町半ばかり。雑草を刈り取り、数十軒の民家を立ちのかせ、美しく整地してあった。

東西には高さ八尺の丸太で柵《さく》を結《ゆ》い、内裏の東門に面した高倉通りには、主上のご来臨をあおぐための桟敷《さじき》が作られていた。

通り沿いに長さ十五間ほどの高床を組み、その上に行宮《あんぐう》を建てていた。屋根は唐破風《からはふ》で飾り、黒漆塗りの柱には黄金がちりばめてある。遠くからでも行宮と分る堂々たる造りだった。

土御門通りの南側には武家用の高床が組まれていた。長さが二十間、奥行き三間ほどの大きな高床だが、建物は建てていない。高さも六尺ばかりで行宮よりも一尺ばかり低かった。

わざわざ間近まで輿をやってそのことを確かめ、前久は安堵《あんど》の息をついた。信長は主上より高い桟敷に座るつもりではないかと懸念《けねん》していたからである。

「明日はこの柵を緋毛氈《ひもうせん》で包むそうでございます」

供の者がそう告げた。

高さ八尺の丸太は半間おきに植えてある。四町半では五百四十本、両側では千八十本。太さのそろった丸太を緋毛氈で包めば、さぞ見事な景観をていするにちがいなかった。

近衛通りの館《やかた》に戻ると、吉田兼和が待ちわびていた。

「ご首尾はいかがでございましたか」

「皆呑気《のんき》に構えておる。話にもならぬわ」

前久は気分直しに冷たい酒を運ばせた。

「先ほど内府さまが安土より戻られました」

「ならば呼んでくれ。話しておきたいことがある」

「それが信長公からの使いがあって、すぐに本能寺に向かわれました」

「用向きは」

「弥助《やすけ》とかいう黒人を家来にしたので、披露したいとのことでございます」

ヴァリニャーノの召使いだったヤーシェルをもらい受けた信長は、弥助という名を付けて近習の一人に加えたという。

だが急に呼び出したのは、他に何か目的があってのことにちがいなかった。

「信長は異人にも宗論をせよと申し付けたそうだ」

その知らせは、織田信忠がもたらした。

朝廷との対立を深める父の行く末を危ぶんだ信忠は、前久の力を借りて何とか融和の道をさぐろうとしていた。

「相手はイエズス会きっての学者だそうだ。宗論をして打ち負かす自信はあるか」

「ございます」

兼和はためらいなく答えた。

「我が吉田家は古くは兼好法師や慈遍《じへん》大僧正、近年では唯一《ゆいいつ》神道を大成された兼倶卿《かねとも》を輩出した神道学の宗家《そうけ》でございます。イエズス会きっての学者であろうと、一歩も引けを取るものではございません」

「ほう。いつになく頼もしいではないか」

「ただし、これは宗論が公平に行なわれた場合でございます。信長公は以前にも日蓮《にちれん》宗《しゅう》の力をそぐために安土宗論を利用されたことがございます。こたびの宗論においても、初めから我らを負けとする細工をしておられるものと存じます」

「口は調法なものよな」

言い訳などいかようにも立てられる。要するに兼和には、宗論に勝つ自信がないとしか思えなかった。

「めっそうもない。先日の異人との対面の折、信長公は神道は矛盾とまやかしに満ちたものだと申されたそうでございます。そう決めつけておられるからには、判者に意を含めて我らの負けとされるに相違ございませぬ」

「そう力み返らずともよい。私もこたびの宗論には応じられぬと考えておる」

そもそも神道とは理によって解明できるものではない。五感を研《と》ぎ澄まして神々のいますことを感じ取ることができなければ、百万言をついやしても徒労に終わるばかりなのだ。

人間の賢《さか》しき智恵《ちえ》では計り知れないからこそ神なのであって、宗論によって決定しようとするのは無意味なのである。

だがそう言っても信長は納得しないだろう。それでは朝廷とは、説明のつかないものを基礎として成り立っているのかと言い出しかねないので、よほどうまく断わらなければ新たな問題を引き起こす恐れがあった。

「要はどう断わるかじゃ。何かうまい手立てはないか」

「左大臣に推任さえしていただければ、信長公もこれほど朝廷に歯向かうような真似《まね》はなさらぬと思いますが」

「太閤評定で否決されたのだからやむをえまい。何かほかの策を……」

そう言いかけた時、前久の脳裡《のうり》にひらめくものがあった。

太閤評定を通さずとも、左大臣に推任したと同じ効果を生む方法があったのである。

出されたばかりの酒には手もつけず、前久は再び駕輿丁《かよちょう》をわずらわせた。

行き先は二条御所である。誠仁《さねひと》親王に説いて、左大臣推任の御内書をしたためていただくつもりだった。

(信長は今度の馬揃えを契機として、当今《とうぎん》にご譲位を迫ってくるかも知れぬ)

前久にはそんな予感があった。

馬揃えの日に合わせてヴァリニャーノの一行を上洛させ、宗論せよと言い出したのも、バテレン追放のご綸旨《りんじ》を出しておられる当今への警告にちがいなかった。

(万一そうなったなら、応じてもよい)

前久はそこまで腹をくっていた。

帝はすでに齢《よわい》六十五になられる。そろそろ朝儀の激務から離れて、仙洞《せんとう》御所にお移りいただいてもいい頃である。

これまでにも何度かそのご意向をおもらしになったことがあるが、仙洞御所の造営や新しい帝の即位の礼などに莫大《ばくだい》な費用がかかるために、ご翻意《ほんい》を願ったいきさつがある。

また誠仁親王が帝となられたなら、信長も朝廷に対してこれほど辛辣《しんらつ》に当たることはなくなるだろう。

そうした事情を勘案しても、今のうちに先手を打って左大臣推任の御内書を得ておくべきだった。

二条御所は近衛邸からわずかに南に下った所にあった。

信長が洛中での居所とするために築いたもので、四方に堀を巡らし、石垣を高々と築き上げた城構えの館である。

前久は輿のまま大手門をくぐり抜け、主殿に進んで来意を告げた。

あいにく親王は内裏に向かわれたばかりだった。八景絵間での酒席に招かれたのだという。

跡を追って内裏に行くべきかどうか思案していると、奥から三歳ばかりの男の子が駆け出して来た。

誠仁親王の第六の宮。後の智仁《としひと》親王である。

「お待ちなさい。まだ終わってはいませんよ」

着物の裾《すそ》を引きずりながら、勧修寺晴子《はれこ》が後を追って来た。

六の宮は母親を困らせるのが嬉《うれ》しくて仕方がないようで、ふり向きふり向き逃げて来る。

前久は式台からひょいと手を出して小さな体を抱き上げた。

「離せ。離さぬか」

ふんぞり返って抵抗する六の宮を晴子が抱き取り、ぴしりとひとつお尻《しり》を叩《たた》いた。

「さあ、奥御殿に戻りなさい。今度逃げたら明日は連れて行きませんよ」

どうやら馬揃えに備えて、装束を合わせていたらしい。六の宮は晴子に厳しくにらまれて、おとなしく奥へ戻っていった。

「明日は宮さま方もお出ましになるのですか」

「ええ。そのようにおおせつかっております」

晴子はひと頃ふさぎ込んでいたのが嘘《うそ》のように元気を取り戻していた。

「東宮さまに奏上したき旨《むね》あって参上いたしましたが、あいにく行き違いだったようでございます」

「何事でしょう。わたくしで用が足りるのであれば、後ほど宮さまにお伝えいたしますが」

「そうしていただければ助かります」

前久は矢立てと料紙を借りて、親王あての書状をしたためた。

「これを東宮さまにお渡し下さい」

書状に目を通した晴子は、いぶかしげな顔をした。

「何か」

「信長は左大臣の位を望んでいるのでしょうか」

「おそらく望んではおりますまい。しかし東宮さまから推任されれば、決して不快には思わないはずです」

「他の方々は推任に反対なされているのですね」

晴子の洞察力は驚くほど鋭い。前久が太閤《たいこう》評定に敗れたためにここに来たことを、一瞬のうちに見抜いていた。

前久は推任の必要なことを力説して御所を辞したが、夕方になっても誠仁親王からの御内書は届かなかった。

内裏での酒席に出られた親王は、他の太閤たちから前久批判をお聞きになったのだろう。

翌二月二十八日――。

前久は何の備えもないまま、運命の日を迎えたのだった。

第四章 晴れの日

遠くで馬のいななきが聞こえた。

あたりの空気を切り裂くような甲高《かんだか》い声が一度、そしてもう一度……。

明け方の浅いまどろみの中にいた勧修寺《かじゅうじ》晴子《はれこ》は、奇妙な胸の高ぶりをおぼえて目を覚ました。

昨夜は遅くまで侍女の房子と衣装合わせをしていた。今日の馬揃《うまぞろ》えに着ていく装束《しょうぞく》がなかなか決まらなかったからだ。

床についても眠りにつけず、浅く寝入ってもすぐに目が覚める。そうしたことのくり返しが明け方までつづいたが、目覚めの気分は爽快《そうかい》だった。

体が宙に浮いたような感覚が残っているのは、幼い頃に母方の祖父に馬に乗せてもらった夢を見ていたからだろう。

確かに馬のいななきを聞いたと思ったのだが、あれも眠りの中でのことにちがいなかった。

(いやや、うち。子供のようや)

晴子は頬にかかった豊かな髪をかき上げた。

子供たちならいざ知らず、自分までが今日の馬揃えをこれほど楽しみにしていることが何やら面映《おもは》ゆい。こんな気持を房子に知られたなら、何を勘ぐられるか分ったものではなかった。

晴子は衣桁《いこう》にかけた装束を見やった。山吹襲《やまぶきがさね》の表着《うわぎ》に、亀甲文《きっこう》の浮き出たえび染の唐衣《からぎぬ》をかさねてある。

裳《も》や打衣《うちぎぬ》は、房子が美しくたたんで箱の中にしまっていた。

昨夜はこれでいいと思ったが、朝の光の中で見ると妙に地味である。表着の朽葉《くちば》色《いろ》に品がなく、やけに年寄りじみている。

晴子は縁側に出て表着に袖《そで》を通し、唐衣を合わせてみた。

やはり地味である。こんな着物で若草の君と並んだなら、引き立て役になるばかりだった。

中庭には季節はずれの紅梅が、しおれた花をつけていた。花にも人にも、歳月はひとしく老《お》いをもたらすものである。

その摂理にあらがうように、晴子は次の間《ま》に向かった。

「姫《ひい》さま、こんな早くにどうなされたのでございますか」

寝込みを襲われた房子は、まぶたの厚い目を驚きにしばたたかせた。

「この表着は地味すぎませんか」

晴子は右手を横に開き、胸の前に袖を引き寄せた。

「いいえ。色合いも文様も、気品と落ち着きがあって結構だと存じますが」

「灯《あか》りの下で見た時にはそう思いましたが、外では感じがちがいます。華やかな席なのですから、もう少し派手なものを選びましょう」

晴子にせかされて、房子はしぶしぶ衣装部屋について行った。

半刻《はんとき》ちかくかけて選んだのは、桜萌黄《さくらもえぎ》の表着である。表が萌黄、裏が赤花の襲《かさね》で、山吹よりはずっと華やかで若々しくなった。

「どう。少し派手すぎるかしら」

「お似合いでございますよ。まるで十《とお》ばかりも若返られたようでございます」

「お前は商人口《あきんどぐち》のようなことばかり言いますね」

晴子はすねた物言いをしたが、気分は浮き立っていた。手鏡をのぞいてみると、目の輝きまでがいつになく若やいでいた。

「それにしても、どうした風の吹き回しでございましょうね。姫《ひい》さまがこれほど装束に気を配られるとは」

「主上がお出ましになる晴れの日ですもの。当たり前ではありませんか。それより佐五の局《つぼね》はどうですか」

「ご安心下さいませ。官女の口に戸板を立てることなどたやすいことでございます」

今日は帝《みかど》に仕える上﨟《じょうろう》の局や女房衆も同席する。その中には佐五の局もいるので、晴子が若狭《わかさ》の局と偽って安土に行ったことに気付くかも知れない。

それをさけるために、佐五の局に口外しないように意を含めていたのだった。

親王家の一行が二条御所を出たのは、辰《たつ》の刻の少し前だった。

誠仁《さねひと》親王と御歳《おんとし》十一になられる若宮（後の後陽成《ごようぜい》天皇）は大八葉《だいはちよう》の車にお乗りになり、晴子や房子、それに二の宮以下四人の子供たちは糸毛《いとげ》の車を用いた。

車の飾りも従者の装束も、王朝絵巻から抜け出たように華やかである。沿道には大勢の見物人が出て、警固の兵といさかいを起こすほどだった。

車は陰明門から内裏《だいり》に入り、後涼殿《こうろうでん》の車寄せにつけられた。

誠仁親王やお子さま方はしばらく控えの間《ま》でくつろがれ、女房衆だけが東門《とうもん》の下から渡された階《きざはし》を上って桟敷《さじき》についた。

晴子が十二単《ひとえ》の長い裾《すそ》を引きずりながら桟敷に入った時には、すでに若草の君は下《しも》座《ざ》についていた。

季節には少し早い卯《う》の花襲の表着に、薄紅梅の唐衣をまとっている。清楚《せいそ》で若々しい装《よそお》いに、御所人形のようなあどけない顔立ちが一段と映えていた。

十九歳という年頃にしか持ちえない、輝くばかりの美しさだった。

晴子に気付いた若草の君は、こぼれんばかりの笑みを浮かべて頭を下げた。

晴子は軽く会釈《えしやく》を返して桟敷についたが、近頃宮さまの足が若草の君にばかり向いているだけに、心中おだやかではいられなかった。

気分を変えたくて、馬場に目を向けた。

東西一町半、南北四町半もある広大な馬場には、東西に緋色《ひいろ》の布で包んだ柵を巡らし、南北には騎馬武者が隙間《すきま》なく並んでいた。

掘っ立て小屋がまばらに建っていた荒地が、十日ばかりの間に草一本、石ころひとつない馬場に変わり、美しい白砂が敷き詰められている。

それは織田信長の力の大きさと美意識の鮮やかさを如実《によじつ》に表わしていた。

やがて帝の女房である上臈の局が、佐五の局らを従えて桟敷についた。

東門正面の行宮《あんぐう》に帝と親王、そして五人の宮たちが着座され、南側の桟敷には三位《さんみ》以上の公卿《くぎょう》たちが入っている。

五人の子供たちが束帯姿もりりしく玉座の左右に控えるのを見て、晴子の胸は誇らしさで一杯になった。

「姫《ひい》さま、あれが南蛮《なんばん》から来た異人どもでございますよ」

房子が小声で袖を引き、信長用の桟敷を見やった。

土御門《つちみかど》通りの南側に作られた高床の上に、南蛮帽をかぶり黒い長衣をまとったヴァリニャーノらが立っている。

その側《そば》には信長の家臣となった弥助《やすけ》ことヤーシェルが、裃《かみしも》姿で警固に当たっていた。

「あの弥助とかいう者は、一日中陽《ひ》に照らされた国から来たそうでございます。それゆえ陽に焼けて、あのように色が黒くなるそうでございますよ」

「そんなことがあるものですか。どこの国にも昼と夜はあるはずです」

「いいえ。夜があるのならあのような肌の色にはならないと、都中の者が噂《うわさ》しておりますもの」

「それなら色の白い異人たちはどうです。夜ばかりの国に住んでいるとでもいうのですか」

「そうですとも。ですからあの者たちは昼のある国に移り住みたくて、よその国を攻め取っているのだそうでございます」

「草木でさえ陽の光をあびなければ育ちません。夜ばかりの国なら、あのように大きな体にはならないはずです」

「あら、大豆の芽は光が射《さ》さなくとも育ちます。それにあの者たちがあんなに大きくなったのには、わけがあるのでございますよ」

房子が体を寄せ、さも秘密めかしてささやいた。

「何です。そんな風にもったいぶるのは、お前の悪い癖ですよ」

「あの者たちは牛や馬の肉を食べ、血を一滴残らず飲むのだそうでございます。キリシタンになる者は、その血を飲んで信者となった証《あかし》を立てるそうでございます」

神道《しんとう》では死や血の汚《けが》れを何より忌《い》む。それゆえ南蛮人たちが牛や馬の肉を食べ、血を飲むという噂を聞いただけで、内裏に仕える女房たちは怖気《おじけ》をふるっていた。

晴子が扇をかざして房子のさがない口をふさごうとした時、突然太鼓が打ち鳴らされた。

数百の太鼓が地を震わせて鳴り響いたかと思うと、やがて遠雷のように小さくなり、再び高い波となって押し寄せて来る。

音の高鳴りに合わせて馬場の南北にひしめいた織田の軍勢が、槍《やり》を天に突き上げて三度ときの声を上げた。

入場口に垂らした陣幕がさらりと払われ、騎馬武者たちが現われた。

いずれも唐綾《からあや》、唐錦《からにしき》の色鮮やかな装束をまとい、美々《びび》しく飾り立てた馬にまたがっていた。

先頭を進むのは、丹羽《にわ》五郎左衛門長秀と摂津、若狭の国侍たちだった。

若狭衆の中には、晴子の大叔父に当たる粟屋《あわや》勝久の姿もあった。

幼い頃に青年武将信長のさっそうたる武勇伝を語ってくれた大叔父である。

その頃にはまだ守護武田氏の家臣だったが、今や織田軍団の一員として誇らしげに馬揃えに加わっていた。

二番目は蜂屋《はちや》兵庫頭《ひょうごのかみ》頼隆と河内《かわち》、和泉《いずみ》の衆である。

「三番目は明智日向守《あけちひゅうがのかみ》光秀どのと大和の衆でございます」

信長がつかわした使い番が名を告げると、桟敷席から感嘆の声が上がった。

美濃土岐《みのとき》家の末流で、足利幕府の奉公人でもあった光秀の人気は高い。高い教養と涼やかな容姿の持ち主なので、女房衆の中にも好意を寄せる者が多かった。

東側の見物席に集まった数万の群衆からも、光秀をたたえる声がさかんに上がっていた。

四番目は村井貞成と根来《ねごろ》、上山城の衆たち。

その後ろを葦毛《あしげ》の馬にまたがった信長の嫡男《ちやくなん》信忠が、美濃、尾張の衆をひきいて進み、河原毛《かわらげ》（薄茶色）の馬に乗った次男信雄《のぶかつ》が伊勢の衆と共につづく。

信長の弟信包《のぶかね》、三男信孝、そして七兵衛信澄など織田一門の連枝《れんし》衆が通り過ぎると、公家《くげ》陣参の衆が入場して来た。

先頭は近衛前久《このえさきひさ》、信基《のぶもと》父子、次に正親町中納言季秀《おおぎまちちゆうなごんすえひで》、烏丸《からすまる》中納言光宣《みつのぶ》、日野中納言輝資《てるすけ》が、それぞれ十五騎ずつの供をひきいて堂々と進む。

信長の陣営に加わって数度の合戦に出た者たちだけに、武家に一歩もひけを取らない見事な騎乗ぶりだった。

これには女房衆も大喜びで、扇子や布を打ちふってさかんに声援を送っている。

「姫《ひい》さま、ご覧なされませ。内府さまのりりしいお姿は、まるで九郎判官《ほうがん》のようではございませんか」

房子が興奮に上ずった声を上げるほど、内大臣信基の姿は際立《きわだ》っていた。

紫色の水干《すいかん》を着て、白馬にまたがっている。手綱も腹帯《しりがい》も鞦も鮮やかな緋色で統一しているので、馬の白さがいっそう引き立っていた。

陣参衆の後には、細川右京大夫《うきょうだゆう》信良、細川右馬頭《うまのかみ》藤賢、伊勢兵庫頭貞為など、かつての足利幕府の重臣たちがつづいた。

その後から、たった今戦場から駆けつけたような猛々《たけだけ》しい武者たちが入って来た。

柴田勝家、前田利家、金森長近《ながちか》を中心とする越前衆である。

越中への進攻を企《くわだ》てている彼らは、越後の上杉景勝と熾烈《しれつ》な戦いをつづけていたが、今日の馬揃えのために雪の北陸路を踏み越えて上洛《じょうらく》を果たしたのである。

軍勢が入場する間にも数百の太鼓は遠く近く地鳴りのようにつづき、戦場の勇壮な雰囲気をかもし出していたが、越前衆の出現を機にぴたりとやんだ。

静まりかえった馬場を、一糸乱れぬ隊列を組んだ五百余騎が粛々《しゅくしゅく》と進んでいく。

と、突然高い笛の音が上がり、数百の笛と鼓《つづみ》がゆるやかな調子の曲をかなで始めた。

馬場は一転して広大な能舞台と化したのである。

何事ならんと固唾《かたず》をのんで見守る群衆の前に、信長の一行が姿を現わした。

先導するのは打矢（手突矢）を腰にさした二十騎ばかり。次に厩《うまや》奉行青地与右衛門《よえもん》が信長の替え馬六頭をひいてつづく。

次には立烏帽子《たてえぼし》に黄色の水干という出立《いでた》ちの中間衆《ちゅうげん》、信長の太刀や長刀《なぎなた》、虎《とら》の行縢《むかばき》などをささげ持った小姓衆二十七人が進む。

その後がいよいよ信長の登場だった。

頭には唐冠をかぶり、頭巾《ずきん》を垂らしている。顔は鮮やかに化粧し、梅の花を首の後ろに高々とさしていた。

（何や、あれ。高砂大夫《たかさごたゆう》にでもならはったつもりやろか）

晴子は房子をかえりみたが、人の目があるので口にするのははばかった。

装束も異様なばかりに派手だった。

紅梅に白の段々模様の小袖の上に蜀江《しょっこう》の錦の小袖をかさね、袖口には金をより合わせて作った覆輪《ふくりん》を当てている。

その上に紅緞子《どんす》の肩衣《かたぎぬ》と袴《はかま》をまとい、白熊《しろくま》の毛皮で作った腰簑《こしみの》を巻いていた。

腰には金銀をちりばめた大小の刀と鞭《むち》、それに帝からたまわったぼたんの作り花をさしている。

右手には白い革の弓懸《ゆがけ》をはめ、足には猩々緋《しょうじょうひ》の沓《くつ》をはいていた。

まるで住吉明神が神棚から抜け出してきたような出立ちで漆黒《しっこく》の馬にまたがり、笛と鼓の音に合わせてゆっくりと進んでいった。

信長は手綱を取った手を、鞍《くら》の前輪に乗せていた。

小袖の袖口をおおった覆輪が重いので、こうしていないと腕がくたびれるからである。

紅緞子の肩衣も白熊の毛皮の腰簑もけっこう重い。それでも主上をはじめとする大観衆の前で馬を進めることに、気分は心地よく高ぶっていた。

今日の馬揃えは、噂となって畿内《きだい》はおろか日本国中に伝わるはずである。諸国の大名に織田家が天下を統《す》べる新しい時代が来たことを思い知らせずにはおくまい。

その噂をより語り甲斐《がい》のあるものにし、聞く者の耳をそばだてさせるためにも、想像を絶するほどの華やかさと力強さが必要だった。

内裏の東門前の行宮には、正親町天皇がお出ましになっておられる。誠仁親王や宮さま方も同席しておられる。

玉座には御簾《みす》を垂らしてあるのでお姿を拝することはできないが、この場に主上を引き出しただけで信長は満足していた。

なぜなら主上こそが、この国最高の権威だからである。

あれほど頑強に抵抗していた浅井や朝倉、そして石山本願寺を中心とする一向一揆《いっき》も、主上の勅命《ちょくめい》とあらば一も二もなく従ったものだ。

勅命こそは不可能を可能にする魔法の杖《つえ》なのである。

（その杖は、もはや余の手の内にある）

おそれ多いことながら、信長はそう感じていた。全国津々浦々にそのことを知らしめるために策をろうして主上のご来臨をあおいだのは、全国津々浦々にそのことを知らしめるためだった。


行宮の南側には、殿上人《てんじょうびと》の桟敷があった。三位以上の公卿たちが、烏帽子に直衣《のうし》という出立ちで居並んでいる。

北側の桟敷には、美しく着飾った女房衆が陣取っていた。

おすべらかしを元結《もとゆい》で束《たば》ね、雛《ひな》人形のように座っている女たちの中でも、目が大きく華やかな顔立ちをした晴子はひときわ目立っていた。

（あれは……）

安土城に使いに来た若狭の局という侍女だ。信長は膨大な記憶の中からすぐにあの日の情景をさがし当てた。

天道丸という名の漆黒の愛馬は、笛と鼓の調子に合わせて足を運び、武家用の桟敷の前にさしかかった。

桟敷に据えた椅子《いす》にヴァリニャーノが腰を下ろし、フロイスやオルガンチーノがその脇《わき》に立っている。弥助の裃姿もなかなかさまになっていた。

この馬揃《うまぞろ》えの様子は、ヴァリニャーノらが必ず本国に伝えるはずである。メルクリアンとかいうイエズス会総長もローマ教皇も、東の果ての日本という国に織田信長という天下人《てんかびと》が現われたことを知るだろう。

(その者たちの脳裡《のうり》にも、余の姿を刻み込んでおきたい)

イスパニアやポルトガルのように海外に進出する日のためにも、そうすることが必要だった。

馬場をひと回りすると、先頭の丹羽長秀の手勢から早駆けに移った。

信長にならって派手派手しい衣装を着た者たちが、十五騎ずつ魚鱗《ぎょりん》の陣形を保ったまま馬場を駆け回る。

五百余騎が地響きと砂煙を上げて走るさまは、まさに戦場さながらだった。

五度六度と駆け回ると、信長は全軍に整列を命じ、ときの声を上げさせた。

「えい、えい、おう」

全員が騎乗のまま刀を天に突き上げて声を上げる。信長は行宮に背中を向けたままその礼を受けた。

次に坂東《ばんどう》一の馬乗りである矢代《やしろ》勝介に、一騎駆けの早乗りを命じた。

「信基を呼べ」

森蘭丸を使いに出し、近衛信基に勝介と共に駆けてみる気はあるかとたずねた。

「あります。望むところでございます」

信基が勇んで応じた。左義長《さぎちょう》の日にお駒《こま》とのせり合いに負けた信基は、それ以後お駒を師として馬術の修行に打ち込んでいる。

晴れの日に機会を与えたのは、日頃の研鑽《けんさん》ぶりを知っていたからだった。

「一騎だけでは勝介の技が引き立つまい。どこまでついていけるか試してみよ」

先に信基が出た。紫色の水干の袖《そで》をひるがえし、白い愛馬をみるみる加速させていく。

左の曲がりにかかっても体をしなやかに内側に傾け、速度を落とすことなく乗り切った。

わずか一月半の間に格段の上達ぶりである。公家とも思えぬ鮮やかな手並みに、殿上人や女房衆がさかんに声援を送った。

信基から半周遅れて、矢代勝介が出た。

こちらはひときわ体の大きな黒葦毛の馬に乗っていた。

黒葦毛は気性の荒いことで知られた馬である。容易に人を寄せつけないが、うまく乗りこなせば無類の強さを発揮する。

何と勝介は、この剽悍《ひょうかん》な馬に手綱も鞍も使わずに乗っていた。しかも手離しのまま、両足と体の動きだけでやすやすとあやつっている。

これには織田軍団の騎馬武者たちも呆気《あっけ》にとられていた。鞍を付けてさえ難渋する馬を、これほど自在に乗りこなせるとは信じられないのである。

速さもまた飛び抜けていた。一周する間に信基との差を半分にちぢめ、二周目に行宮の正面に来た時に鮮やかに抜き去った。

風を切って飛ぶような疾走ぶりを見ていると、信長はいつものごとく血が騒いでじっとしていられなくなった。

「者ども、つづけ」

甲高い声とともに鐙《あぶみ》を蹴《け》り、勝介と信基を追った。

一町ほど先を、信基が懸命に走っていく。その馬尻《うまじり》にじりじりと詰め寄っていくうちに、信長は全軍の先頭を切って敵陣に攻めかかっていく時の高ぶりにとらわれていた。

勝利の希望と敗北の不安、戦う歓《よろこ》びと死の恐怖、そうしたもろもろの感情がない混ぜになった緊張の果ての陶酔……。

十四歳の初陣《ういじん》以来何度となく経験した目くるめくような瞬間である。

ひとたびそうした状態におちいると、敵を蹴散らすまで血が鎮《しず》まらなかったが、あいにく馬場には立ち向かって来る敵など一人もいなかった。

午《うま》の刻になると中休みを取った。

主上や朝家《ちょうか》の方々は、食事と休息のために内裏にお戻りになる。

信長も鎮まりきれない高ぶりを抱えたまま休息所に入り、重臣たちが待つ宴席にのぞんだ。

「皆の者、上洛大儀」

信長が形ばかり口をつけた盃《さかずき》を、重臣たちが神妙な面持ちで回していく。

明智光秀、丹羽長秀、柴田勝家など、天下に勇名とどろく名将たちが、信長の前では盃の持ち方にさえ気を配るほど緊張していた。

盃がひと回りすると、いつものように無礼講となった。

呪縛《じゅばく》から解かれたように自由に酒を飲み、身近な者と語らい始めた重臣たちを、信長は上段の間《ま》から黙って見つめていた。

体は砂と汗に汚れている。首筋ばかりか脇の下にまで土ぼこりがこびりつき、毛虫でもはい上がってくるように不快である。

早く風呂《ふろ》に入ってさっぱりしたかったが、遠路駆けつけてくれた重臣たちの手前席を立つわけにはいかなかった。

「上様、これを」

蘭丸が湯にひたして固く絞った手ぬぐいを持って来た。

首筋に当てると、温かさが何とも心地いい。ひとふきすると、土ぼこりにべっとりと汚れている。それを見ると食事に手をつける気さえしなくなった。

「パードレたちはどうした」

「柳の間《ま》にお移りいただきました」

「もてなしに手落ちがあってはならぬ。心利《き》いたる者をつかわすのじゃ」

信長は手ぬぐいを換え、もう一度首筋をぬぐった。

「それにしても修理亮《しゅりのすけ》どの、遠き道のりをよくぞ駆けつけて下さった」

馬揃えの奉行を務める明智光秀が、柴田勝家の労をねぎらった。

「殿のご下命《かめい》とあらば、地の果てまでも駆けるのが我らの務めじゃ。造作《ぞうさ》もなきことでござるわ」

猛々しいひげを生やした勝家が、われ鐘《がね》のような声で応じた。

「それにしても、木の芽峠の雪には難渋なされたであろう」

「なあに、長年北陸におれば雪など気にならなくなるものでな。喉《のど》の渇きがうるおせてかえって好都合じゃ」

「さよう。一刻も早く殿のお姿を拝さんものと、駆けに駆けてまいり申した」

前田利家が勝家の後押しをした。

二人とも古参ながら、出世においては新参者《しんざんもの》の光秀に後れを取っている。その不満とやっかみがあるせいか、言葉の端々にとげがあった。

「いずれにしてもめでたい。越中の話などゆるりと聞かせて下され」

家老格の丹羽長秀が取りなし、話は上杉勢の動きや諸国の情勢へと移っていった。

すでに信長は畿内の大半を手中にし、天下統一への最後の仕上げにかかっていた。

残る敵は越後の上杉景勝、甲斐の武田勝頼、中国の毛利輝元、四国の長宗我部《ちようそかべ》元親《もとちか》、そして伊賀の国侍衆や根来、雑賀《さいか》の一揆衆くらいである。

上杉と武田は盟約を結んで信長に対抗していたが、信長も関東の北条氏政と通じて両者を挟撃《きようげき》する作戦を取っていた。

その上で柴田勝家に越中から越後への進攻を命じ、東海における武田氏の拠点である高天神《たかてんじん》城には徳川家康を差し向けていた。

中国の毛利と対峙《たいじ》している羽柴《はしば》秀吉も、ここ数年で目ざましい成果を上げている。

昨年正月には三木城の別所長治《ながはる》を滅ぼして播磨《はりま》一国を平定し、備前の宇喜多直家を身方にして美作《みまさか》、因幡《いなば》にまで兵を進めていた。

四国の長宗我部の扱いは微妙だった。

天正三年に土佐一国を統一した長宗我部元親は、四国統一を目ざして急速に勢力を拡大していた。

これに対して阿波《あわ》、淡路の旧主である三好康長が信長の力を借りて対抗しようとしたために、元親も信長に好《よしみ》を通じてこれを妨げようとした。

信長との接近を図るために康長は秀吉を頼り、元親は光秀を頼った。そのためにどちらを身方にするかは、秀吉と光秀の面目に関わる問題となっていた。

重臣たちはそうした情勢について声高に話しながら、盃をくみ交わしていた。

馬揃えの興奮を引きずっているせいか、もはや天下統一が成ったように意気さかんで、大言壮語する者も多かった。

酒を口にしない信長は、こうした席が嫌いである。

酔いにまかせて大口を叩《たた》く家臣たちの赤ら顔を見ていると、汚い物でも押しつけられたような気持になる。

だがめでたい席でもあり、遠路上洛した労をねぎらうためにも腹を立ててはならぬと、脇息《きようそく》にもたれてじっと耐えていた。

後涼殿の曹司《ぞうし》で軽い食事を取った勧修寺晴子は、所在のない時間を過ごしていた。しばらくは房子や若草の君と馬揃えの見事さや華やかさについて語り合っていたが、ひと通りの話を終えると、これといった話題もない。

無理に話を向けても、若草の君は要領を得ない返事をするばかりなので、次第に同席するのが気詰まりになっていた。

早く別室に下がって、房子と外聞をはばかることなく馬揃えの感動や驚きを語り合いたかったが、もうじき誠仁親王が清涼殿《せいりょうでん》からお戻りになるので席を立つわけにもいかなかった。

（それにしても、鈍《どん》なお人や）

数人の侍女にかしずかれて澄ましている若草の君を、晴子は底意地の悪い目で見つめた。

確かに花のさかりの美しさだが、こんなに教養がなく機転も利かないようでは、一緒にいても退屈なばかりだろう。

宮さまはどうしてこんな女をお選びになり、足しげくお通いになるのか。

若草の君を知れば知るほど、晴子は夫の気持が分らなくなった。

「ご無礼をいたします」

晴子の侍女が西の廂《ひさし》に平伏し、房子を呼んで何やら小声で耳打ちした。

房子がすぐにそれを晴子に伝えた。五の宮と六の宮の姿が見えないという。

「いったい、どうしたのです」

晴子は別室に下がって事情をたずねた。

「お昼寝をしておられましたので、少しの間目を離しましたところ、いずこかへ……」

お付きの侍女は蒼白《そうはく》になってしどろもどろのことを言った。

すぐにあたりをさがしたが、どこにもいないという。いつもは二条御所にいるので、内裏の中は勝手が分らないのだ。

「すぐに上﨟《じょうろう》の局《つぼね》さまに知らせて、警固の者を動かしてもらいなさい。四方の門を固めて、不審な者の出入りを見張らせるのです。それから侍女たちをお借りして、部屋ごとに念入りにさがしなさい。決して騒ぎ立ててはなりませんよ」

矢継ぎ早に指示をすると、晴子は陣頭に立ってさがし始めた。

まだ六歳と三歳の子供である。遠くへ行くとも思えないが、内裏は雑多な客でこみ合っているので気が気ではなかった。

曹司から御厨子所《みずしどころ》に回ってみたが、二人の姿はどこにもなかった。厠《かわや》にでも行こうとして道に迷ったのか、内裏が珍らしくて歩き回っているのか。あるいは誰かに連れ去られたのではないだろうか。

息せき切ってさがすうちに、不吉な予感ばかりが大きくなっていく。

晴子は唐衣《からぎぬ》と裳《も》を脱ぎ捨て、足袋《たび》はだしで庭に下りた。もしや二人で隠れん坊をして、床下にでももぐり込んだのではないかと思ったからである。

夢中でさがすうちに、いつしか後涼殿と清涼殿の間の切馬道《きりめどう》に来ていた。

床下からふと目を上げると、開け放った戸の向こうに誠仁親王のお姿があった。いつの間にか曹司に戻られ、若草の君と楽しげに語らっておられる。

晴子は頭に血がのぼるほどの怒りを覚え、そんな自分を恥じて北廂の方へ回った。

「阿茶《あちゃ》の局さま、このような所で何をなされているのでございますか」

丹波の局が声をかけた。

若草の君の信任厚い、四十ばかりの世事にたけた侍女である。

「子供たちの姿が見えないのです」

晴子は声をひそめて打ち明けた。

誰かにさらわれたのではないかという不安が胸一杯にふくらんで、体面になど構っていられなかった。

「先ほど勧修寺中納言《ちゅうなごん》さまの従者とご一緒でしたよ。中納言さまに呼ばれて、武家の休み所に行かれたのではないでしょうか」

「それはいつのことですか」

「食事が終わってすぐでしたから、まだ四半刻《しはんとき》にもならないはずでございます」

晴子はあわてて別室に引き返し、居合わせた房子に事の次第を告げた。

「これから連れ戻しに行きます。仕度をしなさい」

「私がまいります。姫《ひい》さまはここで待っていて下さい」

武家の休み所のまわりには、諸国から上洛《じょうらく》した者たちがひしめいている。そんな危ない所に東宮夫人を行かせるわけにはいかない。房子はそう言いながらたすきをかけ始めた。

「どうしてそんなことをするのです。果たし合いにでも行くつもりですか」

「相手は武士ですもの。何をされるか分りませんから」

「おやめなさい。余計にからかわれるばかりです」

晴子は庭に下りると、衣《きぬ》かずきをして陰明門に向かった。

一刻も早く二人の無事な姿を見なければ、波立った胸がおさまらない。

それに上臈の局までわずらわせただけに、騒ぎが大きくなる前に連れ戻さなければ物笑いの種になりかねなかった。

陰明門を出て土御門通りに出ると、武士や見物人、物売りなどでごったがえしていた。

肩をぶつかり背中をぶつかり、足を踏まれ体を触られながら、やっとの思いで通りを抜けたが、武家の休み所とされた屋敷の警戒は厳重だった。

物の具姿の武士が二十人ばかり、門を出入りする者を一人一人取り調べている。どうやら身分を証《あか》す書き付けがなければ入れないらしい。

どうしたものかと気忙《きぜわ》しく足踏みしていると、中から数人の従者を連れた近衛信基が出て来た。

どうやら信長に挨拶《あいさつ》に来たらしい。

晴子は房子を前に押し出すと、衣を目深《まぶか》にかぶって顔を隠した。

「内府さま、よい所でお目にかかりました」

房子は信基の袖《そで》にすがりつくようにして、勧修寺晴豊のもとに使いに行くところだが書き付けがないので困っていると訴えた。

「晴豊なら今しがたまで一緒だった。武家伝奏として伺候《しこう》しているところだ」

「それが急ぎの用で、すぐにお目にかかりたいのでございます」

信基の口ききで無事に屋敷に入れたものの、いくつもの殿舎が並んでいるのでどこに晴豊がいるか分らなかった。

「お前もうかつですね。どこに兄君がおられるか、内府さまにたずねればよかったではありませんか」

「それはそうでしょうが、姫《ひい》さまのことを気付かれはせぬかと心配で、そこまで頭が回らなかったのでございます」

「武家の屋敷には遠侍《とおざむらい》というものがあります。そこへ行けば、どこにおられるか分るはずです」

二人は警固の武士の詰所である遠侍に行ったが、晴豊の居所を知る者はいなかった。

「それならあちらでたずねてまいります」

房子が主殿の玄関へ向かった。

その時、反対側にある殿舎から水干姿の三人づれが出て来た。その中に顔見知りの者がいる。勧修寺家の家宰《かさい》を務める初老の侍だった。

やれ嬉《うれ》しやと歩み寄ってたずねたが、五の宮も六の宮も来ていないという。

「では、兄君は？」

晴子は愕然《がくぜん》としてたずねた。

「この先の松の間《ま》におられますが、いささか難しい問題が持ち上がりまして、広橋さまたちとご相談なされているところでございます」

馬場の方で不都合が起こったので、これから三人で様子を確かめに行くところだという。

「あの子たちが兄君の所へ行ったと聞いて、迎えに来たのですが……」

「何かの間違いでございましょう。このような所にお一人でいられては危のうございます。それがしが内裏までお送りいたしましょう」

「房子が一緒ですから心配は無用です。ここで会ったことは、内密にして下さいね」

三人と別れて主殿へ向かったが、衝撃のあまりしばらく我に返ることができなかった。

(嘘《うそ》やったんや。丹波の局に乗せられたんや)

きっと宮さまと若草の君の語らいを邪魔させまいとして仕組んだのだろう。

二人がいなくなったことを知って、とっさに嘘をついたのか。それとも自分で連れ出して、騒ぎ出すのを待っていたのか。

もし連れ出したとしたなら、とても丹波の局の一存で仕組んだことではあるまい。

晴子は一瞬の間に考えを巡らし、宮さまもご承知の上でなされたことにちがいないと思い込んだ。

それだけに心は千々《ちぢ》に乱れ、目もうつろになって、どこをどう歩いているとも分らぬまま主殿の中庭に迷い込んでいた。


その頃、信長はついに堪忍袋《かんにんぶくろ》の緒《お》を切らしていた。

体の汚れと重臣たちの酔いにまかせた放言にじっと耐えていたが、不快な一言がまるでわざとのように耳に飛び込んで来たのである。

「なんのなんの。それがしなどは何の欲もござらぬ。天下平定の後にはいくばくかの所領をいただき、尾張でゆるりと余生を送りたいものでござる」

それを聞くなり信長は、力まかせに脇息《きょうそく》を投げつけた。

ざわめいていた酒席が一瞬にして凍りつき、重臣たちの目がいっせいに上段の間《ま》に向けられた。

「誰じゃ」

爆発しそうな怒りをこらえているだけに、信長の声は小刻みに震えていた。

「たった今、ゆるりと余生を送りたいなどとほざきおったのは誰じゃ」

「それがしでござる」

前田利家が座の中央に端座した。

打ち首でも切腹でもやむをえない。そんな覚悟を定めた鎮《しず》まった態度だった。

「又左か」

信長は血筋の浮いた目でじろりとにらんだ。

「おのれはいくつになった」

「四十四でござる」

「その年で余生を送りたいなどとは、どういう了見じゃ」

「天下平定が成るまでには、あと五、六年はございましょう。余生と申したは、その先のことでござる」

「小賢《こざか》しきことを申すな」

信長は肩をいからせて立ち上がり、足打折敷《あしうちおしき》を蹴《け》り飛ばした。

「帰参を許した時、おのれは何と言うた。この場でもう一度申してみよ」

「この命、生涯殿に差し上げると申しました。今もその覚悟に変わりはございませぬ」

利家は青年の頃、信長の同朋衆《どうぼうしゅう》だった十阿弥《じゅうあみ》を斬殺《ざんさつ》した。

信長の信任厚い十阿弥が、利家の体面を汚《けが》すような無礼を仕掛けたからだ。利家は十阿弥成敗の許可を求めたが、信長はこれを許さなかった。そこで利家は、信長の面前で十阿弥を無礼討ちにした。

信長は激怒したが、利家とは小姓の頃に衆道《しゅどう》の枕《まくら》を交わした仲である。しかも悪びれぬ態度があまりに見事なので、死罪を減じて追放処分にした。

利家はその後も帰参を願い、桶狭間《おけはざま》の合戦に飛び入って敵の首三つを取った。それでも信長は許さなかったが、翌年の森辺の合戦で敵の兜首《かぶとくび》を取った功に免じてようやく帰参を許した。

その時の利家の言上《ごんじょう》を、信長は一言一句たがえることなく覚えていた。

「余に進上した命なら、おのれに余生などあるまい。命果てるその日まで、余のために働きつづけるべきではないか」

「おおせの通りでございます」

「皆にも言うておく。おのれらの命は使い捨てじゃ。わずかでも懈怠《けたい》あらば、佐久間と同様身ひとつで追放する。馬揃《うまぞろ》えごときで浮かれおって。おのれらのあほう面《づら》を見ているより、パードレたちといた方がよほど気がまぎれるわ」

信長は腹立ちまぎれにまくし立てて席を立った。

重臣たちにはああ言ったものの、パードレたちに会う前に汗を流したい。信長は蘭丸を先触れとして柳の間につかわし、ただ一人で湯殿《ゆどの》に行った。

湯殿に入り、無意識に両手を広げた。

いつもなら小姓や侍女が影のように付き従い、すかさず帯を解き、着物を脱がしてくれる。

そうした暮らしに慣れているだけについそんな構えを取ったが、いつまで待っても手は伸びてこなかった。

こんなかさ張った装束を自分で脱ぐのも業腹《ごうはら》だし、パードレたちに会いにいくと言った手前、声を上げて誰かを呼ぶわけにもいかない。

信長はふいに行き止まりの道に迷い込んだようにあたりを見回した。

格子《こうし》窓の向こうに、白い花をつけた沈丁花《じんちょうげ》が風に揺れている。その脇《わき》を萌黄《もえぎ》色の着物を着た女が悄然《しょうぜん》と歩いていた。

後ろ姿なので誰とも分らないが、この際どこの家中の者でもよかった。

「女、待て」

格子越しに声をかけた。

凛《りん》としたその声は、晴子の耳に真《ま》っ直《す》ぐに届いた。

心に受けた痛手のあまり真っ白になった頭に、赤柄の矢のように鮮やかに飛び込んで来た。

晴子ははっと我に返り、声の主をふり返った。

湯殿の格子の向こうに、信長が仏頂面《ぶっちょうづら》をして立っていた。

「その方、若狭の局とか申したな」

晴子は驚きのあまり返事もできなかった。まるで夢から覚めたように、何がどうなっているのか分らない。静止していた時間が急に動き出し、怖《おそ》ろしいばかりの速さで迫って来る。

「安土に使いに来た若狭の局であろう」

「は、はい」

「よいところに来た。湯に入るゆえ仕えよ」

とんでもない話である。房子が聞いたなら目をむいて怒り出すだろうが、晴子はまるで天の啓示でも受けたように湯殿に入っていった。

なぜだろう。心が空虚になって、正常な判断力を失っていたのか。それとも若草の君のもとへばかり通う宮さまに対する不満が、無意識のうちに新たな一歩を踏み出させたのだろうか。

人は弱い生き物である。いかに軽からぬ身の上とはいえ、逢魔《おうま》が時に迷い込んだような心の動きがなかったとは言えまい。

だが、晴子がかくもたやすく従った一番の理由は、信長の声に圧倒されたことだった。

人の運命を支配することになれた声。敵を殺し身方を死なせることを躊躇《ちゅうちょ》しない声の持つ力が、晴子を一瞬にしてからめ取ったのである。

馬場で見た高砂大夫のような装束のまま、信長は湯殿の板の間《ま》に突っ立っていた。

「何ゆえ来た」

信長の問いは簡潔である。

「若狭の粟屋勝久は大叔父でございます。お目にかかりたくて訪ねてまいりましたが、道に迷ってしまいました」

これほどすらすらと嘘がつけることに、晴子は自分でも驚いた。

「表門は」

「折よく近衛内府さまと行き合いましたので、通してもらえるようお口添えをいただきました」

「さようか」

った。信長が両手を広げた。服を脱がせよという意味である。これには晴子も一瞬ためら

「急げ」

命令もまた簡潔だった。

晴子はひとつ息をつき、意を決して紅緞子《どんす》の袴《はかま》の腰ひもを解き、肩衣《かたぎぬ》を脱がせた。

上背は五尺五寸ばかりで、晴子より三寸ほど高い。ちょうど目の高さに肩があって、脱がせやすい背丈だった。

小袖から強い香のかおりがした。伽羅《きやら》をたきしめているらしい。

うっすらとしめった小袖から汗の匂《にお》いがしたが、決して不快ではなかった。

これまで一度も経験したことのない、胸が切なくなるような男の匂いである。

晴子は軽い目まいを覚えて手を止めた。

「不器用者が。急げと申しておる」

人を人とも思わぬ言い草にむっとして、肌着の小袖を引きはがした。

(あっ)

思わず声を上げそうになった。

色白の細い体は、鍛え上げたしなやかな筋肉におおわれている。肩や背中、胸や太《ふと》

股《もも》には無数の傷跡があって、うっすらと赤味をおびていた。

これが少年の頃から全軍の先頭を切って戦場を駆け抜けてきた信長の、真の姿なのだ。きゃしゃとも思えるこの体を張って、茨《いばら》の道を切り開いてきたのである。

その道がいかに辛《つら》く険《けわ》しいものだったかを、ひとつひとつの傷跡が如実《にょじつ》に物語っていた。

晴子の胸が感動で一杯になり、ふいに涙がこみ上げてきた。

能煩野《のぼの》まで来て力尽き、故郷を想《おも》ってむせび泣く日本武尊《やまとたけるのみこと》の姿が脳裡《のうり》をよぎった。

「どうした」

下帯ひとつになった信長が、いぶかしげにふり返った。

「目に……、ほこりが入ったのでございます」

泣きながら強がりを言った。

信長は黙って湯屋に入り、

「これで洗え」

湯を汲《く》んだ手桶《ておけ》を板の間に置き、ぴしゃりと戸板を閉めた。

背中を流せと言われはせぬかと案じていた晴子は、ほっとしたような肩すかしをくったような気持になり、脱ぎ散らした装束をたたみ始めた。

（うち、何でこんなやろ）

ぬれた目頭を袖でぬぐって、世話女房のようにかいがいしく働いている。

「ご無礼いたします」

戸の外で声がして、森蘭丸が入って来た。

「あの、庭先を通りかかった時に、仕えよと申されまして」

晴子は不実の現場に踏み込まれたようにうろたえて、問われもせぬ先に言い訳をした。

「かたじけのうござる。後はそれがしが務めまする」

「粟屋勝久の縁者だそうだ。人をつけて案内《あない》してやれ」

戸板ごしに信長の声が飛ぶ。

晴子が立ち上がりかけた時、長廊下からせわしない足音が聞こえた。

「右府さまに申し上げたき儀があって推参いたしました。お取り次ぎいただきたい」

何と声の主は晴豊である。晴子は戸の陰に寄って身を伏せた。

「ただ今殿は、湯を使っておられます」

蘭丸が対面所で待つように言ったが、晴豊ら四人の公家《くげ》は引き下がらなかった。急用なのでここで待たせていただくと頑張っている。

晴子はあわてた。ここにいることを兄に知られたらと思うと、生きた心地もしなかった。

だが、湯殿の出口はひとつなのだから、戸口に居座られては逃げ出すこともできない。

思い余った晴子は、蘭丸に窮状を訴えた。

「大叔父に会いたくて、許しを得ぬままに内裏を抜け出してまいりました。ここにいるところを見られては、どのようなお叱《しか》りを受けるか分りませぬ」

嘘がまたしてもするりと口をついた。

蘭丸から事情を聞いた信長は、湯屋の中で愉快そうにひとしきり笑うと、

「弥助を呼べ」

召し抱えたばかりの異人の名を口にした。

弥助はすぐにやって来た。

六尺三寸もの上背があるので、湯殿の戸口をくぐる時に腰をかがめなければならなかった。

間近で見ると、黒漆《くろうるし》を塗ったような肌の色である。晴子は正視することをはばかり、思わず顔をそむけた。

古来我が国には、常ならぬものを正視してはならないという教えがある。異は魔につながるので、正視すれば魔に魅入られると考えるからだ。

それゆえ常ならぬものを見る時には、顔の前に扇をかざし、骨の間から透き見する。

晴子が思わず顔をそむけたのは、そうした教えが身に染《し》みついていたからだが、よく見ると弥助は美しくととのった顔立ちをしていた。

聡明《そうめい》そうな黒い瞳《ひとみ》、高く通った鼻筋、引き締まったあご。そして鎮まったおだやかな表情には、仏像のような気高さがあった。

「お呼びでしょうか」

弥助は湯屋の戸口に平伏した。

「公家どもが話があるそうだ。余の代わりに聞いておけ」

弥助が表に出てそのことを告げると、

「ならば対面所で、右府さまのお出《いで》を待たせていただく」

憤懣《ふんまん》やる方なげな晴豊の声がして、四人はぞろぞろと引き揚げていった。

彼らにも異は魔につながるという偏見がある。

信長はその心情を逆手《さかて》に取り、やすやすと四人を追っ払ったのである。

虎口《ここう》を脱した晴子は、蘭丸に送られて内裏へ向かった。

「あの弥助という方は、どのような素姓の人ですか」

「天竺《てんじく》よりはるか西にある、モザンビークという国の王子だと聞きました」

その国にはかつてモノモタパという王国が栄えていた。

ところが四十年ほど前にポルトガルに征服されたために、王族は山間部に逃れて戦いつづけた。

弥助はその子孫だが、ポルトガル側に寝返った家臣に捕えられ、奴隷《どれい》として売り飛ばされたという。

「弥助どのがただならぬお方だということを、殿はひと目で見抜かれました。くもりなき目には、常に真実が見えるのです」

蘭丸がキリシタンらしい警句で信長をたたえた。

土御門通りの南にある武家の桟敷《さじき》には、中休みの間に屋形が建てられていた。

屋根も柱も壁も組み立てるばかりにしてあったらしい。形こそひと回り小さいが、安土《あづち》城天主の最上階をそっくり移したようなきらびやかさである。

しかも中には、ヴァリニャーノが贈ったというビロードの椅子《いす》が据えてある。信長がここに座って馬揃えを見物するつもりであることは、誰の目にも明らかだった。

殿上人の桟敷に座った近衛前久は、苦虫を百匹ばかりもかみつぶしたような苦悶《くもん》の表情を浮かべていた。

時折腹立たしげに屋形を見やり、顔をそむけて冷えた酒を流し込む。もう半刻《はんとき》ばかりもそんなことをくり返していた。

（愚か者が。このような真似《まね》を仕出かしおって）

屋形の屋根も床も、主上がお出ましになる行宮《あんぐう》よりもはるかに高い。そのことが前久には許せなかった。

上座と下座という。上座とは元来神の座に通じ、もっとも神に近い方がおつきになるのが礼である。

それゆえ我が国では、天照大御神《あまてらすおおみかみ》のご子孫であられる主上がつかれることに定まっている。

信長はこの仕来《しきた》りを、万人注視の中で踏みにじろうとしている。朝家に仕える者には、絶対に許せない暴挙だった。

「近衛公、武家伝奏はまだ戻りませぬか」

関白九条兼孝が批難がましい目を向けた。

中休みはあと四半刻ほどで終わる。主上が行宮にお出ましになるまでに屋形を撤去させなければ、ゆゆしき大事だった。

「貴公にも眼《まなこ》というものがあろう。戻ったかどうか、分りそうなものではないか」

苛立《いらだ》った前久の舌は、いつにも増して辛辣《しんらつ》だった。

「本日の馬揃えを奏上なされたのは貴公です。このような不都合があっては、ただではすみませぬぞ」

「それゆえ伝奏らに信長と掛け合うように申し付けておる。じきに戻るゆえ、酒《ささ》でもくみながらお待ちあれ」

だが二杯飲んでも三杯飲んでも、勧修寺晴豊らは戻って来なかった。

頭上にあった春の陽が西に傾き、中休みの終わりが近いことを告げている。

「兼和、これへ」

焦《あせ》った前久は、吉田兼和を使いに出して交渉の様子を確かめさせた。

安土城天主の最上階は、唐様の仏堂形式である。

屋根は赤瓦《あかかわら》ぶきで、軒瓦には金箔《きんぱく》を押し、棟上には金の鯱《しゃちほこ》をのせている。

柱にも壁にも金箔をほどこし、朱塗りの勾欄《こうらん》付きの縁を巡らしていた。

桟敷に建てられた屋形には瓦こそ用いていないものの、遠くからは寸分変わらないように見える。

馬場の見物席に集まった群衆は、意表をついた信長の趣向をしきりにほめそやしていた。

やがて晴豊と広橋兼勝が戻って来た。

「右府さまが湯を使っておられましたので、ご報告が遅くなりました」

「首尾は」

前久はことりと音をたてて盃《さかずき》を置いた。

「お言葉のままに伝えまする。主上が以前に安土城をご覧になりたいとおおせられたゆえ、匠《たくみ》どもに申し付けてわざわざ作らせた。今さら撤去せよとは言語道断である。右府さまはそう申されました」

「ならばその好意は受けよう。だが何人たりとも、主上より高座を占めてはならぬ」

「そのようにも申し入れましたが……」

安土城の天主は、自分が座っているからこそ天主なのである。信長はそう言って取り合わなかったという。

「近衛公、このままでは主上のご来臨をあおぐことはできませぬぞ」

九条兼孝がいきなり席を立った。

「これより参内《さんだい》して、この旨《むね》奏上してまいりまする」

「関白ともあろう者が、後先も考えずにものを申すな」

前久は平手打ちせんばかりに一喝《いっかつ》した。

主上が安土城を見たいとおおせられたのは事実だし、主《あるじ》がいなくては城とは言えないという理屈もそれなりに筋が通っている。

もしここで一方的に主上のご臨席を中止したなら、信長はそれに乗じてどんな無理難題を持ち込んでくるか分らなかった。

「その時の備えがあるのなら、好きになされるがよい」

そう突き放されると、兼孝には返す言葉がなかった。今の朝廷で信長とわたり合える傑物は、前久以外にいないのである。

窮余の果てに前久が命じたのは、土御門通りにしめ縄を張ることだった。

こうして結界を作れば、主上の権威がおかされたことにはならない。そう強弁する以外に策はなかった。

翌日、信長はご臨席のお礼言上のために参内したが、正親町天皇は不例を理由に対面を拒否された。

あれほどの非礼を仕掛けられた上に対面まで許しては、朝家の尊厳に関わるからだ。

それでも信長は上機嫌で本能寺に戻った。

初めから会ってもらえるとは思っていない。

（昨日の一撃に、どんな反応を示されるか見てやろう）

そんな不遜《ふそん》な心づもりで出掛けただけに、戦果を確かめたような手応《てごた》えさえ感じていた。

主上は対面をこばまれたものの、いや、こばまれたからこそ、朝廷としてはこのまま放置しておくことはできない。

信長の後を追うように、女房衆四人を本能寺につかわした。

〈廿九日《にじゅうくにち》。昨日のむまそろへみ事とて。けふ上らふ。なかはし。宮の御かたよりは御あちやや御ちの人つかはさる、〉（『御湯殿の上の日記』）

内裏からは上臈《じょうろう》の局《つぼね》と長橋《ながはし》の局、二条御所からは阿茶の局晴子と誠仁親王の御乳《おち》の人が使者に立ったのである。

信長はこの四人を長々と待たせた。

朝廷がどんな意図で女房衆をつかわしたかは分っている。長々と待たせることで、相手をいっそう心理的に追い詰めようとした。

二刻ばかりも待たせてから、おもむろに対面所に出た。四人の女房たちが、深々と下げた頭をゆっくりと上げた。

その中に昨日湯殿で仕えた若狭の局がいるではないか。

「お蘭、阿茶の局とはどのお方じゃ」

信長も東宮夫人の名は知っている。簾越《すだれ》しに対面したことがあるばかりで顔は分からなかったが、四人の中で似合いの年頃の女房は一人しかいなかった。

「若狭の局と名乗られた、あのお方でございます」

蘭丸が体を寄せてささやいた。

(やはり、そうか)

信長は急に相好をくずして晴子を見やった。

晴子も「内緒ですよ」とでも言いたげないたずらっぽい表情をして、上目使いに見返してくる。

何とも驚き入った東宮夫人だった。

第五章　公武相剋《そうこく》

月が明け、弥生《やよい》となった。

馬揃《うまぞろ》えを終えて静かな日常を取り戻した織田信長は、本能寺で弥助《やすけ》と対面していた。

信長には身分や家柄に対する偏見がまったくない。実力さえあれば低い出自の者も登用するし、役に立たなければ佐久間信盛や林通勝のような重臣でも身ひとつで追放する。

そうした態度は、異人に対してもまったく同じだった。

弥助と接しているうちに、武芸ばかりか知識や才覚においても並々ならぬものがあると見抜いた信長は、じっくりと話を聞いてみることにした。

「世界について述べよ」

求めに応じて弥助が広げたのは、メルカトルという学者が作成した精巧な世界地図だった。

「これはヴァリニャーノさまの地図を、ひそかに写し取ったものです。彼らは正しい地図を作ることによって、世界中を航海する自由を得たのですから、この地図は決して異人には見せません」

これまでオルガンチーノらが信長に見せていたのは、オランダの科学者ゲンマ・フリシウスが作った古い地図で、すでに十年ほど前にはこれほど精巧な地図が作られていたという。

「信長さまは私を奴隷《どれい》の身分から解き放って下さいました。ですから私はパードレたちが隠していることも、包み隠さず申し上げます」

そう前置きして弥助が語ったのは、信長が初めて耳にすることばかりだった。

話は百年ほど前にさかのぼる。

海外に領地を得ることで国を富まそうとしたポルトガルの国王は、強大な船団を作ってアフリカ征服に乗り出した。

彼らは港ごとに要塞《ようさい》を作り、そこを拠点として西アフリカを南下していったが、一四八八年にはバーソロミュー・ディアスが喜望峰を回って東アフリカへの航路を確保し、一四九八年にはバスコ・ダ・ガマがインドに到達した。

そして一五〇七年にはモザンビークの港に、その三年後にはゴアに、征服の拠点となる要塞を作った。

「彼らのねらいは金《きん》と奴隷、それに香辛料でした」

弥助の流暢《りゆうちよう》な日本語が怒りのために震え、目にはうっすらと涙がにじんでいた。

ポルトガル人たちは東アフリカで奪い取った金と奴隷をインドの香辛料と交換し、アラビアやヨーロッパで売りさばいて莫大《ばくだい》な利益を得たという。

その利益によって船団をさらに強化し、東アフリカやインドの国々を征服していった。弥助の故国であるモノモタパ王国もそのひとつである。

やがてマラッカからボルネオ島、マニラへと進出し、一五五七年にはマカオに要塞を築いた。一五四九年にフランシスコ・ザビエルが日本に漂着したのも、そうした背景があってのことだ。

ポルトガルのこうした成功に刺激されたイスパニアは、西に向かうことによって対抗しようとした。

イスパニアの後援を受けたクリストファー・コロンブスは、アジアを目ざして大西洋を西へ向かい、一四九二年に広大な大陸に到達した。

彼はこの地をアジアだと思い込んでいたが、後にアメリゴ・ヴェスプッチらによって別の大陸であることが確認され、アメリカ大陸と名付けられた。

これまでヨーロッパ人が誰一人知らなかった大陸へのイスパニアの進出は迅速《じんそく》で、わずか三十年ばかりの間にアステカ、インカ、マヤの国々を滅ぼし、莫大な金銀財宝を奪い取った。

また一五二〇年にはマジェランが南アメリカの先端の海峡を回り、太平洋を横断してフィリピン諸島へと達した。

彼らはマニラに巨大な要塞を築いてこの島々を征服し、フィリップ王子の名にちなんでフィリピンと名付けた。

「彼らは貪欲《どんよく》で残忍で恥知らずです。巨大なガレオン船と大砲、それに正確な航海法や新しい知識を駆使して、世界中に征服の手を伸ばしています。そのために私の国のように滅ぼされ、悲惨のどん底に突き落とされた国が数多くあります」

「両国とも、さほどに強いか」

信長はメルカトルの地図に見入った。

イスパニアはともかく、ポルトガルは日本の三分の一ほどの広さしかない。信長が支配している所領とさして変わらないほどだ。

その国にそれだけの事ができるのなら、負けてはいられない。武人である信長の思考はそんなふうに動いた。

「よその国を征服すれば、莫大な富を手に入れることができます。その欲が彼らを悪魔に変えているのです」

「パードレたちはどうじゃ。そのような企《たくら》みとは無縁のように思えるが」

「あの方々は布教のみを目的としておられるかも知れませんが、大きな目で見るなら征服の片棒をかついでいると言わざるをえますまい」

彼らはまず布教と貿易によって他国に浸透し、内情を詳細に調べ上げ、好機と見たなら一気に攻めかかる。

征服する大義名分はキリスト教に改宗させることであり、こうした行動はローマ教皇も公認しているという。

「かつてポルトガルとイスパニアの間で征服地を巡る争いが起こった時、ローマ教皇は北極と南極を結んだ線を引き、両国の勢力範囲を定めました。彼らの世界征服を、布教の名のもとに正統と認めたのです」

「そちはあの者たちに滅ぼされた国の王子だと申したな」

「そうです。今でも一族の者たちは山奥に隠れ住み、王国の再建を目ざしています」

「戦ったことはあるか」

「あります」

「強いか」

「我々には大砲も鉄砲もガレオン船もありませんでした。これではとても太刀打ちできません」

「余には十万の兵と二万挺《ちょう》の鉄砲がある。それならどうじゃ」

戦って勝てるかという意味である。フロイスらから世界の情勢を聞いた時から、いつかは海外に進出したいという夢を持っている。

だがこれほどはっきりと彼らを敵と意識したのは初めてだった。

「昨年イスパニアはポルトガルを併合し、いっそう強大な国になりました。彼らから船や大砲を作る技術を学ばなければ、いかに多くの兵がいても勝つことはできますまい」

「故郷に帰りたかろうな」

「いいえ。信長さまのように聡明《そうめい》なお方に会ったのは初めてでございます。このままお側《そば》に仕えることができれば幸せでございます」

「いつの日か、余が故郷に送り届けてやろう。それまで精を出して仕えるがよい」

ポルトガルの要塞は、ヨーロッパからマカオまで飛び石のように点々とつづいている。

それをひとつひとつ奪い取っていけば、日本からヨーロッパに行くことも可能だった。

弥助が下がって間もなく、近衛信基《このえのぶもと》が訪ねて来た。

「昨日京都所司代より、ご尊父さまを左大臣に推任するよう奏請があったとうかがいました。まことでございましょうか」

「まことじゃ」

馬揃えの後、信長はそのように計らうように村井貞勝に命じていた。

「何ゆえ、そのようなことを」

「うむ」

信長はかすかに顔をしかめ、弥助が写した地図を無造作《むぞうさ》に投げやった。

「新しい世界地図だ。見てみろ」

「随分と細かなものでございますね」

信基は畿内《きだい》から九州、琉球《りゅうきゅう》へと指でなぞった。

「イスパニア人どもは、アジアへ向かおうとして西に船出した。そうしてアメリカという大陸を見つけたそうだ」

信長は聞いたばかりの話を、興奮さめやらぬ口調でひとしきり語った。

「明国《みんこく》や天竺《てんじく》に匹敵するほどの国を、わずか三十年ばかりで征服したそうじゃ。この狭い日本で争うのは愚かしいとは思わぬか」

「しかし左大臣になれば、朝廷の仕来《しきた》りに従わざるをえなくなります。日本国王となる道は閉ざされることになりましょう」

信基は内大臣の身でありながら、信長に朝廷の権威を超えて天下に君臨せよと勧めている。

だから信長が左大臣になろうとしていると聞いて、あわてて真偽を確かめに来たのだった。

「何事にも手順というものがある」

「どのような手順でございましょうか」

「今は言わぬ。だが、そちが考えていることと大差あるまい」

信長が朝廷の権威を超えようとすれば、方法はひとつしかない。猶子《ゆうし》としている五の宮を即位させ、太上《だいじょう》天皇と同等の資格で院政に似た政治を行なうことだ。

信基を幼い帝《みかど》の摂政《せっしょう》とし、信忠を将軍となして公武二つの権力を掌中《しょうちゅう》にする。

構想はすでにそこまで進んでいた。

「左大臣への推任は、そのための第一歩じゃ。やがてそちの力を借りる日も来よう。

その折には余のために尽くしてくれ」

実はここに、朝廷からの依頼によって馬揃えを挙行するという形にこだわった理由があった。

依頼に応じた見返りに推任せよと求めたなら、朝廷は拒否することができないからである。

しかも推任の勅使《ちょくし》まで出すように要求しているところに、信長の狡猾《こうかつ》極まりない企みが隠されていた。

そのことをお察しになったのだろう。正親町《おおぎまち》天皇も誠仁《さねひと》親王も、左大臣への推任は許しても、勅使を出すことはできないと拒否なされた。

信長の策に乗せられて馬揃えの依頼をしたばかりに、こんな問題が持ち上がったのである。

推任の勅使などを送ったなら、それにつけ込んでどんな難題を持ち込んでくるか分ったものではなかった。

だが信長は目的のためには手段を選ばない男である。

「どうやら主上は、先の馬揃えにご不満のようじゃ。今一度披露せよ」

洛中《らくちゅう》に触れを回し、三月五日に二度目の馬揃えを強行した。

しかも今度は全軍に赤と黒の頭巾《ずきん》という禍々《まがまが》しい出立《いでた》ちをさせ、爆竹を鳴らしながら馬場を走り回らせた。

これは内裏《だいり》に対する威嚇《いかく》だった。

従わぬなら何をするか分らぬぞという威《おど》しである。

激怒された帝はご臨席さえ拒否されたが、誠仁親王だけは衣《きぬ》かずきをしてお忍びで見物なされた。

〈御方之御所様御忍にて。御かつきの仕立にて。御女房衆にうちまきれられ。御見物なされ候《そうろう》〉

この日の異様な光景を、『立入宗継記《たてりむねつぐ》』はそう伝えている。

骨も凍るような威しに屈した朝廷は、三月九日に左大臣推任の勅使を本能寺につかわした。

使者として立ったのは、上﨟《じようろう》の局《つぼね》と長橋《ながはし》の局である。

信長は上機嫌で二人を迎え、褒美《ほうび》として白銀三枚ずつを贈ったが、推任に対する返答は驚くべきものだった。

「せっかくのご推任ではあるが、現職の一条内基卿《きよう》を押しのけての就任は心苦しい。主上のご譲位と宮さまのご即位を計らった後に、それなりの職につかせていただく」

含みの多い言葉を残し、翌十日未明に安土城《あづち》へと引き揚げていった。

信長の返答にもっとも鋭感に反応されたのは誠仁親王だった。

翌十一日には側近の中山親綱《ちかつな》、水無瀬《みなせ》兼成らに参集をお命じになり、対応を協議なされた。

中山親綱は若草の君康子《やすこ》の兄で、康子が近侍《きんじ》するようになってから格別に重用されていた。

二条御所での会合に加わった吉田兼和《かねかず》は、その足で近衛前久《さきひさ》を訪ねた。

この時初めて、前久は信長の返答をつぶさに知らされたのだった。

「今一度、口上《こうじょう》のままに申してみよ」

「主上のご譲位と宮さまのご即位を計らった後に、しかるべき官職につかせていただく。そのようにご返答なされた由《よし》にございます」

「あやつめ、やはり……」

事をここまで運ぶために、左大臣推任の勅使を出せと迫ったのだ。

いや、馬揃えをすると言い出した時から、ご譲位にねらいを定めて着々と手を打ってきたにちがいなかった。

「だから先に推任しておけと言ったのだ」

前久は腹立たしげに吐き捨てた。

そうすれば対抗策はいくらもあったはずだが、今となっては後の祭りだった。

「しかるべき官職とは何だ」

「ご使者がそのように問われても、ご返答がなかったそうでございます。左大臣でなければ、関白か将軍であろうと皆様が申しておられました」

「宮さまは何とおおせられた」

「ご譲位には応じられぬとのご意向でございます」

信長は早晩、誠仁親王の次に五の宮を即位させよと言い出すだろう。

前例尊重を旨《むね》としている朝廷としては、今度の譲位に応じたならその要求にも応じざるをえなくなる。

宮さまが拒否なされるのは当然だった。

「中山らも同意か」

「むろん、ご同意でございます」

「うむ。どうしたものか」

前久は目をつぶり、しばし考えを巡らした。

宮さまのお考えはもっともながら、主上はご譲位を望んでおられるのである。信長が仙洞《せんとう》御所の造営や即位の礼の費用を弁じてくれるのなら、決して悪い話ではない。それに信長はあれほど強硬な威しをかけて推任の勅使を出させたのだ。応じられぬと突っぱねてすむほど事は簡単ではなかった。

「そちの考えはどうじゃ」

思いあぐねた前久は、兼和に意見を求めた。

「軽々に口をさしはさめることではございませぬゆえ」

兼和は慎重に発言をさけた。

「ならば信長の身になって答えよ。もしご譲位をこばんだなら何とする」

「かつて主上はご譲位のご希望をおもらしになったことがございます。そのご叡慮《えいりよ》をさまたげる君側《くんそく》の奸《かん》がいると言いたて、気に入らぬ公卿《くぎよう》の追放を求めてまいりましょう」

「それを防ぐ手立てはないか」

「信長公は一条内基卿を押しのけて左大臣になるのは心苦しいと申されたそうでございます。一刻も早く位を空けて、誠意を示すほかはございますまい」

「織田中将《ちゆうじよう》はどうした」

「まだ妙覚寺におられるそうでございます」

「すぐに会いたい。そちが直々《じきじき》におもむき、伺候《しこう》するように伝えてくれ」

織田中将信忠を待つ間、前久は書院の文机《ふづくえ》について筆を取った。

思いあぐねた時にはさまざまな考えを紙に書き付けて頭を整理するのが、長年の習慣となっていた。

「ご譲位か否《いな》か」

近衛流の達筆で、紙のまん中にそう記した。

そのまわりに主上、宮さま、信長と書き加え、それぞれの思惑の軽重を計っていく。

問題点は二つ。

ご譲位についての主上と宮さまのお考えがちがうことと、信長に五の宮擁立の野心があることである。

取るべき道は三つ。

ご譲位を実現し、五の宮擁立を防ぐ方法。これが上策である。

中策はご譲位をこばみ、信長と折り合いをつける道を見出《みいだ》すこと。

下策はご譲位にも五の宮擁立にも応じ、信長の意のままになることである。

上策が成れば朝廷としては万々歳だが、信長との対立はさけられない。中策を取れば主上を説得し、信長との難しい交渉を乗り切らなければならなくなる。

下策となれば主上も宮さまも反対なされようが、前久はこれも視野に入れていた。たとえ信長存命中は意のままになったとしても、信忠さえ掌中にしておけば朝廷の安泰を図れるからだ。

前久はしばらく書き付けをながめ、

「秘策」

険《けわ》しい字体で小さく書き足した。

信忠はすぐにやって来た。

前久は書き付けを引き破り、花器の水にひたして応対に出た。

「忙しい中によう来てくれた。少々知恵を拝借したかったものでな」

「それがしも近衛太閤《たいこう》さまにお願いがございます。お呼びいただき、好都合でございました」

「ほう、何かな」

「先に申し上げてよろしゅうございましょうか」

「遠慮は無用じゃ。申されよ」

前久はこぼれんばかりの笑みを浮かべてうながした。

「近々下御霊社《しもごりようしや》で梅若大夫《たゆう》が勧進能《かんじんのう》を催します。それがしも数番シテを務めますが、その折ご当家秘蔵の笛を拝借しとう存じまする」

近衛家には千年余も前から伝わる蔦葛《つたかずら》という名笛《めいてき》があり、能役者の垂涎《すいぜん》の的《まと》となっていた。

「お安いご用じゃ。信忠どのが舞われるのなら、わしが笛を奏しようか」

「まことでございますか」

「わしでは不服かな」

「とんでもない。太閤さまに蔦葛を奏していただけるのなら、信忠生涯の誉《ほま》れにございます」

前久は笛や鼓《つづみ》でも一流の域に達している。しかも五摂家筆頭という家柄だけに、信忠が感激するのも無理はなかった。

「ところで先日のお父上の返答じゃが」

しばらく能楽についての蘊蓄《うんちく》をかたむけた後で、前久はさりげなく話を向けた。

「信忠どのはどのようにお考えかな」

「心を痛めておりまする」

信忠は多くを語らなかった。朝廷の命を受けて幕府を開くべきだと考えているものの、信長の方針を公然と批判するわけにはいかないからである。

「我らにとっては容易ならぬ事態でな。お父上は何ゆえこのように厳しく朝廷に当たられるのであろうか」

「申し訳ございませぬ。それがしの力ではいかんともしがたいことでございます」

「信忠どのを責めておるのではない。公武並び立つ道を共に考えていただきたいのじゃ」

前久は押しつけがましくなることを慎重にさけながら手がかりを引き出そうとしたが、信忠は気の毒そうに黙り込むばかりだった。

信長への対応に苦慮した朝廷は、三月十九日に小御所会議を開いて方針を決めることにした。

その前日、近衛邸に上﨟の局が訪ねて来た。事前に先触れのない非公式の訪問である。

「明日の会議についてお願いがあり、不時の推参をいたしました」

花山院家輔《かざんいんいえすけ》の娘で四十三歳になる。数多い侍女の中でも、主上がひときわご信任なされている女房だった。

「主上もご承知でございましょうか」

「いいえ。わたくしの一存でまいりました」

「ご用件は？」

「お上は近頃、ご健康がすぐれません。これ以上皇位におとどまりいただくのは酷でございます」

上臈の局は前久の目を真っ直《ます》ぐに見つめて訴えた。

「そのようにはうかがっておりませんが」

「まわりが動揺しないように、ご不調をひた隠しにしておられるのです。そのようなお姿を拝しながら、これ以上黙していることはできません」

「思いは同じですが、公武の間には難しい問題もあるのです」

「お上はもう六十五歳になられるのです。どんな問題があろうと、宮さまがご即位なされた後に解決できるはずではありませんか」

哀れさがつのったのか、上臈の局の目にうっすらと涙がにじんでいた。

主上はこの国の平安を保つために神々に仕える重責をになっておられる。

元日の四方拝《しほうはい》から大晦日《おおみそか》の追儺《ついな》に至るまで日々欠けることなく礼を尽くし、身を清らかに保たなければならないのである。

厳寒の冬に火鉢を用いることもできず、ご病気になられてもお灸《きゆう》さえも許されない。主上がご病気がちとあらば、これ以上皇位にとどまれというのは確かに酷にちがいなかった。

「いろいろな問題もあるでしょうが、関白も左大臣もご譲位に同意なされております。太閤さまのお力で、何とか事をそのように収めて下されませ」

「お二人が同意と、何ゆえ」

「昨日わたくしがお願い申し上げました。関白は誓って悪いようにはせぬとおおせでございます」

「分りました。微力ながらできる限りのことはする所存でございます」

ご譲位の実現は無理かも知れぬ。前久がそう感じたのはこの時だった。

謀《はかりごと》は密を要する。

上臈の局が九条兼孝や一条内基にまで手を回してご譲位を図っていると知れたなら、主上と宮さまの間が一段と険しいものになりかねない。

この先信長の干渉をはねつけていくためにも、朝廷が両派に分れて争うような事態だけは何としてでもさけなければならなかった。

不毛に終わった上臈の局との対面の中で、前久がただひとつ心を引かれた話題があった。

先に佐五の局を安土につかわした時、阿茶《あちゃ》の局晴子《はれこ》が若狭の局と偽って同行していたというのだ。

しかも信長とは気が合うらしく、すこぶる覚えがめでたかったという。

上臈の局が帰り際《ぎわ》にそうもらしたのは、いかなる意図があってのことかは分らない。

だが信長との対応に苦慮している前久にとって、傾聴に値する話だった。

その日のうちに吉田兼和を村井貞勝のもとにつかわし、信長の返答の真意を確かめさせた。

「今度のご譲位が成ったなら、天下統一の後には五の宮さまのご即位を図られましょう」

朝廷に好意的な貞勝は、そうした計略があることまで明かしてくれたという。

「さようか。ならば致し方あるまい」

前久は非情の決断を秘めて宙の一点をにらみすえた。

翌日の小御所会議には、朝廷の枢要《すうよう》をになう十数人の公卿が集まった。

「信長の申し入れに対し、いかなる対応をするか。刻限も迫っておるゆえ、早急に決めねばならぬ。皆々忌憚《きたん》なく意見を述べてもらいたい」

関白の九条兼孝が会議の始まりを告げた。

一条家と近衛家がご譲位に賛成していると聞いたからか、表情にもゆとりがあった。

「主上はご譲位を望んでおられるとうかがいました。信長公が仙洞御所の造営とご即位の礼の費用を弁じられるのなら、申し入れに応じるべきと存じまする」

上臈の局の縁者である花山院家雅が、真っ先に口を開いた。

「されど信長公には、五の宮さまを擁立せんとの下心がございます。こたびの求めに応じたなら、公武の間に悪《あ》しき前例を残すこととなりましょう」

誠仁親王の意を受けた中山親綱が、すかさず異をとなえた。

この両論にそれぞれが意見を加え、会議は次第に白熱していった。

「近衛太閤、いかがでございましょうか」

頃合を見計らって、兼孝が話を向けた。

前久の後押しを得て一気にご譲位と決するつもりなのだ。

「信長の申し入れに応じるべきだと、わしは思う」

前久は一同をじろりと見回してから口を開いた。

「そこで吉田兼和にご譲位の吉凶を占わせてみたが、当年は金神《こんじん》ゆえ不吉と出た。やむをえざる仕儀ではあるが、ご神意とあらば来年まで延引するほかあるまい」

思いもよらぬ発言に、座がどよめいた。

金神とは陰陽道《おんようどう》でまつる金気《きんき》の精で、殺伐《さつばつ》を好む怖《おそ》るべき神とされている。その年の干支《かんし》によって忌《い》むべき方位が定まっていて、辛巳《しんし》の天正九年は子《ね》、丑《うし》、寅《とら》、卯《う》の方角が不吉とされる。

誠仁親王がご即位なされば、一条御所から丑の方角にある内裏へ移徙《わたまし》されることになり不吉である。

だからご譲位とは決するものの、実行は来年まで見合わせる。

それが前久が苦慮の末にあみ出した打開策だった。

「しかし、そのような問題は方違《かたたが》えをなされればすむことではありませんか」

兼孝が色をなして反論した。

「どうやらそちには関白職は重すぎるようじゃな」

前久は満座の中で兼孝を無能呼ばわりした。

「無礼な。近衛公といえども、聞き捨てなりませぬぞ」

「方違えというものは、人の知恵があみ出した次善の策じゃ。他のことならいざ知らず、ご即位のような大事に用いてよいものではない。そのようなことも分らぬ者に、関白職が務まるはずがあるまい」

「左大臣、貴公はどうお考えでしょうか」

兼孝が同志と頼む一条内基に救いを求めた。

「まことに不本意ながら、吉例《きちれい》に従うのが朝廷の仕来《しきた》りでございます。金神とあらば、今年のご譲位は見送るべきでございましょう」

内基が気の毒そうに目を伏せた。

前久は会議の前に内基に会い、兼孝を辞めさせて内基を関白にするので、ご譲位延引に賛成するよう根回しを終えている。

兼孝にことさら辛《つら》く当たるのも、面目を失わせて辞任に追い込むためだった。

兼孝の失脚を図ったのは、左大臣を空位にするという目的もあった。

信長は内基を押しのけて位につくのは心苦しいと言ったのだから、空位にしておきさえすればこばむ理由はなくなる。

左大臣に就任させた後に誠仁親王へのご譲位を行なえば、信長も新帝の擁立に関わった責任上、早々に五の宮への譲位を迫ることはできない。

そんな高度な駆け引きを含んだ判断だった。

「こうなる前に左大臣に推任しておけと、わしは太閤評定《ひょうじょう》の席でくり返し言った。ところがそちが握りつぶしたゆえ、かような仕儀となったのじゃ。ここは関白を辞して、人心の一新を図るべきであろう」

前久はぐうの音も出ぬほどに兼孝を痛めつけ、出席者の採決によってご譲位の延引と内基の関白就任を決めた。

武士は刀で人を斬《き》るが、公家《くげ》は策を用いて人を斬る。それゆえ常に油断なく周囲に目を光らせ、周到な根回しをして公《おおやけ》の場にのぞまなければならない。

長年修羅場《しゆらば》を生き抜いてきた前久と二十九歳の兼孝では、こうした点でも格段の差があった。

近衛邸に戻った前久は、側近数人を招いて酒宴を張った。

「兼和、こたびはそちの知恵が生きた。褒美《ほうび》を取らす」

時服ふた重ねを侍女に運ばせた。

「かたじけのうございます。無事落着してようございました」

「まだ終わってはおらぬ。この決定を信長にのませねばならぬが、誰を安土につかわしたものか」

しばらく返答を待ったが、武家伝奏の勧修寺晴豊《かじゆうじ》も広橋兼勝も口を閉ざしたままだった。

「晴豊、どうじゃ」

「先のごとく上臈《じょうろう》の局《つぼね》、長橋の局のご両名が適任と存じます」

「主上のお使いとしてはそれでよかろうが、こたびは宮さまのご即位に関わることゆえ、下御所からもしかるべき使者を立てねばなるまい」

「確かに」

「わしは阿茶の局さまがよいと思う。それくらいの誠意を示さねば、事は容易に運ぶまい。明日にでもご内意をうかがってくれ」

誠意という言葉にはいくつもの意味がある。聡明《そうめい》な晴子なら、晴豊から話を聞いただけですべてを察するはずだった。

安土への出発は三月二十一日だった。

この日は早朝から霧雨が降り、冬に逆戻りしたように冷え込みが厳しかったが、勧修寺晴子の心は浮き立っていた。

夜明けとともに起き出して用意万端をととのえ、四方の神々に旅の無事と務めの成《じょう》就《じゅ》を祈った。

朝廷の命運を左右する大事な使いだということは分っている。だがその緊張とは別の高ぶりが胸の奥で脈打つのを、長々と祈っても止めることができなかった。

「姫《ひい》さま、もうじきお車がまいります」

侍女の房子が両手に重そうな包みを下げて来た。

「何ですか。それは」

「結構なものでございますよ。お触りになったら分ります」

得意気に差し出した包みに触れると驚くほどに温かかった。石を焼いて防寒用にしたものである。

「何しろこの寒さですからね。お車の中で腰でも冷やしては一大事ですから」

「わたくしには不用です。お前が使いなさい」

何やら年寄りじみているような気がして、晴子は包みを押しやった。

「ええ、使わせていただきますとも。年寄りには寒さは一番の敵でございますから」

房子は憎さげに言って包みを運んでいった。

入れ替わりに兄の晴豊がやって来た。

「お車の用意がととのいました。あと四半刻《しはんとき》ばかりで出発です」

「もう仕度はすみました。いつでも発《た》てます」

「宮さまは?」

「お休みになっておられます」

「お見送りはなさらないのですか」

「昨夜から少々お加減が悪いのです」

誠仁親王は晴子が使者に立つことに強く反対しておられた。晴豊らの説得に応じてやむなく承諾なされたものの、昨夜から急に不機嫌になり、若草の君の部屋に閉じこもっておしまいになられたのである。

その理由が奈辺にあるか、晴子はうすうす気付いていた。

だが今度ばかりはいかに不興をかおうとも仕方がない。そんな図太い開き直りが、いつにない強さで背中を押していた。

「我々の力が足りないばかりに、お方《かた》さまにまでご迷惑をおかけいたします」

「いいのです。朝家《ちようか》安泰のためには仕方がありません」

霧雨は降りつづいている。庭のしだれ桜が乳色の煙の中でひっそりとたたずんでいた。

やがて紋の車がつけられ、宮さまのお見送りのないままの出発となった。

二十人ほどの従者に守られた牛車《ぎつしや》が、二条御所の門を出て南に向かった。

早朝のこととて、車の中は氷室《ひむろ》のように冷えている。晴子と房子は焼いた石を両側に置き、その上に綿の入った夜着《よぎ》をかけて暖を取った。

「ほらご覧なさい。備えあれば憂《うれ》いなしとはこのことでございますよ」

物見を閉めきった薄闇《うすやみ》の中で、房子が得意の気炎を上げた。

「道中は長うございます。横になってお休みになられませ」

「そうさせてもらおうかしら」

晴子は素直に横になったが、車輪が転がる音がうるさくて眠ることはできなかった。

車は三条大橋の手前で内裏からの一行と合流し、粟田口《あわたぐち》を出て山科《やましな》へと向かってい
く。

山科の勧修寺は勧修寺家の氏寺《うじでら》なので、晴子もこの道を通って何度か参拝に行った
ことがあった。

「それにしてもお見送りにも出られないとは、あんまりではございませんか」

晴子の腰をさすりながら、房子がしきりにぐちをこぼした。

「こうしてお使いなされるのも、宮さまのためを思えばこそだというのにねえ」

「めったなことを口にするものではありません」

「もちろんここだけの話でございますよ。だって宮さまは若草の君の局にまいられた
というではありませんか。このような仕打ちがつづくようでは、御所でのお立場にも
関わりはせぬかと気がかりなのでございます」

「子供たちを立派に育て上げることがわたくしの務めです。そのほかの立場など失っても構いません」

腹立ちまぎれに思いきったことを口にしても、心は少しも痛まなかった。

してみると、自分の心はすでに宮さまから離れているのだろうか。そのことを敏感にお察しになったからこそ、昨夜あれほどお怒りになられたのかも知れない。

目をつぶってあれこれと考えているうちに、晴子はいつしか浅い眠りに落ちていた。

目が覚めた時には坂本城下に着いていた。

ここで織田家の大型船に乗り換えて琵琶湖《びわこ》を渡った。

内裏からの使者はこの前と同じように佐五の局一人である。今度は東宮夫人と分っているだけに随分と気を使っていたが、晴子は冷たく無視していた。

安土でのことは黙っておくと約束しておきながら、佐五の局は上臈の局に話したのだ。

「信長への誠意を示すために、阿茶の局さまにご使者を引き受けてもらいたい」

近衛前久がそう言ったと聞いた時から佐五の局が裏切ったと察していたので、口をきく気にもなれなかった。

雨はいつの間にか上がっていたが、琵琶湖は濃い霧に包まれ、安土城を見ることはできなかった。

視界が定かならぬせいか、大型船はいつもよりはるか沖に錨《いかり》を下ろし、小舟に乗り換えて安土城下の水路に入った。

「やあ、お疲れさまでした」

大手門前の船着場で、近衛信基が出迎えた。

遠乗りにでも出かけていたのか、白い馬の手綱を取っている。

その後ろに栗毛《くりげ》の馬を引いた少女が従っていた。

「お駒《こま》といいます。馬揃《うまぞろ》えの時に腕くらべをした矢代《やしろ》勝介の娘ですよ」

勝介は関東に戻ったが、お駒は信長の侍女として仕えるように命じられた。そこで信基は暇さえあれば馬術の教えを受けていたのである。

「まだ九歳の童《わらべ》ですが、乗馬にかけては足元にも及びませんからね」

「そうですか。なかなか都にお戻りにならないのは、乗馬のせいだったのですね」

お駒を見る信基の目の輝きに気付いて、晴子は皮肉のとげをチクリと刺した。

お駒は童とは思えないほど体が大きく、目鼻立ちのととのった顔には大人びた色気さえただよっていた。

「都などにいるよりは、ここの方が百倍も楽しめますよ。阿茶の局さまも、何やら生き生きとしておられるようではありませんか」

信基が屈託のない冗談を返し、手を引くようにして大手門へと案内していった。

その頃、織田信長は霧の中にいた。

安土城の天主に端座し、戸を開け放って乳色の霧の流れを見つめていた。

霧にも濃淡がある。空気の流れにそって渦を巻き、よどみや早瀬を作る。刻々と変わるその動きは、敵身方入り乱れた戦場のせめぎ合いに似ていた。

と、突然、南から一陣の風が吹きつけ、幕を開けるように霧が晴れていった。

湖東の気候は安土を境に大きく変わる。安土より北は寒さが厳しく雪も多いが、南は雪に閉ざされることは少ない。

その境が、眼前にひとつの不思議を現出した。城の南側だけ霧が晴れ、淡い青空がのぞいたのだ。

しかも湖上には霧が残り、対岸の比叡山《ひえいざん》が霧の海に浮かんでいる。

その姿をながめているうちに、信長は天上界で比叡山とただ二人向き合っているような錯覚にとらわれた。

あの山を焼き討ちにして僧俗三千余人を皆殺しにしたのは、もう十年も前のことだ。

伝教大師《でんぎょう》の創建以来八百年ちかくもつづいた聖地を焼土と化したのは、比叡山が浅井、朝倉方に身方して軍勢を山上にとどめたからだが、真のねらいは別にあった。朝廷の権威を後ろ楯として比叡山をあやつる者たちを、歯の根も合わぬほどに震え上がらせることである。

その筆頭が近衛前久だった。

前久はこの頃石山本願寺に潜伏し、本願寺と一向一揆《いっき》、比叡山、高野山、そして浅井、朝倉、武田、毛利までも身方にして信長を滅ぼそうとした。

この包囲網を築いたのは足利義昭だと評されることが多いが、二十九歳まで仏門の徒であったにわか将軍にこんな芸当ができるはずがない。

十九歳で関白に就任して以来、あらゆる勢力との連係を図ってきた前久が、勅命をちらつかせながら根回しをしたからこそ実現した奇跡的な力業《ちからわざ》だった。

天下布武《ふぶ》を標榜《ひょうぼう》し、武家による一元的な国家支配を目ざす信長に対して、信仰に基礎を置く古代以来の勢力を結集して戦いを挑んできたのだ。

それゆえ王城鎮護《ちんご》の霊山を容赦なく焼き払って、もはやこけ威《おど》しの信仰の時代は終わったことを、天下に知らしめなければならなかったのである。

先祖が越前丹生《にゅう》郡織田荘にある剣《つるぎ》神社の神官だったせいか、織田家には神々や朝廷に対する尊崇《そんすう》の念が脈々と流れている。

信長の父信秀は熱田《あつた》神宮への寄進を欠かさなかったし、尾張半国程度の所領しか持たない時期に内裏修理料として四千貫を献上している。

西国《さいごく》五カ国を掌中にした毛利元就《もとなり》が、正親町天皇の即位の礼の費用として二千貫を献上したのは、それから十七年後。この一事からだけでも、織田家の家風は判然とする。

こうした家で育っただけに、信長は朝廷の力と利用価値を知り尽くしていた。

領土拡張よりも上洛《じょうらく》を優先したのは、朝廷を掌握しなければ全国に覇をとなえることはできないと分っていたからである。

しかし、朝廷に接近すればするほど、信長の失望は大きくなるばかりだった。

理由は二つある。

ひとつは朝廷の閉鎖性とあいまいさ。もうひとつは意外なばかりの強さと影響力の大きさである。

武力を持たない朝廷など自由にあやつることができると考えていた信長は、公家たちの巧妙な詐術《さじゅつ》によってたびたび手痛いしっぺ返しを受けた。

血みどろになって進めてきた天下統一が、いつの間にか朝廷へ忠勤を励む行為にすり替えられていく。

朝廷は座したまま成果を受け取り、改めて信長に下賜《かし》しようとする。

形式的とはいえ生殺与奪の権を握られたままの関係を是認するなら、いつの日か突然すべてを奪われ、信忠を後継者とするような状況に追い込まれかねない。

信長が三年前に右大臣を辞したのは、その危険をひしひしと感じたからである。

以来こうした関係をいかに打破するかが大きな課題となり、五の宮擁立と太上天皇《だいじよう》就任に活路を求めたのだった。

「殿、都からのご使者がお着きになりました」

森蘭丸が告げた。

「誰じゃ」

「内裏より佐五の局さま、二条御所からは阿茶の局さまでございます」

（ほう。また来おったか）

信長は廻り縁に出て身をのり出した。

信基に案内されて大手道を歩く女たちの姿が、霧をすかして小さく見えた。

本丸御殿の対面所で、晴子たちは一刻ちかくも待たされていた。

信長という男は、よほど人を待たせるのが好きらしい。軽々に会っては威厳が保てぬと考えているのか、それとも人を待たせる優越感にひたりたいのか。

（ご自分はせっかちなくせに、けったいなお人やわ）

晴子はそんなことを思いながら、狩野《かのう》派の絵師たちが描いたふすま絵をながめていた。

金や銀、色鮮やかな顔料をふんだんに使った大胆な絵は、都の伝統美とは明らかに質のちがうものである。

雅《みやび》や侘《わび》などねじ伏せてやろうとするかのような力強さに満ちていた。

やがて先触れの声がして、信長が上段の間《ま》に着座した。

「聞こう」

一言、そう告げた。

仮にも勅使である。さんざん待たせておいて何の挨拶《あいさつ》もないとは、恐れ入ったもてなしだった。

「先のお申し入れに対する朝廷の返答をお伝えいたします」

内裏からの使いである佐五の局が口を開いた。

「ご譲位の儀は、本年金神ゆえに延引とさせていただきます。また、来月早々にも左大臣が空位となりますので、ご就任下さいますように」

「金神とは、いかなるものでございましょうか」

蘭丸がたずねた。

むろん信長の意を受けてのことである。

「金気を司《つかさど》る陰陽道の神でございます。本年は金神によって丑《うし》の方角は不吉ゆえ、下御所から内裏への移徙《わたまし》は慎しまなければなりません」

「一条卿《きょう》は左大臣を辞されるのでございますか」

「いいえ。九条関白が身を引きたいとのご意向ゆえ、一の人にご昇進なされます」

古来朝廷では関白や摂政を一の人と呼ぶ。帝《みかど》の第一番の臣下という意味である。

「東宮さまもご同意なのでございましょうか」

「ご同意でございます。一日も早く左大臣を拝命し、来年早々にもご譲位の儀を図っていただきたい。そのようにおおせられました」

晴子が答えた。

東宮夫人だけに他の使者の口上とは重みがちがうが、信長は険しい目をしたまま返事をしようともしなかった。

（こやつら、阿呆《あほう》か）

信長のはらわたは怒りに煮えくり返っていた。

金神だか勧進だか知らないが、そのようないい加減な理由で人を丸め込めると思ったら大間違いである。そんなふざけた出方をするのなら、こちらは牛頭《ごず》の鬼となって目にもの見せてくれよう。

これまで晴子に抱いてきた好意までが凍りつくのを感じながら、信長は怖《おそ》るべき決断を下していた。

「右府さま、ご承諾いただけましょうか」

佐五の局が緊張した声で返答を迫った。

「お蘭、たわけの清麿《きよまろ》はどうした」

信長の声は妙に明るい。

不快を極限まで押し殺した時には、かえって陽気に振る舞うのが常だった。

「庭の草取りを命じております」

「あやつは近衛の縁者であろう。城下の見物にご使者を案内《あない》するよう申し付けよ」

信長はそう命じるなり席を立った。

かくてこの筆者《わたし》の出番となった。

その頃信長公の近習《きんじゆう》の端くれに加えていただき、本丸御殿での寝起きを許されていたが、武家らしい仕事は何ひとつできないので、庭の草取りや書状の仕分けなどの雑用ばかりを命じられていた。

信長公はそんな下っ端《したぱ》にまで目を配り、公家の生まれという出自を見込んで、勅使饗応《きようおう》の大役を与えて下さったのである。

まだ十四歳だった筆者は、公武の間でそれほどきわどいせめぎ合いがつづいているとは夢にも思わず、初めて信長公に声をかけていただいた嬉《うれ》しさに雀躍《じやくやく》して案内役を務めたものである。

晴子さまにお目にかかったのも、この日が初めてだった。

気性のさっぱりとした飾らないお人柄で、生き生きと輝く聡明《そうめい》な瞳《ひとみ》がひときわ印象的だった。

八人のお子を成されたとは思えないほど若々しく、緑なす黒髪はつややかで、笑顔は少女のようにあどけない。

城下のセミナリヨや鉄砲町などを案内しながらも、何やら邪《よこしま》なときめきを覚えるほどの美しさだった。

翌日、晴子らは再び本丸御殿で信長と対面した。

「城下の見物はいかがでございましたか」

蘭丸がたずねた。

「すべてがもの珍らしく、目をみはるばかりでございました」

佐五の局がそつなく答えた。

「今日はこれから桑実寺《くわのみでら》へご案内いたしましょう」

「その前にご返答をお聞かせいただきとう存じます」

「何の返事じゃ」

信長がぎろりと目をむいた。

「で、ですから、左大臣に……」

「寺でする。仕度せよ」

桑実寺は安土城の東にそびえる繖山《きぬがさやま》の中腹にある天台宗の古刹《こさつ》だった。

寺の由来は『桑実寺縁起絵巻』に詳しい。

天智《てんじ》天皇の時代に志賀の都に疫病《えきびょう》がはやり、阿閉《あべ》皇女も病の床に伏されていた。

ある日皇女は琵琶湖に光明が現われて光り輝く夢を見られたので、定恵和尚《じょうえおしょう》に法会《ほうえ》をいとなませた。

すると湖から薬師如来《にょらい》が現われ、仏身から発する大光明に当たると人々の病がことごとくなおった。

薬師如来は帝釈天《たいしゃくてん》の化身《けしん》である水牛の背に乗って湖水を渡り、梵天王《ぼんてんのう》の化身たる岩《いわ》駒《こま》に乗って繖山に登った。

これを本尊としたのが桑実寺なのである。

やがて阿閉皇女は第四十三代元明《げんめい》天皇として即位され、桑実寺に行幸《ぎょうこう》なされる。

安土城下の豊浦《とようら》という地名は、豊国成姫とも呼ばれていた天皇が船で着かれた浦にちなんで命名されたものだという。

この桑実寺には、かつて仮の幕府が置かれたことがある。

都を追われた足利十二代将軍義晴が、近江《おうみ》の守護佐々木定頼に庇護《ひご》されてこの寺の正覚院《しょうがくいん》で三年を過ごしたからだ。

永禄《えいろく》十一年、佐々木氏を追った信長は、義晴ゆかりの正覚院に義昭を迎え、上洛後に第十五代将軍とした。

天下統一への道を踏み出すきっかけとなったこの寺に、信長は八町四方の境内《けいだい》と四百十五石の寺領を与えて手厚く保護していた。

寺の総門に着くと、信長は徒歩で参道を登るように命じた。

蘭丸を従えて足早に歩く信長の後を、晴子と房子と佐五の局《つぼね》が危うい足取りでついて行く。

谷川ぞいの参道には美しく石段が築かれているが、先へ進むほど狭くなり、傾斜も急になった。

正覚院の横を通り過ぎ、谷川に渡された石の橋にさしかかった所で、佐五の局が音《ね》を上げた。

「もう歩けません。無理でございます」

消え入るような声を上げて石の欄干《らんかん》につかまり、へなへなと倒れ伏した。

日頃歩きなれていないので、一町ばかり登っただけで足も腰もくだけてしまったのである。

「寺まで、あとどれくらいでしょうか」

晴子の息も上がっていた。体中から汗が吹き出し、着物の裾《すそ》がまとわりついて足を取られそうだった。

「三町ばかりでございます」

蘭丸は気の毒そうに顔をしかめたが、信長は十段ばかり先に立って冷やかに見下ろしていた。

「足弱の身には、三町も登るのは無理でございます。どうぞ近くの御坊でご返答を聞かせて下されませ」

「上様は本堂で返答するとおおせでございます。ゆるゆるとでもお登り下されますよう」

勅使の非力をあざ笑うために、信長はわざと苦行《くぎよう》を強《し》いている。そうと気付いた晴子は、歯を食いしばって歩き始めた。

「姫《ひい》さま、おつかまりなされませ」

房子の肩にもたれるようにして歩いたが、石段はますます急になり、崖《がけ》のような険しさで目の前にそびえている。

地蔵堂を過ぎて実光坊の前まで来た頃には、晴子の足は鉛と化し、胸の鼓動は早鐘《はやがね》を打つようで、立っているのがやっとだった。

「水……、水を」

喉《のど》が渇きに張りついて、声を出すと鋭い痛みが走った。

「お待ち下さい」

房子が四方の山にこだまするほどの大声で蘭丸を呼び止めた。

「お方《かた》さまが水をご所望《しよもう》でございます」

蘭丸は信長をふりあおいで許可を求めた。

「川の水でも飲ませてやれ」

信長は素っ気なく突き放して先へ進んだ。

川の水と聞いて房子は怒りに眉《まゆ》を吊《つ》り上げたが、蘭丸が青々とした竹筒に汲《く》んできた水は驚くほどおいしかった。

ほのかな甘味のある冷たい水で喉をうるおすと、晴子は生き返った気がした。

「この先はいっそう険しくなります。しばらくお休み下されませ」

蘭丸が細やかに気を使った。

馬揃《うまぞろ》えの日に湯屋で救われて以来、晴子はこの清々《すがすが》しく折目正しい青年にひとかたならぬ好意を抱いている。

「右府さまは、何ゆえこの寺を返答の場に選ばれたのでしょうか」

そんな疑問を口にしたのも、親しみのなせる業《わざ》だった。

「上様にとって、この寺は特別な場所でございます。それゆえご案内なされたのでしょう」

「何ゆえ特別なのですか?」

「お名前にゆかりがあるからでございます」

信長という名は、父信秀が臨済《りんざい》宗妙心寺派の沢彦和尚《たくげんおしょう》に付けてもらったものだ。

宣教師のヴァリニャーノは「長く信じる」という意味だと解したが、この命名にはもっと深い呪術《じゅじゅつ》的な意図があった。

反切《はんせつ》という。

他の漢字二字を用いて漢字音を表わす明国《みんこく》の方法で、上の字の頭子音と下の字の韻《いん》とを合わせて一音とする。

この方法に従えば、信長という二字は桑を表わすことになる。信（SIN）の頭子音と長（CHOU）の韻を合わせれば桑（SOU）となるからだ。

古来日本は扶桑《ふそう》と呼ばれているので、沢彦和尚は「天下を制する者」という意味を込めて信長と名付けたのである。

父からこの故事を聞かされて育った信長は、桑実寺に対して深い愛着を持っていた。

足利義昭との対面をここで行なったのも、天下統一の第一歩を名前ゆかりの寺から踏み出そうと考えてのことだった。

「するとご返答にも、何か重大な決意を秘めておられるのでしょうか」

「桑という字は桒とも記します。十を四つと八をひとつ、合わせて四十八になるめでたい字です」

蘭丸が小石を拾って石段の上に字を書いた。

「上様は今年四十八歳になられます。それゆえ年内に天下平定を成し遂げたいと念じておられるのでございます」

「それにしたって、こんな無礼な仕打ちがありますか。姫《ひい》さまは東宮さまの名代《みょうだい》としてまいられたのですよ」

房子が赤い顔をして喰ってかかった。

「上様は身分というものをご覧になりません。才覚があるかどうかだけを見ておられるのです」

たとえ誰であれ、これくらいの試練に耐えられぬようでは勅使とは認めない。

信長はそう言いたいのだと気付くと、晴子の負けん気が頭をもたげてきた。

(何や、こんな石段くらい)

絶対に登りきると覚悟を決めて歩き出した。

さっき飲んだ水のせいか、初めは疲れも取れて足も軽かったが、五、六十段登ると再び息が切れてきた。

道の左右には僧坊がいらかを並べ、芽吹き始めた山のあちらこちらに山桜が薄桃色の花をつけている。

季節初めのうぐいすが回らぬ舌で鳴き交わすさまが、深山《みやま》の里に分け入ったようで興趣深い。

だが晴子にはそうした情景を楽しむ余裕はなかった。目の前にそびえる石段だけを見つめ、悲鳴を上げ始めた足腰に鞭打《むちう》って歩を進めた。

「姫さま、ご無礼をいたします」

房子が後ろに回って尻《しり》を押した。

まるで荷物になって押し上げられているような有様だが、足腰はずいぶん楽になった。

昨日年寄り呼ばわりしたことを心の中でわびながら房子のたくましい手に身を任せていたが、宝泉坊の前まで来るとその手から力が失《う》せ、危うく後ろに転げ落ちそうになった。

さすがの房子も力尽き、膝《ひざ》からくずれ落ちたのだ。

「姫さま、無念……、無念でございます」

肩で息をついてあえぎながら、ぽろぽろと涙を流している。

「いいのです。お陰で楽になりました。お前はここで休んでいなさい」

目の前には胸つき八丁の急坂が待ち受けている。晴子は神仏のご加護を祈りながら一心不乱に石段を登った。

もはや足の力だけでは体を上に運べない。絹の衣が汚れるのも構わず、はいつくばって先へ進んだ。

手をつき肘《ひじ》をつき、膝をついて登って行くと、急に視界が開けた。

中ノ坊の前の平地に着いたのだ。

信長が門前の石に腰を下ろして待っていた。

晴子が来たことにも気付かず、遠い目をして空の一点をながめていた。

あたりは静まりかえっていた。

山を渡る風がかすかに梢《こずえ》を揺らし、うぐいすが時折幼い声をはり上げる。

信長は遠い追憶にふけるように身動きひとつしない。細面《ほそおもて》の横顔は憂《うれ》いに満ち、荒野に一人取り残されたように寂しげだった。

(このお人は、辛《つら》いんや)

いつか見た信長の傷だらけの体を思い出し、晴子の胸に熱いものがこみ上げた。

血みどろになって茨《いばら》の道を切り開き、天下統一を目前にしながら、信長の心は満たされてはいない。

戦っても戦っても父帝から認めてもらえなかった日本武尊《やまとたけるのみこと》のように、心の中で血の叫びを上げているのだ。

（その辛さが分るのは、うちだけや）

晴子はなぜかそう思った。

すると急に五体に力がわき上がり、よろめく足で石段を登りきった。

信長は我に返り、足音の主《ぬし》を見やった。汗まみれほこりまみれになった晴子が、必死の形相《ぎょうそう》で近づいてくる。

（ほう）

足弱の身でよくぞここまでたどり着いたものだと思ったが、情けをかけるつもりはなかった。

本堂に着いたなら、

「二条御所を献上したばかりに、ご譲位をさまたげることになった。その不明をわびるために御所を焼き払う」

そう返答することに決めていた。

「この先はわずかじゃ、ついてまいれ」

足早に歩き出すと、背後でどさりと音がした。

力尽きた晴子が、衣を散らして前のめりに倒れ伏していた。

倒れながらなお、必死に頭を持ち上げて信長を見つめている。涙にぬれた黒い瞳《ひとみ》は、無念と悲しみと怒りをたたえて鋭い光を放っていた。

理不尽な仕打ちへの怒りではない。信長が与えた試練を乗り越えられない自分への怒り、悲しみ、そして無念である。

信長は一瞬のうちにそれを理解し、衝撃の矢に胸を貫かれた。

女の目を見てこれほど魂を揺さぶられたことは、これまで一度もなかった。

似ているのは、戦場で命を投げ出して戦う部下たちの目。信長の楯《たて》となって重傷を負いながら、こうして死ねることが幸せだと訴えかける近習たちの目だけである。

そこには無私の強さがある。

利害を突き抜けて昇華された魂がある。

そして何があろうと私だけはあなたの身方だと言いきる確信に満ちている。

きっと嬰児《みどりご》を抱いた母親は、こんなまなざしをしているのではないか。

そこまで考えて初めて、信長は心を打たれた理由が分った。幼い頃にあれほど求めて得られなかった母の愛を、晴子の瞳の中に見つけたのである。

信長はふいに手放しで泣きたくなった。ああ、お前は何をしてきたのだと、吹き来る風が語りかけていく。

「殿、それがしが」

蘭丸が許可を得て手を貸しに行こうとした。

「待て」

信長は鋭く制して、晴子を抱き上げた。

「誰もこのお方に触れてはならぬ」

なぜかそんな言葉が口をついた。

「申し訳ございませぬ」

身を硬くしてうろたえる晴子を、

「案外軽い。気にするな」

叱《しか》りつけるように言って山門へとつづく石段を登った。

信長の腕に支えられながら、晴子は目をつむっていた。体が宙に浮いたような頼りなさだが、少しも不安を覚えなかった。

子供の頃、母方の祖父に馬に乗せてもらったことがある。あの時の天に舞い上がるような心地よさを思い出し、甘えかかるように体を預けた。

「見ろ」

信長が声をかけた。

目の前に入母屋《いりもや》造りの本堂がそびえている。その横に山桜の大木が満開の花をつけていた。

空一杯に広がった薄桃色の花びらの間から、淡い陽《ひ》の光が射《さ》し込んでいる。

「絵巻にも描かれた名木じゃ。悪くはあるまい」

この花を見せるために、信長はわざわざここまで案内したのではないか。そう思えるほど見事な花だった。

勅使の一行が都に戻ったのは、三月二十四日のことだった。

ご譲位については朝廷の計らいに任せるという信長の返答をたずさえての、輝かしい凱旋《がいせん》である。

二度の馬揃えを強行してまでご譲位を迫った信長が、なぜこうも簡単に要求を引っ込めたのか。

桑実寺の庵室《あんしつ》で晴子と二人きりで過ごした一刻《とき》ばかりの間に、いったい何があったのか。

我ら凡俗の輩《やから》には知る由《よし》もない。

ただ分っているのは、晴子が内裏に伺候《しこう》する前に下鴨《しもがも》の賀茂御祖《かもみおや》神社にわざわざ立ち寄り、社殿にぬかずいて長々と祈っていたことだけである。

務めを無事に果たした勅使が神々に感謝をささげた後に参内《さんだい》するのは珍らしいことではないが、この日の晴子の祈りにはそのためばかりとは思えぬただならぬ気配がただよっていた。

ともあれ、朝廷にとっては万々歳の返答である。

〈御あちや、ちらと御まゐり。（中略）あつちよりしやうゐの事に御かへり事よろしくて。めてたし〳〵〉

この日内裏の女官《にょうかん》は『御湯殿の上の日記』にそう書き付けている。

一方信長は、日がたつにつれてこの決定に苛立《いらだ》っていた。

正月の左義長《さぎちょう》以来周到な策を巡らし、朝廷を今一歩のところまで追い詰めておきながら、情にほだされて手をゆるめた自分が許せなかった。

信長は情けや弱さを忌《い》み嫌っている。

心の内からそうしたものを叩《たた》き出し、鉄の意志と怜悧《れいり》な判断にもとづいて事を処理してきたからこそ、今の地位を築くことができたのだ。

その方針を変えることは、即刻敗北と死につながる危険をはらんでいた。

獣《けもの》のような嗅覚《きゅうかく》でそのことを感じ取ったのか、信長は四月十日に急遽竹生《きゅうきょちくぶ》島《しま》に参拝した。

近頃では信長は神仏を信じていなかったと論じられることが多い。

だがこれは平和の世に安穏《あんのん》と暮らす儒者のたわごとで、死と隣り合わせていながら神仏に頭《こうべ》を垂れぬ人間などこの世には一人たりともいないのである。

ただ信長の場合、信仰の仕方が他とはかなりちがっていた。

多くの人は神仏に加護を求めるが、信長は神仏の力を我が身に取り込もうとしたのである。

竹生島は琵琶湖の北部に浮かぶ、周囲半里ばかりの小島である。

島内には竹生島明神と呼ばれる都久夫須麻《ちくぶしま》神社と、弁才天《べんざいてん》を祀《まつ》る宝厳寺がある。

古くから神います島として信仰を集めてきた、霊験《れいげん》あらたかな島である。

十日の早朝、五人の近臣と共に安土城を出た信長は、長浜城で船を仕立てて島に渡り、弁天堂に参籠《さんろう》した。

結跏趺坐《けっかふざ》して静かに呼吸をととのえると、やがて何者かの声が脳裡《のうり》に響き渡った。

——信長よ。お前は何をしているのだ。

その声は天の高みから降ってくるようでもあり、地の底からわき上がってくるようでもあった。

——お前は天下を統《す》べる者になりたくはないのか。天下布武の世を築くのではなかったのか。

信長よ。思い返してみるがいい。お前に力を授けたのは誰だ。天道に従って事を成せと教えたのは誰だ。

この私ではないか。私が天命を聞き取り、取るべき道を示したゆえに、お前はいくたの戦《いくさ》を勝ち抜くことができたのだ。

桶狭間《おけはざま》を思い出せ。金ヶ崎を思い出せ。姉川を思い出せ。私のお陰で辛《から》き命を長らえておきながら、今になって裏切るというのか。

思い出せ。天命とは、そして天道とは何だ。

あらゆる束縛から解き放たれ、人が可能性の限界に挑むことではないか。天に嘉《よみ》された者だけが生き残ることを是とする苛烈《かれつ》な覚悟ではなかったか。

お前にその覚悟があり、先頭切って突き進む強さがあったからこそ、地の土塊《つちくれ》のような名もなき輩《やから》が身命を賭《と》して従ってきたのだ。

新しい天下の創建を信じて、笑いながら死んでいったのだ。

それなのに大業の成就《じょうじゅ》を目前にして、朝廷に頭《こうべ》を垂れるというのか。

そんなことはこの私が許さない。

お前のために死んでいった者たちも、現に戦いつづけている者たちも許すはずがあるまい。

天命に背《そむ》いた者は、滅びるしかないのだ。

それが嫌なら、今この時から神になれ。神となってあらゆるものを平然と踏みにじる強さを持たねば、お前が今立ち向かっているものには勝てはしない。

――信長よ。天下を制する者と名付けられた時から、お前はお前であって私なのだ。

一刻ばかりの参籠の後に、信長は弁天堂を出た。

表情はあたりを払うほどに険しくなり、背後に憤怒《ふんぬ》の炎が燃えさかるような殺気をおびていた。

何者かが取りついたとしか思えない変わりようだが、こうした状態になることは決して初めてではなかった。

戦場で全軍の先頭に立って馬を駆る時、あるいは太田牛一が「お狂いあり」と評したような狂乱を演じる時、信長の形相が一変するのを近習たちはたびたび目撃している。

それは信長自身が感じていることでもあった。

善と悪、美と醜、生と死、ありとあらゆる矛盾する感情が己れの内でせめぎ合い、渾然《こんぜん》一体となって沸騰《ふっとう》し、白熱した脳裡に青い稲妻が走る。

その後に、己れの道を切り開く輝かしいひらめきが訪れるのだ。

このひらめきがどこからやって来るのか、信長にも分らない。分らないままここまで突き進んで来ただけに、ひらめきから見離されることへの不安や恐怖は深刻だった。

天才とは自分で自分が分らない存在である。

だから天才には常に不安と恐怖、そして狂気がつきまとう。それを乗り越えるためには、さらなるひらめきを求めて飢えた狼《おおかみ》のように突き進むしかないのだ。

信長はそう決意していた。

神となってあらゆるものを平然と踏みにじる。晴子だろうが朝廷だろうが、意に背く者は一切認めない。

新たなひらめきを得て活力に満ちた信長は、竹生島から水路五里、陸路十里の道を踏破し、その日のうちに安土城に帰り着いた。

驚いたのは侍女たちである。今夜は長浜にお泊りだろうと思い込んでいたので、半数ちかくが許可も得ずに外泊していた。

総勢十二人。連れ立って桑実寺に出かけていた。いずれも重臣たちが差し出した妙齢の娘たちである。

「明朝、首を打て」

いつものように信長の命令は簡潔だった。

話を聞いた正覚院の住職が、仰天して釈明に来た。

侍女の中に縁者がいるので、法話の席に招いた。他の十一人もそれに同行したもので、決して物見遊山《ゆさん》に出たのではない。

「それゆえ何とぞ、命ばかりはお助け下され」

住職は地にひれ伏して乞《こ》い願った。

蘭丸から報告を受けた信長は、

「ならば、そやつの首も打て」

容赦なく命じた。

翌朝、十三人の処刑が終わったとの報告の後に、

「実は……」

蘭丸が言いにくそうに口ごもった。

「どうした?」

「お駒も昨日から留守していると、侍女頭《がしら》が申しております」

「どこへ行った」

「近衛内府さまと、都まで遠乗りに出たようでございます」

信長は左義長の日のお駒の鮮やかな騎乗ぶりを思い出した。あの日以来、信基がお駒に馬術の教えを受けていることも知っていた。

「いかが計らいましょうか」

「例外を認めては、娘を失った重臣たちに示しがつかぬ」

同じように首を打つしかなかった。

四半刻の後、近衛信基が血相を変えてやって来た。

ふいに連れ去られるのを怖《おそ》れているのか、お駒の手をしっかりと握っていた。

「ご尊父さま、何とぞ」

二人して信長の前にひれ伏した。

「何とぞお駒の命を助けて下されませ」

「ならぬ」

信長は好物の湯漬けをかき込んでいた。

昨日の遠出で腹が空《す》いているせいか、今朝の湯漬けはひときわうまかった。

「遠乗りの供を頼んだのも、近衛の別邸に泊るように命じたのも、この信基でございます。お駒に罪はございません」

「余の留守中に勝手をした罪は同じじゃ。一人だけ助けるわけにはいかぬ」

「法は道理に従うものでございます。桑実寺に遊山に行った者とお駒を同列に論じられるとは、ご尊父さまのなされようとも思えませぬ」

「黙れ」

信長は湯漬けの茶碗《ちゃわん》を床に叩《たた》きつけた。

「甘くすればつけ上がりおって。人を殺したこともない若僧に何が分るか」

小姓から刀を奪い、信基の鼻先に突きつけた。

「お前が余の子でいたいのなら、この場でお駒を斬《き》れ。その手を汚して赤心《せきしん》を見せい」

「お駒はわが師でございます。師に刃《やいば》を向ける弟子が、どこにおりましょうや」

信基は美しく澄んだ目に、決死の覚悟を浮かべている。その潔《いさぎよ》さが、いっそう信長を苛立たせた。

「シャーッ」

怪鳥のような叫びを上げて信基の横面《よこつら》を蹴《け》りとばし、お駒を引っ立てて庭に出た。

「ならば余が成敗してくれる。人の斬り方というものをよく見ておけ」

鞘《さや》を払って刀を抜いた。

信長自慢の愛刀が、陽をあびて灼熱《しゃくねつ》した色をおびていた。

お駒は恐怖に体を硬くして、信長の異様な形相を見つめるばかりである。

「お待ち下され」

信基は二人の間に割って入り、身を挺《てい》してお駒をかばった。

「どうあっても成敗されるとあらば、この私を斬られるがよい」

「なにっ」

「人を殺したことはなくとも、師のために死ぬことくらいはできます。この命に代えて、お駒を許していただきたい」

「よかろう。さすがは余が見込んだ男じゃ」

不気味な笑みを浮かべるなり、信長は上段に構えた刀を真っ向めがけてふり下ろした。

切っ先が額《ひたい》にくい込む寸前、お駒が信基を横に突き飛ばした。

宙に泳いだお駒の首と右腕が、無残に斬り落とされた。

胴を離れた首が二間《けん》ばかりも飛んだほどの怖るべき斬れ味である。

「お駒」

信基は庭に転がった首に飛びついた。

若苗色の水干《すいかん》を血だらけにして首を抱きしめ、天をあおいで号泣《ごうきゅう》した。

急を聞いて駆けつけた重臣たちは、この凄惨《せいさん》な光景を声もなく見つめるばかりだった。

第六章　父と子

夏のさかりの文月《ふみづき》となり、安土《あづち》城下は連日むし暑い日がつづいていた。

早朝の涼を求めて鷹狩《たかが》りに出た織田信長は、帰りに新道ぞいにあるセミナリヨに立ち寄った。

セミナリヨはイエズス会東インド管区巡察師のヴァリニャーノが日本人聖職者の養成を目的として設立を命じたもので、天正八年閏《うるう》三月に着工し、同年末の聖誕祭の日に落成式を行なった。

三方を厚い石垣で囲んだ三階建ての神学校で、二十の教室と学生たちの居室を備えた大規模な建物である。

日本で開校されたのは九州の有馬についで二校目で、三十人の学生たちがラテン語やキリスト教の教義を学んでいた。

教科書としてアルバレスの『ラテン文典』やボニファチオの『キリスト教徒子弟の

教育』などが使用され、優秀な学生は「さんたまりやの御組」と名付けられた組で宣教師になるための高等教育を受けていた。

布教のためには賛美歌が何より重要である。

そこで学生たちはグレゴリオ聖歌を学び、歌唱やオルガン、クラボ、フルートなどの演奏の練習に励んでいた。

信長はセミナリヨに立ち寄り、学生たちの勉強ぶりを見学するのが好きだった。

学生たちはこの国にまいた新しい種《たね》である。

やがて国々にセミナリヨを作り、数千人の学生を育てれば、将来日本がイスパニアと肩を並べるほどの国力を蓄えた時に、世界にはばたくための有力な人材となるはずである。

まず彼らにヨーロッパの語学に精通させ、やがてかの地に留学させて造船技術や航海法、大砲や火薬の製造法を学ばせる。

しかる後に強力な艦隊を作り上げ、十万人の命知らずの武者たちを乗り込ませて、七つの海に覇をとなえるのだ。

パードレたちにはそんな野心など露ほども見せず、信長は教育熱心な父親のように足しげくセミナリヨに通っていた。

この日は「さんたまりやの御組」の学生たちが演奏する賛美歌を聞いた。

曲目は分らないが、選りすぐりの学生たちがかなでるオルガンやフルートは、心をとろかすように心地いい。

雅楽とちがって、音階と旋律がはっきりしているところが信長の好みに合っていた。

曲の流れに陶然と身をひたしているうちに、信長はいつしか子供の頃の出来事に思いを馳《は》せていた。

あれは十四歳の初陣《ういじん》の日のことだ。

三河大浜での今川軍との戦《いくさ》に勝ち、敵の首二つを取った信長は、返り血をあびて真っ赤になったまま、腰の両側に生首をぶら下げて清洲《きよす》城に立ち寄った。

日頃冷淡な母に勇姿を見せて、初陣の功を誉《ほ》めてもらいたかったからである。

奥御殿に入ると、取り次ぎの侍女たちが悲鳴を上げて逃げ散ったが、その驚きようが信長をますます得意にさせた。

女子《おなご》などには男の戦は分らぬ。

だが母上なら、この姿を見ただけですべてを察して下さるはずだ。

そんな期待に足を速めて書院に行くと、母は信行《のぶゆき》に書を教えていた。

文机《ふづくえ》に座った弟におおいかぶさるようにして筆を握り、二人して手本の上をなぞっている。

素直で頭が良く顔立ちも美しい信行を溺愛《できあい》している母は、書を教え込むことに夢中で、信長が書院の庭先に立っても気付かなかった。

前髪姿の信行も、手を取られたまま熱心に筆を運んでいる。

「母者人《ははじゃびと》」

信長は大人になった誇りを込めて呼びかけた。

母は髪のかかった美しい顔をふっと上げ、驚きに凍りついた表情をした。

まるで化け物でも見たように目を見開き、手本の上にべたりと筆を落とした。

それでも信長は手柄を誉めてもらえると信じていた。

(女たちの平安は、戦に勝つことによって守られている。聡明《そうめい》な母がそれを分らないはずがない)

その信頼は、次の瞬間無残に打ちくだかれた。

「そんな汚ない形《なり》で奥御殿に入るとは何事ですか。さっさと出て行きなさい」

金切り声で怒鳴りつけると、母は明かり障子をぴたりと閉ざした。

信長は目の前が暗くなるほどの衝撃にしばし茫然《ぼうぜん》としていたが、やがて庭の砂利を蹴《け》り飛ばして奥御殿を出た。

悔しさにいても立ってもいられず、怒りに髪も逆立つ思いをしながら馬屋へ駆け込んだ。

そこには愛馬の青がいた。

共に戦場を駆け回った青の背中に取りすがり、信長は声を上げて泣いた。

青の後足や尻《しり》には、追いすがる敵が斬《き》りつけた刀傷があった。

信長の鎧にも刀や槍《やり》で斬りつけられた跡が何カ所もあった。

背中には矢傷を負い、動くたびにずきずきと痛んでいた。

戦場は怖ろしい。一瞬の偶然と運が生死を分ける。だから神仏にご加護を祈りながら、死にもの狂いで飛び込むほかはないのである。

その試練を無事に切り抜け、こうして手柄を立てて帰ったのだ。

いくら信行の方が可愛《かわい》いとはいえ、今日くらい優しい言葉をかけてくれてもいいではないか。

信長は心の中で悲痛な叫びを上げながら、青の温かい背中に顔をすりつけた。

その時、背後で呼びかける声がした。

「吉法師や。先ほどは心無いことを申しました。わらわを許しておくれ」

ふり返ると、母が気づかわしげな顔をして立っていた。

った。

やはり母は分ってくれたのだ。その喜びに胸が一杯になり、小躍りしながら駆け寄った。

母が手を差し伸べて待っている。その姿が、いつしか勧修寺《かじゆうじ》晴子《はれこ》へと変わっていた——。

「母上!」

賛美歌の演奏が終わり、信長は我に返った。

目頭がぬれている気がして指で押さえたが、いつものように乾いたままだった。

現実の母は、甘美な回想のように手を差し伸べてなどくれなかった。

信長は青の背中で一人泣き通し、自分の非を悟った。

武人にとって敵の血は勝利の証《あかし》だが、平穏に生きる女たちにとっては忌《い》まわしく不吉なものなのだ。

いかに手柄を立てたとはいえ、生首を下げたまま奥御殿に飛び込んではなるまい。

そう反省するなり首を投げ捨て、紺色の大紋《だいもん》に着替えてもう一度奥御殿を訪ねた。

さっきの非礼をわび、初陣での戦ぶりと怖《おそ》ろしい思いの数々を聞いてもらいたかった。

書院のふすまの前に立った時、中から母の声が聞こえた。

「戦場で敵の首を取るなど、大将たる者のすることではありません。雑兵《ぞうひょう》のするいやしい戦です。お前は織田家の大将になるのですから、しっかりと学問を身につけて下さいね」

膝《ひざ》に抱いた信行の髪をなでながら、歌うように語りかけていた。

この残酷な言葉の刃《やいば》が、信長の胸を深々とえぐった。

母からは絶対に愛情など得られないばかりか、やがては敵となりかねないことを、骨身に徹して思い知らされた。

信長は黙って馬屋に引き返すと、着ていた大紋をずたずたに切り裂いた。

それだけでは感情のおさまりをつけられなくて、隅《すみ》に転がっていた生首を切り刻んだ。

耳をそぎ鼻をそぎ、目をえぐり取った。

月代《さかやき》に十文字の切り込みを入れ、容赦なく皮を引きはがした。

一人で陰惨な遊びにふけりながら、信長はこの世の誰も愛さないと心に誓った。

(それがあの女に対する最大の復讐《ふくしゅう》だ)

そう決した瞬間、信長の中に何者かが住みついたのである。

残忍で破壊欲に満ち、天命のごときひらめきを与えてくれる何者かが……。

「殿」

森蘭丸が大広間の入口から声をかけた。

「ヴァリニャーノさまが、お目にかかりたいとおおせでございます」

「通せ」

夏だというのに黒い長衣《スータン》を着たヴァリニャーノが、通訳のフロイスをともなって入って来た。

「学生たちの演奏はどうでしたか」

「良いものを聞かせてもらった。礼を申す」

「ヴァリニャーノさまは、数日中に九州に戻りたいとおおせでございます」

「安土に退屈なされたか」

「いいえ。この城は見飽きないほどの美しさですが、豊後《ぶんご》や肥前《ひぜん》の信者たちが来てほしいと言っているのです」

ヴァリニャーノがフロイスを通じてそう答えた。

「ならば七月十五日まで滞在を延ばされよ」

「どうしてですか」

「面白い祭りをおこなう。献上したいものもある。それにまだ約束を果たしておらぬ」

「約束……、何でしょうか」

「神道《しんとう》の輩《やから》との宗論じゃ。都に催促しておるゆえ、じきに返答があろう」

ヴァリニャーノと宗論せよと吉田兼和《かねかず》に命じていたが、何やかやと不都合を言いたて、もう五カ月ちかくも応じようとはしない。

今度こそ、首に縄をつけてでも宗論の場に引きずり出すつもりだった。


天正九年七月十五日――。

盂蘭盆会《うらぼんえ》のこの日、信長は安土城を数千の提灯《ちょうちん》で飾りたてた。

天主の軒先に吊《つ》るしたばかりか、大手門から本丸へとつづく石段の両側にずらりと並べ、夜の闇《やみ》に光の道を浮かび上がらせた。

城下の堀や水路にも、提灯で飾りたてた何百艘《そう》もの小舟を浮かべた。

その灯《あか》りが水に映り、長々と連なって城を取り巻くさまは、光の数珠《じゆず》を巡らしたように美しい。

かつて誰も目にしたことのない壮大な祭典に、京、大坂からまで見物の群衆が集まり、安土城下は立錐《りっすい》の余地もないほどだった。

夜の闇を提灯で飾るのは、信長の独創ではない。

織田家の氏神《うじがみ》を祀《まつ》る津島神社では、五百有余の提灯で飾った巻藁船《まきわらぶね》を川に浮かべる牛頭《ごず》天王祭りが早くから行なわれている。

また京都の八坂神社でも、祭りの夜には本堂の軒先に提灯を吊るす風習が伝わっている。

だが城全体を光の線で縁取って夜空に浮かび上がらせることは、これまで誰もなしえなかったことだ。

従来の方法に工夫と改良を加えて大規模化するという得意の手法を、信長は祭りの場でも鮮やかに用いたのである。

華々しい祭りを行なうことは、信長にとっていくつもの意味があった。

ひとつは祭りの主催者たることを天上の神々と天下の民に知らしめて、己れの力を誇示すること。

ひとつは祭りの場に家臣や領民を集めて君臣一体の共同意識を作り上げ、さらなる行動へと駆り立てること。

そしてもうひとつは、敵対する者たちに織田家の力を見せつけて威嚇《いかく》することである。

だから新たな戦争を始める時には必ず何らかの形で祭りを行なってきたが、この日の祭りにはこれまでとはちがった特別な目的があった。

ヴァリニャーノの脳裡《のうり》に、安土城の華やかさを刻み込むことだ。

自分の偉大さをローマ教皇やイエズス会総長にまで伝えてもらい、将来の海外進出を有利にしたかったのである。

効果のほどを確かめようと、信長はこの日のためにあつらえた手みやげを従者にかつがせ、わざわざセミナリヨまで出向いていった。

日もとっぷりと暮れた頃に馬を出し、大手前の道を南へと進んでいく。

ここから見上げる安土城は壮麗で、道の両側には見物の群衆がひしめいていた。

春の花見のようにござを敷き、車座になって飲み食いしながら夜風に吹かれている。

薄絹の小袖《こそで》を着た遊女をはべらせてだらしなく酔っている者もいるが、土手の上に築いた道にたむろする者は一人もいなかった。

不時の出陣に備えて、道は常に広々と開けておかねばならぬ。信長は常にそう命じ、違反する者は容赦なく断罪に処していたからである。

新道を東に折れてしばらく進むと、番所のかがり火のまわりに人だかりがしていた。

薄汚ないなりをした五人の子供が、警固の武士たちに引き据えられて取り調べを受けている。組頭《くみがしら》らしいひげ面《づら》の武士が、仁王立ちになって子供たちを責めていた。

信長は蘭丸をつかわして子細をたずねさせた。

「浮浪の子供らゆえ、身許《みもと》を確かめているそうでございます」

「何しに来た」

「お城の見物に来たと申しておりますが、祭りの夜に横行する物盗《ものと》りの一味かも知れませぬ」

「道を空けよ」

信長は人垣を分けて番所の前に進んだ。

十人ばかりの武士たちが、さっと両側に分れて片膝《かたひざ》をついた。

取り残された子供たちが、ぽかんとした顔でふり返った。

いずれも七、八歳ばかりで、手足も顔も泥だらけである。みんな裸足《はだし》で、泥水で煮しめたような色の小袖を着ていた。

汗と垢《あか》の強烈な臭いが、馬上にまでただよってくる。だが決して物盗りなどではないことは、一目で分った。

行ないに後ろ暗さを持つ者は、目の奥に卑屈な光を宿しているものである。

「お前ら、どこから来た」

馬から下りてたずねた。

「津川村」

大将格らしい子が、悪びれることなく答えた。

津川村といえば、安土から十里も離れている。年端《としは》もいかない子供に歩き通せる距離ではなかった。

「三日がかりで来たんだ。わけないよ」

祭りを見たくて野宿をしながら来たが、どこも人が一杯で見物するところがないのだという。

「だから場所をさがしていたんだ。そしたらこいつらにつかまって、ここに連れて来られたんだ」

路上を浮浪することは禁じてある。番所の武士たちは、こんな子供にまで忠実に禁制を適用したらしい。

信長はふと、少年の頃に悪童仲間と城下を徘徊《はいかい》していたことを思い出した。腹がへると畑や店先のものを盗み、大人たちに追い回されたものだ。

この子たちの不敵な面魂《つらだましい》には、あの頃の仲間たちの懐《なつ》かしい面影があった。

「よしよし。ならば俺が何とかしてやろう」

悪童言葉で請けあうと、組頭に適当な場所を空けてやれと命じた。

「しかしすでに、錐《きり》を立てる余地もございませぬ」

沿道にはどこも見物人があふれている。それを強制的に立ち退《の》かせることはできなかった。

「ならば、あそこがよい」

道の反対側に墓地がある。三段重ねの石台の上に大きな石塔を建て、周囲を柵《さく》で囲んであった。

「柵を開き、あの石塔を横倒しにせよ」

番所の武士たちが困惑しながら命令に従った。倒した石塔に子供たちを座らせると、あつらえたようにぴたりと納まった。

「わあ、すげえ」

見晴しのいい場所に席を占めた五人は、城を見上げて感嘆の声を上げた。

驚きと得意に目を見開き、身じろぎもせずに天主を見つめている。

子供こそ可能性の固まりだということを、信長は誰よりもよく理解していた。

「腹をへらしておるようだ。後でにぎり飯でも届けてやれ」

組頭に厳重に申し付けて立ち去った。

セミナリヨには先触れの使者を出してある。ルイス・フロイスやヴァリニャーノらが、三階の広間で晩餐《ばんさん》の用意をして待ち受けていた。

西洋風の大きな窓が広々と開けてある。

光に縁取られた安土城が窓一杯に浮かび上がり、まるで一幅《いっぷく》の絵画のようだった。

（ほう）

信長は内心嬉《うれ》しかった。

ヴァリニャーノらが自分の意図を充分にくみ取り、最上の形で楽しんでいたからだ。

だが、そんなそぶりはおくびにも出さず、

「今夜の祭りは、いかがかな」

そっけなくたずねた。

「とても素晴しい。こんな雄大な光景は、ヨーロッパでも見たことがありません」

ヴァリニャーノの言葉をフロイスが通訳した。

「さようか。ならば引き止めた甲斐《かい》があった」

「この祭りには、どのような意味があるのでしょうか」

「盂蘭盆という。先祖の霊を招いて供養《くよう》するためのものじゃ」

「死者の霊は自由にこの世に戻って来ると、この国では考えられているのですか」

完全な知識のゆりかごと評されたパドヴァ大学で学んだだけあって、ヴァリニャーノの問いは論理的である。

信長は答えるのが面倒になって、蘭丸につづきを任せた。

「自由に戻って来るのではありません。先祖の供養をするために、霊を呼び戻すのです」

盆の起源は『盂蘭盆経』という漢訳経典にある。

昔、目連上人《しようにん》が餓鬼道に落ちて苦しむ母親を救うために、百味《ひやくみ》の飲食《おんじき》を盆に盛って高僧たちに供したところ、その功徳《くどく》によって母親が成仏《じようぶつ》したというのである。

この教えが仏教とともに我が国に伝わり、先祖供養のお盆の祭りとなって定着した。

「あのように火を灯《とも》すのは、先祖の霊が道に迷わないようにするためだと伝えられています」

蘭丸の説明は簡潔にして要を得ていたが、ヴァリニャーノには生者が死者を呼び戻すという風習が理解できないらしい。

「信長さまも死者が戻って来ると信じておられるのですか」

当惑した表情を浮かべてたずねた。

「信じてはおらぬ」

信長は死者にも死後の世界にも興味がない。要は生きている間に何ができるかであり、死ねば無の世界に返るだけだ。

地獄などというものは、仏僧どもが庶民をおどしつけるために作り上げたまやかしだとしか思わなかった。

「だが下々《しもじも》の者には慰《なぐさ》みが必要だ。余はそれを司《つかさど》っているにすぎぬ」

やがて晩餐が始まった。

セミナリヨでは生徒たちに西洋風の料理も教えている。肉やチーズを使った珍らしい料理が、食卓に所狭しと並べられた。

信長は酒が嫌いだし、ヴァリニャーノは信仰上の理由から酒を断っている。

光に縁取られた安土城を見ながらの晩餐は、静かに淡々と過ぎていった。

「あれを持て」

いち早く食事を終えた信長は、室外に控える近習《きんじゅう》に手みやげを披露するように命じた。

縦長の櫃《ひつ》に、折りたたんだ屏風《びょうぶ》が入っている。横に開くと金泥《きんでい》をふんだんに使って描いた安土城が現われた。

狩野《かのう》永徳らに命じ、一年がかりで詳細に描かせたものだ。

美しさばかりでなく、実物と寸分変わらぬ幾何学的正確さを要求し、信長自ら点検して何度も描き直させた力作だった。

燭台《しよくだい》の灯りに照らされた安土城は、妖《あや》しいばかりに美しい。しかも窓に浮かび上がる光の城と見事な対称をなしていた。

ヴァリニャーノもフロイスもしばし呆然《ぼうぜん》とし、切なげな溜息《ためいき》をもらした。

「いかがかな」

信長は戦場で敵を術中にさそい込んだ時のような高ぶりを覚えた。

「もし気に入らぬようなら、別の物にするが」

「とんでもない。あまりに素晴しいので、形容する言葉を失っておりました。まるで……、まるで神の示したもうた奇跡を眼前にするようだ」

ヴァリニャーノは椅子《いす》が倒れたことにも気付かずに席を立ち、屏風に顔を寄せて細部をのぞき込んだり、少し離れて全体の構図をとらえ直したりした。

「オルガンチーノ君、私は君の過剰な日本びいきには客観性が欠けていると批難したが、前言を撤回する。許してくれたまえ」

驚いたことにヴァリニャーノは床にひざまずき、感動のあまり人目もはばからずに泣き始めた。

「この屏風の噂《うわさ》は都まで伝わり、帝《みかど》もご覧になりたいとおおせでございました」

蘭丸がフロイスに語りかけた。

「されど殿は、ローマ教皇に献上するものゆえ余人には見せられぬとお断わりになりました。何とぞ、殿のご心中をお察し下さいますように」

主上を余人と呼び捨てたところに、信長の意図は明確に表われている。

フロイスからそのことを聞いたヴァリニャーノは、小声で何事かを耳打ちした。

フロイスは険《けわ》しい表情で異をとなえ、ヴァリニャーノとオルガンチーノを連れて席をはずした。

「どうした」

「殿に何か贈り物をしたいと、巡察師さまがおおせられたようでございます」

キリシタンである蘭丸は、わずかながら宣教師たちの言葉を聞き取ることができた。

間もなく三人が頑丈な木箱を持って現われた。中には精巧な地球儀が入っていた。

「これはヴァリニャーノさまがイスパニアから持参なされたものです」

フロイスが信長の前にうやうやしく差し出した。

「最新の知識によって作られたもので、東インド管区にも三つしかない貴重なものです。これをご厚意のお礼に進呈したいとおおせでございます」

立派な飾りの付いた台座に支えられた地球儀には、精巧な地図が描かれていた。

だが信長は用心深い。

「弥助《やすけ》を呼べ」

今や知恵袋となった弥助に、値打ちを確かめさせた。

「メルカトルの地図です。同じものはマカオとゴアにしかありません」

信長は地球儀を回し、とみこうみしてから、

「ご厚意かたじけない」

満足の笑みを浮かべてヴァリニャーノの手を握りしめた。

「ついてはひとつ、教えてもらいたいことがある」

「何でしょうか」

「イスパニアやポルトガルは、かように小さな国でありながら、世界中に征服地を持っていると聞いたが、まことであろうか」

「本当です。アフリカ、アジア、アメリカの主要な港に、イスパニアは支配地を持っています」

フロイスがとまどいながら通訳した。

長年世界の政治情勢をひた隠しにしてきた彼らは、ヴァリニャーノの実直すぎる態

度に危惧《きぐ》を抱いていた。

「余も近い将来、そのような国を築きたい。貴殿はそれが可能だと思うか」

「信長さまは他のどの国の王よりも偉大です。きっと可能だと思います」

「では、どうすればよい」

「道は東に開けています」

ヴァリニャーノが緑色に塗られたアメリカ大陸を指さした。

「アジアにはすでにヨーロッパの国々が拠点を築いていますので、新たに進出しようとすれば戦争となりましょう。しかしアメリカ大陸なら土地も広大で、競争者もそれほど多くはありません」

強力な船団を組んで西海岸の港に拠点を作り、数万の兵を送り込んで徐々に支配地を広げていく。

そこに新しい国を築いてヨーロッパとの貿易の中継地とすれば、やがてイスパニアに対抗できるだろう。

通訳しているフロイスが脂汗《あぶらあせ》を浮かべるようなことを、ヴァリニャーノは平然と口にした。

生まれがイタリアだけに、フロイスのようにポルトガルやイスパニアの世界征服に好意を持っていないのである。

「アメリカか。面白い」

やがて天下統一が成ったなら、膨大な数の武士たちが不要になる。国内に置いては騒乱の原因となりかねない荒武者たちを、次々にこの土地に送り込むのも悪くはなかった。

「来年までには天下統一を終える。その後にローマ教皇に使者を送り、しかるべき挨《あい》拶《さつ》をするつもりじゃ。まずはこの屏風を献上するゆえ、意のあるところを伝えてもらいたい」

「承知いたしました。日本人がいかに賢明で礼儀正しい民族であるかは、教皇もよく理解しておられます。この屏風を見られたなら、その知識が確信へと変わることでしょう」

「己れを鞭《むち》打つことは、まだつづけておられるか」

「身の罪業《ざいごう》が消えぬ限り、やめることなどできませぬ」

「そのような潔癖さこそ、信仰に生きる者の手本じゃ。明日都から神主どもがまいるゆえ、神道とキリスト教といずれが正しき教えであるか、存分に宗論を交わしてもらいたい」

明日午《うま》の刻に登城するよう命じて、信長はセミナリヨを後にした。

日本の神々についてどう思うか。

イザナギ、イザナミがこの国最初の住人だったという説についてどう思うか。

十年ほど前にフランシスコ・カブラルが岐阜城を訪れた時、信長はそう問うたことがある。

カブラルは即座に、

「日本人は神を金、銀、石、木などでかたどってあがめているが、偶像に人を救うことはできない。

またイザナギ、イザナミの話は、後世の人間が『古事記』や『日本書紀』に書いたものだが、人間の身で全知全能の神について分るはずがないのだから偽りとしか思えない」

そんな返答をしたと記憶している。

感心したのは宣教師たちが神道についてよく学んでいることと、キリスト教の正しさについて絶対的な確信を持っていることだった。

その毅然《きぜん》とした生き方が何より好ましく思われ、

「パードレどもの教えと余の心とはなんら相違ないことを、白山権現《はくさんごんげん》にかけて誓う」

家老を務めていた林佐渡守《さどのかみ》にそう宣言したものだ。

この頃信長は神道の欺瞞《ぎまん》やあいまいさ、仏僧どもの堕落しきった生活ぶりを許しがたく思っていたので、キリスト教を保護することでそうした勢力に脅威を与えようとした。

だが今度の宗論には、その頃とはちがった意味があった。

この先海外に進出していくためには、神道とキリスト教のどちらが有効か。その判定を下したかった。

イスパニアやポルトガルは、キリスト教の布教を名分として世界を支配しつつある。この行為をローマ教皇に正当と認めさせたために、国内的な結束を強めることができたのだ。

これは朝廷の権威を利用して天下統一を進めてきた信長の手法とまったく同じである。

だが国内では通じた朝廷の権威が、海外でも通用するとは思えない。ならば日本もローマ教皇の庇護《ひご》下に入り、海外に進出する大義名分を得た方が得策ではないか。

それともあくまで朝廷の権威を利用することで国内の結束を図り、神道的世界の拡大を大義名分として打って出た方がいいのか。

徹底した議論の果てに見えてくるものもあると思ったが、翌日の午の刻になっても吉田兼和らは現われなかった。

信長は待たされるのが何より嫌いである。

天下統一から海外進出へ。成し遂げなければならない仕事は山ほどあるだけに、待たされると不当に時間を盗まれたような気分になる。

午の刻を四半刻《しはんとき》ほど過ぎても吉田兼和らが現われないと、不機嫌は絶頂に達した。

「お蘭」

都からの知らせはないかとたずねた。

「いまだ、ございません」

「兼和め。またしても」

何らかの不都合を言い立てて欠席するつもりではないのか。そんな手が二度も三度も通じるものか、今度こそ思い知らせてやる。

業《ごう》を煮やして歯がみしていると、

「岐阜中将《ちゆうじよう》さまがお成りでございます」

近習がそう告げた。

「信忠が……」

「至急お目にかかりたいとおおせでございます」

信忠は風折烏帽子《かざおりえぼし》に紺の大紋という軽装だった。岐阜から馬を駆って来たらしく、袴《はかま》の裾《すそ》に泥のはねた跡があった。

「何事じゃ」

「都より取り成しを求める文《ふみ》がまいりましたゆえ、急ぎ参上いたしました」

信忠が近衛前久《このえさきひさ》からの書状を差し出した。

今日の宗論に向けて万全の仕度をするように吉田兼和に命じていたが、あいにく数日前に兼和の身内に不幸があった。

死の汚《けが》れは神職にある者にとってもっとも忌《い》むべきものであり、喪《も》が明けぬうちは公《おおやけ》の場に出ることができない。

そのような身で神道について論じさせるのははばかられるので、まことに申し訳ないが、この旨《むね》を信長公に伝え、ご承引《しょういん》いただけるように取り成しを願いたい。なおご不審あらば、自分が安土に出向いていかなる問いにも応じるつもりである。

流れるような書体でそう記されていた。

「身内の不幸とは何じゃ」

信長は怒りのあまり目まいを覚えた。

「養子としておられた方が、急逝《きゅうせい》なされたそうでございます」

「偽りではあるまいな」

「村井貞勝に使者を立てて確かめました。間違いございません」

それゆえどうか許してほしい。信忠は前久になり代わって深々とわびた。

こんな見え透いた手に乗せられるような信長ではない。

だが、信忠と前久の間にくさびを打ち込むいい機会だという計算が、煮えたぎる怒りにかろうじて克《か》った。

「この件、そちが責任を負えるか」

「負いまする」

「ならば宗論は取りやめじゃ」

信忠を下がらせると、村井宛《あて》に書状をしたためるよう命じた。

「兼和の不幸には必ず細工がある。京都所司代の総力をあげて突きとめさせよ」

信長の勘が正しかったことは、日ならずして証明された。

兼和は宗論を命じられた後に、遠縁の者を三人も養子にしている。いずれもあつらえたように病弱の者ばかりだった。

七月二十五日、信長は三人の息子に参集を命じた。

「今日はその方らに引き物を取らす」

群臣居並ぶ中に三人を座らせ、三方《さんぼう》にのせた脇差《わきざし》を並べた。

岐阜中将信忠には作正宗、北畠《きたばたけ》中将信雄《のぶかつ》には作北野藤四郎、三七信孝には作しのぎ藤四郎――。

いずれも信長秘蔵の名刀である。

「ただし、これは腹切る刀じゃ。余に忠誠を尽くし、命を捨てる覚悟のない者は受け取らずともよい」

今さらどうしてこんなことを言い出すのか、三人は当惑した顔を見合わせた。

「信忠、取るか」

鋭い目で返答を迫った。

「御免」

信忠は脇差を抜いて刀身に見入った。

大板目《おおいため》の地に沸《にえ》出来の刃文《はもん》がくっきりと浮き上がった見事な造りである。

まさしく相州《そうしゅう》正宗の名刀であることを確かめてから、

「頂戴《ちょうだい》いたします」

三方に戻してうやうやしく押しいただいた。

「信雄、そちは」

「ありがたく頂戴いたしまする」

刀身を確かめもせずに受け取った。

二年前の伊賀攻めに失敗して以来、信雄は信長の前に出ると必要以上にへり下った態度を取る。

武将としての才能のなさを、信長に取り入ることによって補おうとするような卑屈な態度だった。

「信孝はどうじゃ」

「まずは拝見つかまつる」

異母兄の信雄に激しい競争心を持っている信孝は、これ見よがしに脇差を抜いた。

しのぎ藤四郎――。

刀身の中心に鎬《しのぎ》が真《ま》っ直《す》ぐに通り、切っ先を鋭角にとがらせた、すっきりとした造りである。

信孝はしばらくほれぼれと刀をながめてから、三方をまっぷたつに切り割った。

「聞きしにまさる業物《わざもの》なれど、それがしには不要でござる」

「何ゆえじゃ」

「腹は覚悟でさばくもの。すでに命を捨てる覚悟を定めておりますゆえ、今さらかような業物はいりませぬ」

いかにも信長が気に入りそうなことを言う。これもまた取り入る技のひとつだった。

三人の中では信忠がもっとも後継者にふさわしいことは、衆目《しゅうもく》の一致するところである。

信長もそう決して六年前に家督をゆずったが、真の跡継ぎにするためにはさらなる荒療治が必要だった。

「ご一門さまに申し上げます」

重臣たちの前ではなるべく口をきかないようにしている信長は、いつものごとく森蘭丸に意中を告げさせた。

「上様は天下平定を急ぐために、お三方に陣頭に立てとおおせでございます。岐阜中将さまには武田征伐、北畠中将さまには伊賀征伐、三七信孝さまには四国の長宗我部《ちょうそかべ》征伐を申し付けられました」

居並ぶ重臣たちが、いちように驚きの表情を浮かべた。

これまでとかく噂《うわさ》はあったが、信長が長宗我部征伐を口にしたことは一度もない。

明智《あけち》光秀が長宗我部元親《もとちか》の、羽柴《はしば》秀吉が三好康長の意を受けて信長との交渉に当たってきたので、どちらを身方にするかは両者の面目がかかる微妙な問題となっていた。

だが、驚くのはまだ早かった。

「上様はすでに岐阜中将さまを跡目《あとめ》と決しておられましたが、このたび白紙に戻すこととなされました。どなたを跡目とするかは、今後の働きぶりを見て決めるとおおせでございます」

信長は家臣たちを徹底して競わせることで、個々の力を引き出してきた。

能力のある者は次々に登用し、力のない者は腐った魚のように切り捨てた。

その過酷な競争を、我が子にも容赦なく強《し》いたのである。

夕方になって風が立った。

池の面《おも》に顔を出した蓮《はす》の花を揺らして、涼やかな風が吹き寄せて来る。

うだるように暑かった都の夏も、ようやく終わりの気配をただよわせていた。

　風吹けば蓮の浮葉に玉こえて
　　涼しくなりぬひぐらしの声
近衛前久はふとそんな歌を思い出した。

そういえば先ほどからしきりにひぐらしが鳴いている。実りの秋はもうそこまで迫っているらしい。

蓮の花は泥の中から生いたちながら、少しも濁りに染まらない。

人が死ぬと瞬時に極楽浄土の蓮の花の上に迎えられると信じられているのも、この花の持つ清々《すがすが》しいたたずまいのせいだろう。

人はこの世で汚辱《おじよく》にまみれて生きる。だからあの世でなりと清らかに生きたいと願うのだ。

前久にも似たような思いはある。だが常人《じようじん》とちがうのは、泥の世を泥のままに生きる覚悟を定めていることだった。

「ご家門さま、ご思慮のほどをお聞かせ下されませ」

勧修寺《かじゆうじ》晴豊が遠慮がちに返答をうながした。

「そうさな。やっかいなことになったものじゃ」

前久は思わぬ窮地に追い込まれていた。

正親町《おおぎまち》天皇から誠仁《さねひと》親王へのご譲位を実現し、やがては五の宮を擁立しようという信長の計略をつぶすために、金神《こんじん》を理由にご譲位を延期することにした。

そのために九条兼孝を辞めさせて一条内基を関白に任ずるという策を用いたのだが、思わぬ禍根《かこん》を残すことになった。

兼孝が上臈《じようろう》の局《つぼね》に前久の不当を訴え、主上の叡聞《えいぶん》に達したのだ。いったんご譲位の延期を了承しておられた主上は、これを知って激怒なされた。

延期とはいえすでに譲位の内実はととのったのだから、今後朝儀はすべて二条御所で行なうようにと詔《みことのり》なされたのである。

「お前たちが朕《ちん》の意向を無視して勝手なことをするのなら、主上としての務めを放棄する」

手っ取り早い言い方をすれば、そう断じられたのだ。

これは朝廷政治への不信任の表明である。

さらに言えば、朝廷政治を陰であやつる前久への絶縁宣言に等しかった。

前久とて鬼ではない。

主上のご無念は重々承知していたが、ここでこの詔勅《しようちよく》を認めたなら信長への返答を朝廷自らくつがえすことになるだけに、この儀だけは何としてでも阻止しなければならなかった。

「わしは朝廷にとって最良と信じて事をなした。間違っていたとは今も思ってはおらぬ。それが主上のお怒《いか》りに触れたとあらば、我が身の不徳を恥じるばかりじゃ。落飾《らくしよく》して身を引くほかはあるまい」

「出家なされるのでございますか」

「そうじゃ。汚濁《おだく》の生業《なりわい》から身を引いて、古典に親しみ書を極めるのも悪くはあるまい」

半分は本心である。だが残りの半分には、この前久なくして朝廷が立ち行くとでも思っているのかという太々《ふてぶて》しい開き直りがあった。

「承知いたしました。その旨を内裏《だいり》に伝えまする」

「まず上臈の局さまに伝えよ。事はあくまで内々に運ばねばならぬ」

日も暮れかかった頃、尾張からの使者が織田信忠からの書状を持参した。

長年ご厚誼《こうぎ》をいただきましたが、よんどころない事情があって師弟の盃《さかずき》を返上いたします。

そう記した文《ふみ》に、この間貸した近衛家重代《じゆうだい》の名笛《めいてき》が添えられていた。

それだけで事情は手に取るように分った。宗論中止の取り成しを頼んだために、信長の逆鱗《げきりん》に触れて断交を強要されたのだ。

（あやつのせいで、やっかいなことばかり起こる）

前久は信長がうとましい。だが武力を持たない朝廷には、次々と持ちかけられる難題を柳に風と受け流すしか策はなかった。

ともかく信忠の身に何が起こったのか確かめねばならぬ。信長の怒《いか》りがどの程度かを見極めなければ、この先の交渉に支障をきたすことにもなりかねない。

そう考えていた矢先に、明智光秀が上洛《じょうらく》するという知らせが飛び込んで来た。数日安土に滞在していたが、このたび急な命をおびて丹波亀山《かめやま》に戻ることになったという。

前久の動きは早かった。

先触れの使者も出さず、自ら光秀の宿所を訪ねた。自分と会ったことが信長に知れては、光秀にわざわいが及ぶ。そう配慮しての行動だった。

あいにくと言うべきか、幸いと言うべきか、光秀には来客があった。

丹後宮津城主細川藤孝（後の幽斎《ゆうさい》）である。足利義輝《よしてる》の右腕として仕えていた切れ者で、前久とはその頃からの付き合いがある。

年は信長と同じ四十八。

義輝が松永弾正《だんじょう》らに暗殺された後、興福寺一乗院にいた覚慶を救い出して十五代将軍義昭《よしあき》としたのは、藤孝と光秀、そして前久の連係によるものだった。

「二人とも息災《そくさい》で何よりじゃ」

前久はためらうことなく上座《かみざ》についた。

「直々《じきじき》のお出まし、恐れ入りまする」

藤孝も光秀も姿勢を正して臣下の礼を取った。

藤孝は相変わらず丸く太った潑剌《はつらつ》とした顔をしている。だが光秀は苦悩にやつれた表情をして、五十四歳という年よりずっと老《ふ》けていた。

「二人そろっての帰国とは珍らしいな」

「羽柴筑前《ちくぜん》が因幡《いなば》の鳥取城を攻めております。毛利本隊が後ろ巻きに出るという風説がありますので、我らは兵糧《ひょうろう》、弾薬の補給に当たるように命じられました」

「近頃は安土の動きもあわただしいと聞く」

「先日信長公は、新たな陣触れをなされました」

前久の意中を察した藤孝が、安土城内の様子を語った。

信長は来年までには天下平定を終えると語り、信忠に武田攻め、信雄に伊賀攻め、信孝に四国の長宗我部攻めを命じた。

しかも後継者を誰にするかは、その働きを見た上で決めるという。

「九月早々にも伊賀攻めが始まりましょう。その余勢をかって、高野山にまで兵を進められるやも知れませぬ」

語るのは藤孝ばかりで、光秀は心ここにあらずという様子だった。

土佐の長宗我部と阿波《あわ》の三好。四国平定においてどちらを身方とするかは、光秀と秀吉の面目をかけた争いとなっていた。

秀吉は甥《おい》の秀次を三好康長の養子となし、一蓮托生《いちれんたくしょう》の関係を築いて信長に働きかけている。

これに対して光秀も長宗我部元親の嫡男《ちゃくなん》の元服に際し、信長の諱《いみな》をもらって信親と命名するなどの融和策を図っていたが、親密さにおいて一歩出遅れた観がいなめない。

そこで信親に娘を嫁《とつ》がせて、強固な関係を築こうとしていた。

その矢先に長宗我部征伐が発表されたために、計り知れない打撃を受けていたのである。

光秀の様子からそのことを察した前久は、

「二人の孫は、まだ生まれぬか」

話題をそちらにそらした。

「なかなか吉報は聞けませぬ。のう日向守《ひゅうがのかみ》どの」

藤孝も気を利《き》かして光秀に話を向けた。

「さよう。面目なき次第でござる」

光秀の次女玉子は藤孝の嫡男忠興《ただおき》に嫁《か》していたが、三年たっても子を成していなかった。

「玉子はいくつになった？」

「十九歳でございます」

「似合いの女夫《めおと》じゃ。親が案じることはあるまい」

しばらく酒をくみながら談笑し、再会を約して宿所を辞した。

一枚岩と見えた織田家中にも、版図《はんと》が拡大するにつれてひび割れが起こっている。

それは前久にとって記憶に値する変化だった。

ともあれ今は信忠のことである。

信長の怒りをやわらげ、関係をこれ以上悪化させないためにはどうすればよいか。

考え抜いた末に、朝廷から父子和解の祝いに薫物《たきもの》を贈ることにした。

〈にわかにゑもんのすけあつちへくたさる、。しやうのすけと。のふなかとの中なほりになり。御たき物。し（ち）よくしよもくたさる、〉

この年七月二十八日の『御湯殿の上の日記』にはそう記されている。

信長が喉《のど》から手が出るほどに薫物を欲しがっていることを、前久は重々承知していたのである。

八月一日、内裏では八朔《はっさく》の祝いが行なわれた。

田実《たのみ》の節とも憑《たのみ》の節供《せっく》とも呼ばれるように、もともとは秋の豊作を祈願して神々に早稲《わせ》を献じた祭りである。

これがいつの頃からか公武の間に浸透し、主従関係を固めるための贈答儀礼として定着した。

朝廷でも親王や関白などが参内《さんだい》し、主上にさまざまな進物《しんもつ》を献上する。

その後にすすきの穂を黒焼きにして混ぜた尾花の粥《かゆ》を食し、無病息災を祈るのである。

前久も太刀と黄金十枚を献上した。

主上のご意向を恫喝《どうかつ》に等しいやり方でねじ伏せた後なので参内するのは気が重かったが、さらにやっかいな問題が待ち受けていた。

信基《のぶもと》が祝いの席にも酒宴にも姿を見せなかったのだ。

東宮夫人である勧修寺晴子までが欠席し、宴は櫛《くし》の歯が抜けたように寂しいものとなった。

前久は信基の不参をわびて早々に席を立ち、二条御所に近い近衛の別邸に急いだ。

中庭に面した薄暗い部屋に、信基は一人ぽつねんと座っていた。うだるようなむし暑さだが、ふすまも障子戸も閉めきっていた。

食事もほとんど取っていないらしく、体はやせ細り、かすかな死臭さえただよっている。

お駒《こま》を信長に殺されて以来、別邸に引きこもっているとは聞いていたが、まさかこれほどとは思わなかった。

「恩賜《おんし》の酒だ。飲まぬか」

叱責《しっせき》するつもりが、思わずやさしい言葉をかけていた。

信基が無言のままやつれた顔を向けた。まるで髑髏《されこうべ》に薄皮を張ったような無残な姿である。

眼窩《がんか》が落ちくぼんでむき出しになった目だけが、痛々しいほどの哀《かな》しみをたたえている。

今は何を言っても無駄だということを、前久は瞬時に悟った。そして我が子をここまで追い詰めた信長に、激しい怒りを覚えた。

「この世は穢土《えど》だ。汚《けが》れに耐えきれぬのなら、生きずともよい」

腹立ちまぎれに怒鳴りつけ、逃げるように部屋を出た。

公家《くげ》は刀で人を斬《き》れぬ分だけ、心と頭の鍛錬を積まねばならぬ。

女一人を殺されたくらいであんなに落ち込んでいては、この先命がいくつあっても足りなかった。

二条御所にも蓮の花は咲いていた。

織田信長が献上した城構えの広大な御殿の中庭に、ひょうたん型の池がある。中央にかけられた石橋の下に、水面を隠すように蓮が生い茂っていた。

蓮の花は開くときに音を立てるという。

その音を聞いたような気がして、勧修寺晴子は寝所を出た。

素足のまま中庭に下り、池の石橋に立ってみる。眼下に咲く蓮の花からかぐわしい香りが立ちのぼってきた。

薄桃色に縁取られた白い花弁が、榊《さかき》のように色鮮やかな葉を従えてたゆたっている。波なりに揺れる姿を見ているうちに、晴子はふいに涙ぐんだ。

極楽浄土に咲くという仏の花。この花のように汚《けが》れなく生きることは、もはや自分には許されない。

そんな思いが胸にせり上がり、頼りなさに立っていられないほどだった。

水の中に引き込まれるように傾《かし》ぎかけた体を、

「姫《ひい》さま、危のうございます」

房子が頑丈な腕で支えた。

「このような所に出られては、人目につきまする。お戻り下されませ」

引きずるようにして寝所に連れていった。

病気ではなかった。心中にわだかまりがあって、八朔の祝いに欠席しただけである。

ところが房子が病気のためと内裏に奏上したために、しばらく病みついたふりをしなければならなくなった。

しかも今日は上臈《じょうろう》の局《つぼね》の使者が見舞いに来るというので、房子は何かと気をもんでいた。

「お前がつまらない嘘《うそ》をつくから、こんなことになったのですよ」

晴子はしぶしぶ床についた。

「つまらない嘘ですって」

薄物をかけていた房子が、おおいかぶさるようにして異をとなえた。

「それではあの時、何とお伝えすればよかったのでございましょうか。八朔の祝いに出るのは気が進まぬゆえ、欠席なされます。そう申し上げた方がよかったのでしょうかね」

「それでいいと申し付けたではありませんか」

「そんなことをすれば、御所中が蜂《はち》の巣をつついたような騒ぎになります。少しはご自分の立場というものをわきまえていただかないと」

この一言が、晴子の負けん気に火をつけた。

「立場とは何ですか」

「ご身分のことですよ。姫《ひぃ》さまがそのような勝手をなされては、宮さまがどれほどお困りになるか分るはずではありませんか」

「ならば宮さまも、それなりの礼を尽くされるべきでしょう。そうは思いませんか」

争いの原因はささいなことだった。

八朔には誠仁親王も主上に祝いの品を献上なされる。その時晴子も供をすることになっていたが、宮さまは直前になって若草の君を供にするとおおせいだされた。

これに腹を立てた晴子は、それなら祝いの後の酒宴にも出ないと言い張り、ついに我を通したのである。

「お気持は分ります。それゆえご病気ということにして、事を丸く収めようとしているのです」

「丸くなど収めてくれなくて結構。わたくしにもそれなりの考えがあるのですから」

「とにかくお見舞いの使者がまいられるまでは、おとなしく横になっていただきます。

まったく、どんな鬼に分別を食べられてしまったことやら」

房子はぼやきながら扇で風を送りつづけた。

晴子は横になって目を閉じた。

とたんに空をおおって咲きほこる桜の情景が、脳裡《のうり》に浮かび上がった。桑実寺《くわのみでら》で見た山桜の大木である。

しばらく信長に抱きかかえられて花の下にたたずんだ後、寺の庵室《あんしつ》へ運ばれた。それが勅使への返答をするためではないことを、晴子は肌で感じていた。だがされるままに身を任せたのは、自らもそうしたいと望み、その気持に従うことが自然だと思えたからだった。

軽からぬ身でありながら、どうしてあんな気持になったのだろう。孤高ともいえる信長の姿に心を揺さぶられたせいか、生命《いのち》の限りに咲きほこる花にそそのかされたのか。

その理由は晴子にもよく分らない。

ただひとつ分っているのは、あれは日々の暮らしとは異なった世界での出来事だということだ。

下々の者たちは、祭りの場ではあらゆる禁忌《きんき》から解き放たれ、自由に交わり合うという。そうした狂おしい熱気に、晴子もすっぽりと包まれていた。険しく切り立った桑実寺の石段を下りながら、このまま死んでしまいたいと何度思ったことだろう。

ひとたびこんな幸せを味わった後では、二条御所に戻ることは業火《ごうか》に焼かれるよりも辛《つら》いと感じ、事実その通りになった。

晴子を苦しめたのは日常の退屈でも、夫を裏切ったという自責でもなかった。

この道ならぬ行ないが世間に知れて、自分ばかりか夫や子供たちまで後ろ指をさされるのではないかという怖《おそ》れ。そして神仏の教えに背《そむ》いたというおののきである。

桑実寺にいた時には失《う》せていた分別が一度によみがえり、食事も喉《のど》を通らないほどの煩《わずら》いをもたらした。

世語《よがた》りに人や伝へむたぐひなく
憂《う》き身をさめぬ夢になしても

そんな歌をつぶやきながら、晴子はしきりに藤壺《ふじつぼ》の君のことを思った。

桐壺《きりつぼ》帝の皇后となった藤壺は、義理の子である光源氏と不義の関係を結ぶ。

このことが世間に知れたらと怖れおののく藤壺に、光源氏は思慕の情をつのらせて二度目の逢瀬《おうせ》を迫ってくる。

この歌はその朝の別れ際《ぎわ》に、藤壺が万感の思いを込めてしたためたものだ。

藤壺は光源氏と過《あやま》ちをおかしたことを自分の思慮をこえた運命的な出来事と諦《あきら》めながら、世語りに人が伝えるであろうことをひたすら怖れたのである。

この不幸が、今や晴子の身にふりかかっていた。

藤壺が光源氏という絶世の美男子の誘惑に勝てなかったように、晴子も信長の魅力に抗することができなかった。

いや、むしろ己れから望んで身をあずけた。

だが分別の短き綱に縛られて生きる世間の者たちは、そうした突出を許さない。

それを許したなら、これまで築き上げてきた秩序が無意味と化すという怒りと不安、そして嫉妬《しっと》に駆られ、容赦のない迫害を加える。

だからこそ藤壺も晴子もひた隠しにするほかなかったのだが、物語の作者は残酷なものである。

二度目の逢瀬で藤壺は身ごもり、桐壺帝に祝福されて出産した子が光源氏の後押しを得て皇位にまで上りつめていく。

この件《くだり》を思うたびに、晴子は身も凍るような恐怖に襲われ、ひたすら月の障《さわ》りが来るのを待った。

その間の煩悶《はんもん》は筆舌に尽くしがたいほどだったが、一月、二月と何事もなく日が過ぎていくうちに、いつしかこの運命を受け入れて生きていこうという覚悟が定まっていた。

晴子が変わったのはそれからである。

これまで当然のこととして受け入れてきた後宮《こうきゅう》の仕来《しき》りや習慣が、耐えがたいほど醜悪なものに見えてきた。

この頃、天皇には正室たるべき皇后がいなかった。

南北朝時代以来朝廷が衰微し、立后《りっこう》の儀式を行なう費用がなかったために、およそ三百年にわたって皇后不在のまま過ごしたのである。

その代役を果たしたのが、内侍司《ないしのつかさ》の女房たちだった。

ここには上臈の局、大典侍《おおすけ》、新大典侍、目々典侍《めめすけ》、勾当内侍《こうとうのないし》などの女房たちがいて、天皇の側妾《そばめ》を務めていた。

晴子の目に耐えがたいと映ったのは、この女房たちの地位が皇子を産んだかどうかで左右されることだった。

しかも内侍司のどの役職につけるかは、生まれた家の家格によって定まっている。名家《めいか》である勧修寺家や万里小路《までのこうじ》家に生まれた娘たちが、まるで子を産むための道具のように大典侍や新大典侍となって内裏に送り込まれるのだ。

（うちもそうや。そんな女子《おなご》や）

そう思うと、質《たち》の悪い罠《わな》にでも落とされたような気がした——。

いつの間にかまどろんでいたらしい。

晴子は気ぜわしげな房子の声で目を覚ました。

「姫《ひい》さま、起きて下されませ。宮さまがおこしでございます」

「おつむが痛みます。会いたくないとお伝え下さい」

「わざわざお見舞いに来ていただいたのですよ。そのような勝手が許されるものですか」

房子が晴子を抱え起こし、打掛けを肩にかけた。

「ならば衣装をととのえてからお目にかかります。しばらくお待ちいただくように伝えて下さい」

「構わぬ。そのままでよい」

低く張りのある声がして、誠仁親王がお出ましになった。

下ぶくれのおっとりとした顔立ちで、あぐらを組むのが窮屈なほどお太りになっておられる。

だが立居振る舞いに匂うような気品があるので、それがかえって堂々たる風格となって高貴な雰囲気をかもし出していた。

思慮深く何事にも鷹揚《おうよう》なので、三十歳という年端《としは》よりも五つ六つは上に見える。

晴子のもとに足を運ばれるのは、二カ月ぶりのことだった。

「病と聞いたが、大事ないか」

「はい。夏の疲れが出たのでございましょう」

晴子は目を伏せたまま答えた。

「それならよいが、内裏では急な不参をいぶかる者もおるのでな」

「ご迷惑をおかけして、申し訳ございませぬ」

「いろいろと不本意なこともあろうが、奥を束《たば》ねるのはそなたの他にはおらぬ。心を広く持って務めてくれ」

若草の君のことで怒っているとお聞きになったのだろう。わびるに等しいいたわり深いおおせだが、晴子は黙り込んだままだった。

心が離れたせいか、宮さまの言葉が素直に胸に届かない。いまさら人の機嫌を取るようなことを口になされるとは見苦しいという反発さえ覚えていた。

思いもよらぬ晴子の態度に当惑なされた宮さまは、しきりに両手を組み合わせたりほどいたりなされた。

うつむいたままの晴子には、それがもみ手でもするように下品に見えた。

しかも指の関節がくびれるほどに太った手が、身の毛がよだつほどに嫌だった。

宮さまには一点の非もない。すべては自分の悪業《あくごう》の報いだとは分っていても、目をそむけずにはいられなかった。

(このお方は、赤児《あかご》のまんま大きゅうならはったんや)

皇子なのだから、地も踏まぬようにしてお育ちになるのは当然である。

だが血みどろになって我が道を切り開いてきた信長に接してからは、そのやわらかな手が非力と欺瞞《ぎまん》の証《あかし》のように見えた。

宮さまはさすがに不快そうになされたが、せっかく見舞ったのにかえって仲をこじらせてはならぬとお考えになったのか、しばらく四方《よも》八方《やま》の話をなされた。

内裏のこと洛中《らくちゅう》のこと、諸国の大名の動向などを話題にお選びになったが、晴子は念仏を聞く馬のように無表情だった。

ただ一度心が動いたのは、話が信長に及んだ時である。

半年ほど前、荒木村重《むらしげ》の残党を高野山がかくまった。

信長は使者をつかわして早急に引き渡すよう求めたが、高野山側は守護不入の権利を楯《たて》に取って引き渡しを拒否した。

そこで信長は諸国往来の高野聖《ひじり》を千人ちかくも捕え、残党を渡さないのなら全員処刑すると山門に通告した。

このままでは高野山も比叡山《ひえいざん》のように焼き討ちされるのではないかと、危惧《きぐ》する者が多いという。

「姫さま、あの不躾《ぶしつけ》な態度は何ですか」

宮さまが席をお立ちになると、房子が業《ごう》を煮やして詰め寄った。

「わざわざおみ足をお運びいただいたのに、あれでは宮さまがお気の毒です」

「だから初めから会いたくないと言ったでしょう。それなのにお前が無理強いするからこんなことになるのです」

駄々をこねる子供のような言い草だとは分っている。だが晴子は意地になって悪態をつき、胸の内でふくれ上がる感情を抑えきれなくなって夜具《やぐ》の上に泣き伏した。

第七章　天正《てんしょう》伊賀の乱

天正九年八月十七日――。

織田信長はかねて捕えていた高野聖《ひじり》千余人を松原町の馬場に引き出し、ことごとく斬《き》り捨てた。

高野聖とは高野山の因縁を語って諸国を行脚《あんぎゃ》し、勧進《かんじん》を事とした半僧半俗の下級僧《そう》侶《りょ》のことである。

事件の発端は、高野山が荒木村重《むらしげ》の残党をかくまったことだ。

村重は二年前に摂津有岡城が落城する直前に姿をくらまし、いまだに行方が知れないままである。

もしや残党の中に村重本人がいるのではないかと疑った信長は、使者をつかわして残党の引き渡しを求めたが、高野山側は応じようとしなかった。

高野山には守護不入の権利が認められている。この世で罪をおかした者も、寺内にいる限り罪には問わないという不文律が、数百年にわたって守られてきた。

残党引き渡しの要求はそれを真っ向から否定するものだけに、高野山が拒否するのも当然だが、信長は執拗《しつよう》だった。

天下布武《ふぶ》——。

武家による一元的な支配を目ざす彼にとって、宗教的な権威にもとづく特権など認めることはできなかったからである。

たび重なる引き渡し要求に業《ごう》を煮やした高野山の衆徒らは、信長の使者を斬り捨てて徹底抗戦の意志を明らかにした。

信長としては、すぐにでも攻めかかりたいところである。だが四方に敵を抱えた状態では、寺領七十万石を号する高野山に兵をさくほどの余力はない。

そこで諸国往来の高野聖を捕え、荒木の残党を引き渡さなければ処刑すると通告した。ところが高野山はこれにも応じなかったために、十七日の正午を期して非情の命令を下したのである。

松原町の馬場は、観音寺山から押し流された土砂が積ってできた砂洲《さす》である。

半年前に華々しく左義長《さぎちょう》を催したこの馬場に、長さ一町ほどの堀をうがち、高野聖を引き出して次々と首をはねた。

半俗の聖たちには妻や子がいる。その者たちまで同類と見なし、容赦なく斬り殺す所業は、正視に耐えないほどむごたらしい。

だが信長は伊勢から呼び寄せた北畠《きたばたけ》中将信雄《のぶかつ》を従え、自ら馬場に出て指揮を執《と》った。

信雄をわざわざ呼んだのは、高野聖の中に伊賀の忍びがまぎれ込んでいたからである。

「信雄、分るか」

「はい」

気弱な信雄は、あまりの惨劇に蒼白《そうはく》になっていた。

「余に刃向かう者に生きる道はない」

「承知しております」

「ならば二度と同じ過《あやま》ちをくり返すな」

二年前の天正七年九月、信雄は一万余の軍勢をひきいて伊賀国を攻めた。名張郡比奈知《ひなち》の城主下山甲斐守《かいのかみ》が、内応するので軍勢を出されよと勧めたためである。

北畠家に養子に入って以来、さしたる手柄も立てられずにいた信雄はこの誘いに飛びついた。

時を移して敵に計略をさとられてはならじと、信長の許可も得ずに出陣の命を下したが、事は思惑通りには運ばなかった。

下山甲斐守が仕組んだ罠《わな》だったのか、それとも事前に謀議を察知されたのか、布引《ぬのびき》山地を越えて攻め入った信雄軍は、伊賀の国人《こくじん》衆の反撃にあって退却を余儀なくされた。

からめ手の大将だった柘植《つげ》三郎左衛門を討死にさせるほどの惨憺《さんたん》たる敗北で、信雄自身も伊賀忍者の追撃を受けて命からがら伊勢へと逃げ帰った。

今度の伊賀攻めは、信雄に与えた最後の機会である。

再び失敗するようなら、前に申し渡したように親子の縁を切るしかない。

信長はそこまで腹をくっていた。

その夜、天主の広間に重臣たちを集め、伊賀攻めの軍議を開いた。

参集したのは丹羽《にわ》長秀、滝川一益《かずます》、蒲生《がもう》氏郷《うじさと》、堀秀政ら、伊賀周辺にゆかりの深い者たちである。

動員兵力はおよそ五万。

四方から手分けして伊賀に攻め入るように命じた後、総大将の信雄に人質を出すように求めた。

「万一不覚悟の振る舞いある時には、その身ばかりか妻子も破滅じゃ。心して行け」

底冷えのする目で信雄を見やると、いつものように早々と席を立った。

九月三日早朝、織田の軍勢は笠取山《かさとりやま》の狼煙《のろし》を合図に伊賀へと攻め入った。

伊賀は隠《なばり》の国である。

東の伊勢とは布引山地で隔てられ、西の大和との間には笠置《かさぎ》山地から高見山地へとつづく山々が横たわり、北の近江《おうみ》との境には鈴鹿《すずか》山脈が屏風《びょうぶ》のごとくそびえている。

まるで擂鉢《すりばち》の底のような地形で、他国へ通じる八つの口を閉ざされたなら袋のねずみも同然である。

その弱点を、織田軍は正確に突いた。

総大将信雄がひきいる伊勢の軍勢一万余騎は布引山地の青山峠から攻め下り、丹羽長秀と滝川一益の一万二千の軍勢は柘植口から攻め入った。

鈴鹿山脈の玉滝口からは蒲生氏郷の七千余騎、多羅尾口からは堀秀政の五千余騎が乱入し、大和へ抜ける笠置口と笠間口は筒井順慶の八千余騎が固く封じた。

この頃の伊賀国の人口は、老若男女《ろうにゃくなんにょ》あわせても八万にも満たなかった。

その地に五万もの大軍が乱入し、焼き尽くし殺し尽くすという非情の作戦を展開したのだった。

その物語に入る前に、伊賀の特殊な状況についていささか触れておきたい。そのことの理解なくしては、なぜかくも悲惨な事件が起こったかについて正しく伝えることができまいと案ずるからだ。

他に類例のない特徴が、伊賀国にはふたつもあった。

ひとつは守護大名や戦国大名が育たなかったことだ。

古代の律令《りつりよう》制が崩壊して荘園領主の時代になると、伊賀は東大寺や興福寺、伊勢神宮の所領となった。

これらの荘園は鎌倉幕府の時代になっても温存され、伊賀の国侍たちはいずれかの寺社の荘官になることによって自己の立場を確立した。

やがて足利幕府の時代になって寺社の勢力が衰えると、国侍たちは荘園を私領化し、互いに盟約を結んで己れの所領を守ろうとした。

これが伊賀惣国一揆《そうこくいつき》と呼ばれるもので、参加者は六十六家にものぼった。

伊賀は四方を山に囲まれた狭隘《きようあい》の地である。

そうした中で六十六家もの国侍たちが互いに監視し合い、厳しい掟《おきて》を守って百年以上もの間暮らしてきたために、他国に対しては恐ろしく閉鎖的なお国柄となった。

戦乱の世となり他国からの侵略の危機が迫ると、国侍たちは内部への締めつけをいっそう強化し、団結して外敵に立ち向かう道を選んだ。その姿勢がいかに厳しいものであったかは、惣国一揆掟書の次の条々を見れば判然とする。

一、他国より当国へ入るにおいては、惣国一味同心に防がるべく候事《そうろう》。

一、国の者共とりしきり候間、虎口《ここう》より注進つかまつるにおいては、里々鐘《かね》を鳴し、時刻を移さず在陣あるべく候。

一、上は五十、下は十七をかぎり在陣あるべく候。永陣においては番勢（交替制）たるべく候。しからば在々所々、武者大将を指定され、惣はその下知《げち》に相従わるべく候。

一、惣国諸侍の被官中、国いかように成行き候とも主《あるじ》同然とある起請文《きしようもん》を里々に書かるべく候事。

一、他国の人数引入る仁躰（人体）相定るにおいては、惣国として兼日《けんじつ》に発向なされ、跡を削り（所領を没収し）、その一跡を寺社へ付けおかるべく候。ならびに国の様体内通つかまつる輩《やから》あらば、他国の人数引入る同前たるべく候。

このように峻烈《しゅんれつ》な掟があったからこそ、他国からの侵略を長年にわたって阻止することができたのだが、信長のように強大な敵に対した時には、妥協も降伏も許さない掟が玉砕戦を招く原因となった。

伊賀国のもうひとつの特徴は、伊賀忍者を輩出したことである。

忍術の起源は孫子《そんし》の用間編《ようかん》にあるというが、伊賀の国には古くから呉《ご》や漢から渡来した者たちが移り住み、こうした技を発達させていった。

源平争乱の時代には、服部《はっとり》平内左衛門家長が出て伊賀流忍術を確立し、以後服部家が宗家《そうけ》として君臨するようになった。

やがて鎌倉時代になると、服部宗家から藤林《ふじばやし》家と百地《ももち》家が分家し、伊賀を三分して影響力を行使するようになる。

伊賀忍者には、上忍、中忍、下忍の身分制がある。

上忍は服部、藤林、百地家の者。中忍は三家の被官で組頭《くみがしら》に当たる者。下忍は組頭のもとで手足となって働く足軽格の者である。

彼らは惣国一揆などよりさらに厳しい掟に縛られ、この世に生まれ落ちた時から忍者になるための訓練を強《し》いられた。

敵の城に忍び込んで敵将を暗殺したり、井戸に毒を入れたり、内側から門を開けて身方を引き入れたりするのは、忍者のお家芸である。

また変装や遊芸にもたけていて、山伏《やまぶし》や芸能民、遊女や歩き巫女《みこ》に姿を変えて諸国の内情をさぐる。

服部家の一流には遊芸のみを事とする家があり、能楽の観阿弥《かんあみ》や世阿弥を輩出したほどだ。

戦国の世になると、まるで時代の求めに応じるように三人の傑出した上忍が現われた。

服部半蔵正成《まさなり》、藤林長門守《ながとのかみ》、百地丹波。

他国にまで名を知られた三人によって、伊賀忍者は最強の軍団と化し、他国の大名の求めに応じて忍者を派遣するほどになった。

足軽格の下忍といえども、城のひとつくらい奪い取る力があったことは、惣国一揆掟書の次の一条を見れば明らかである。
一、国中《くになか》の足軽他国へ行き候てさえ城を取事に候間、国境に他国より城を仕《つかまつり》候て、足軽としてその城を取り、忠節つかまつる百姓これ有らば、過分に褒美《ほうび》あるべく候。その身においては侍に成さるべく候事。
これを読めば、彼らが抜群の力を持ちながらも、足軽、百姓という身分制の軛《くびき》をかせられていたことがよく分る。

数百年もの間厳しい掟に縛られてきた彼らにとって、侍にするという条件は命を賭《か》けるに値するものだったのである。

織田信雄はやりにはやっていた。

生まれつき武者働きの苦手な性格だけに、二年前の伊賀攻めに失敗してからは父の鼻息をうかがうように身をひそめてきたが、妻子を人質に取られるに及んで目の色を変えた。

(人をなめるのもたいがいにしろ)

抑えに抑えてきた父への憤懣《ふんまん》が、見返さずにおくものかという反骨に変わり、伊賀攻めの軍令を仮借《かしやく》のないものとした。

九月二日に伊勢の松ヶ島城を出た信雄軍一万余騎は、その夜のうちに布引山地の青山峠に陣を敷き、夜明けとともに伊勢地口に攻め入った。

二年前の伊賀攻めでは軍勢を三方面に分けたために、国境に巡らした防御網にひっかかって各個撃破されるという苦杯をなめている。

その過ちをくり返さないために、青山峠に全兵力を集中して防御網を突き破り、怒《ど》濤《とう》のごとくなだれ込んだ。

伊勢地の東禅寺、下川原の清水寺、北山の神宮院を占領して橋頭堡《きょうとうほ》とすると、時を移さず軍勢を三手に分けた。

信雄の本隊は木津川ぞいに攻め下り、滝川三郎兵衛の左翼隊は奥鹿野《おくがの》から国見山へ向かい、日置大膳《だいぜん》、長野左京太夫の右翼隊は北に連なる山地を越えて比自岐《ひじき》に乱入した。

いずれも山ふところに抱かれた小さな村々である。伊賀の国侍や忍者たちがいかに剽悍《ひょうかん》とはいえ、一万もの軍勢が濁流のごとく押し寄せては抗する術《すべ》がない。

万一の僥倖《ぎょうこう》を願ってたてこもった寺や山城はまたたくまに大軍に包囲され、集中砲火をあびて炎上した。

事前に山中に逃れ、岩陰やほら穴に隠れていた女や子供たちも、巻き狩りの要領で包囲網をちぢめていく織田軍に情け容赦なく殺された。

「首は打ち捨てにせよ。人質を取ってはならぬ。斬《き》れ、斬れ。皆殺しにするのじゃ」

年若い信雄は燃え上がる炎と飛び散る血しぶきに酔い、残虐《ざんぎゃく》な行為に際限もなくのめり込んでいった。

比自岐に向かった日置大膳らの軍勢は、金泉寺にたてこもった敵を殲滅《せんめつ》し、寺宝の数々を奪い去った後に焼き払った。

国見山に向かった滝川三郎兵衛らは、奥鹿野、老川、腰山の集落に火を放ち、残敵を掃討《そうとう》しながら山上へと迫った。

同じ頃、滝川一益、丹羽長秀の軍勢一万二千が、柘植口から攻め入っていた。

先陣を務めたのは、北伊勢五郡を領する滝川一益である。

一益は甲賀郡の土豪の家に生まれ、甲賀忍者の組織と技を駆使して大名にまで立身した男である。

北伊賀に勢力を持つ藤林長門守とは昵懇《じっこん》の間柄だった。

しかも五十七歳という先の見える年齢なので、今度の伊賀攻めは気が進まなかった。

(何も国中の者をなで斬りにすることはあるまい)

後生を案じてそう思うのではない。

伊賀と甲賀は似たような国柄なので、惣国一揆を結んで外敵の侵入をこばみつづける伊賀の衆の心情がよく分るのである。

情理を尽くして説得すれば身方に引き入れることもできるはずだが、信長に進言して再考をうながすほどの勇気はなかった。

気乗りのせぬまま先陣を引き受けた一益は、上柘植の福地伊予守を案内者としてゆるゆると軍勢を進めた。

一益のそうした気分が、いつの間にか配下の将兵にも伝わったのだろう。軍規がいちじるしくゆるみ行軍の隊列が乱れがちになったところを、ねらいすましたように急襲された。

長々と伸びた隊列の横腹めがけて、山上から大木や岩が次々と落としかけられた。それをさけようと逃げまどう将兵めがけて、数十挺《ちょう》の鉄砲がいっせいに火を噴いた。木の上にひそんでいるのか、地中に伏せているのか、敵の姿さえとらえきれないまま百人ちかくが撃ち殺された。

「おのれ、こしゃくな」

思わぬ痛打にかっとなった一益は、軍勢の足を速めて敵の本拠地である柏野《かしわの》山に攻めかかった。

五百ばかりの敵に数千発の銃弾をあびせて追い落とし、柘植川を渡って壬生《みぶ》野村を焼き払った。

後陣の丹羽長秀の軍勢は、柘植川北岸の神社仏閣を焼き払い、三田村まで下って陣を敷いた。

近江との国境の玉滝口からは、蒲生氏郷の軍勢七千が乱入した。

日野城主の氏郷は、当年二十六歳になる。十三歳で織田家に人質に出されたが、その利発さを信長に愛され、翌年には信長の娘を娶《めと》って日野城に戻った。

利休七哲の一人に数えられたほど茶の湯についての造詣《ぞうけい》が深く、レオンという洗礼名を持つキリシタンでもあった。

だがそれは後年のことで、この日の氏郷は気負い過ぎていた。

三万石ばかりの身上《しんしょう》で七千という大軍を任されたのだから、それも無理からぬことである。

しかも隣の多羅尾口からは、競争相手と自他ともに認める堀久太郎秀政が五千の軍勢をひきいて攻め入っている。

信長の信頼をかち取るためには、何としてでも秀政より華々しい手柄を立てねばならぬ。そんな焼けつくような思いが、氏郷からいつもの冷静さを奪っていた。

それでも信長が見込んだほどの武将だけに、戦《いくさ》の駆け引きに抜かりはなかった。

国境の峠を越えると玉滝寺に陣を敷き、透波《すっぱ》を出して敵情をさぐらせた。

案内者に耳須《みみす》弥次郎という伊賀者がいた。もとは長門守に仕えた中忍だが、織田軍が乱入すると聞いていち早く内通してきたのである。

氏郷は耳須一党に透波を命じ、敵がひそんでいる場所をつきとめると、十倍以上の人数を出して各個撃破していった。

伊賀の者たちがたまらず雨乞山《あまごいやま》に逃げ込むと、稲掛山に向かいの陣を張り、敵を山上に追い上げて四方から火を放った。

紅葉した雑木林はまたたく間に燃え上がり、紅蓮《ぐれん》の炎が山頂を包んでいった。

雨乞山から上がる煙を、堀秀政は西山村からながめていた。

昨日のうちに甲賀郡小川郷まで馬を進めていた秀政は、軍勢を二手に分けて伊賀に攻め入った。

小川城主多羅尾四郎兵衛がひきいる二千は多羅尾口から音羽に向かい、秀政は三千の軍勢と共に御斎峠《おとぎとうげ》を越えて西山村に布陣した。

秀政は二十九歳。森蘭丸、万見《まんみ》仙千代と並び称される信長側近中の逸材である。長年信長の側《そば》に仕えて諸大名の取り次ぎに当たってきたが、近頃羽柴《はしば》秀吉の居城だった長浜城を拝領し、大名としての道を歩み出すことになった。

伊賀攻めはその試金石ともいうべき戦だが、秀政に焦《あせ》りはない。西山村から周辺の村々に使者を立て、ひそかに降伏を呼びかけた。

他の者たちは信長の命令に忠実に従っていたが、秀政には自分の頭で判断する器量と才覚がある。

こんな馬鹿《ばか》げた戦をするよりは降伏を許して身方にした方が得策だと考え、独断で使者を立てた。

しかも降伏を願う者は家重代《じゅうだい》の茶器を持参せよと触れている。信長の勘気をこうむった時には、この茶器を降伏を許した方便とするつもりだった。

一刻《とき》ばかりの間に島ヶ原一帯の村々の国侍たちが相ついで投降し、陣幕狭しと茶器が並べられた。

いずれも信長の目にかないそうもない代物《しろもの》だが、中に一つこれはと思う逸品があった。河合村の田屋という国侍が差し出した山桜の茶壺《ちゃつぼ》である。

黒い地肌に灰の跡が白く浮き上がって、闇《やみ》の中に山桜が咲き乱れたような風情《ふぜい》がある。

「これは見事。田屋どの、明日は貴殿が先手の大将となってお働き下され」

秀政は即座に田屋を侍大将に任じ、降伏した国侍たちをひきいて先陣を務めるように命じた。

その数八百。秀政にとっては山桜の茶壺よりもこちらの方がよほどありがたかった。

秀政ほど鮮やかではないにしろ、命令に従っていると見せかけながら模様をながめていた武将が二人いた。

一人は長野峠から攻め入った織田上野介信包《こうずけのすけのぶかね》。伊勢の長野氏に養子として送り込まれた、信長の九歳下の弟である。

そしてもう一人は、日和見《ひよりみ》順慶と呼ばれた筒井順慶。

大和郡山《やまとこおりやま》城主である筒井順慶は、笠置口と笠間口を任されていた。

笠置口は伊賀から木津川ぞいに大和へと抜ける大手、笠間口は名張の西の笠間峠を越えるからめ手である。

この日順慶は八千の軍勢を二手に分け、松倉豊後守《ぶんごのかみ》に精兵五千を授けて笠置口へ向かわせ、自身は雑兵《ぞうひょう》三千をひきいて笠間峠に布陣した。

笠置口の岩倉峡は、木津川の両岸が崖《がけ》となって切り立つ難所である。もし伊賀勢が兵を伏せて迎え撃ったなら、大軍とはいえ突破するのは容易ではない。

そこで順慶は松倉豊後守に意を含め、伊勢と近江の軍勢が伊賀に突入するのを待って、三軒家川《さんげんやがわ》ぞいの間道を長岡山に向かうように命じた。

また配下の兵三千も笠間峠にとどめたまま、織田信雄軍一万が伊勢地口から攻め下るのを待っていた。

東から攻められれば、西の守りは手薄になる。その隙《すき》を突いて攻め込み、身方の被害を少なくしようという計略である。

武将としては卑怯《ひきょう》のそしりを受けかねない行動だが、順慶には三十三年の生涯でつちかった自分なりの考えがあった。

順慶は大和守護代として一国を領していた順昭《じゅんしょう》の嫡男《ちゃくなん》として生まれたが、二歳にして父と死別し、十二歳の頃には松永久秀に国を奪われて野に隠れる身となった。

やがて三好三人衆と手を結んで奈良を掌握《しょうあく》するが、織田信長に降伏した松永久秀が大和守護に任じられたために、積年の努力が水の泡となった。

ところが二十三歳の時に久秀が信長に叛《はん》し、二十八歳にして思いがけなく旧領を回復することができた。

こうした経験が、順慶を何事にも忍耐強く慎重な武将へと育て上げた。

敵を作らず身方を減らさずが身上で、数多い信長配下の武将の中で唯《ただ》一人、一向一《いっ》揆《き》の無血制圧に成功するという離れ技を演じている。

伊賀攻めに消極的だったのも、伊賀忍者の恨みをかって領国経営のさまたげとなることをはばかったからだった。

伊賀の惨状は目をおおうばかりだった。

わずか一日の間に三万人ちかくが殺され、村々はしらみつぶしに焼き払われた。

信長は伊勢長島や越前の一向一揆を討伐した時に、二万とも三万ともいわれる人々を殺している。

今度の伊賀攻めは、その規模をはるかに上回る非道無残な暴挙だった。

権力者にこんな出方をされては、民衆はたまったものではない。

伊賀の心ある国侍や忍者たちは憤激に目を血走らせ、かなわぬまでも一矢《いっし》報いようと上野《うえの》の平楽寺や比自山に結集した。

平楽寺は後に上野城が築かれた高台にある真言宗の古刹《こさつ》である。境内《けいだい》には堂塔数十軒が建ち並び、朱塗りの門がいかめしくそびえている。

伊賀六十六家の国侍たちが寄り合いの場としている寺で、有事の際には城となるように周囲に土塀を巡らし、鉄砲狭間《はざま》をあけてあった。

寺には荒法師と怖《おそ》れられた屈強の僧兵がいる。

その者たちを中心に千二百人ばかりが集まり、一人でも多くの敵を冥土《めいど》の道連れにしてやろうと待ち構えていた。

一方の比自山は寺から半里ほど西にそびえる山で、山上には観音堂が祀《まつ》られている。ここには三千五百人ばかりがたてこもり、平楽寺と連絡を取り合って織田軍をはさみ討ちする構えを取っていた。

先に仕掛けたのは、伊賀の衆だった。

三日の深夜、佐那具《さなぐ》の宿場に在陣していた蒲生氏郷軍に夜襲をかけた。

前日からの行軍と気が滅入《めい》るような掃討戦に疲れ果てていた蒲生軍は、泥のように寝入り込んでいた。

まさか夜討ちをかけてくるとは思いもよらなかったのか、見張りも手薄である。

伊賀忍者たちは闇にまぎれて見張りの兵をやすやすと始末し、平楽寺にこもっていた千余人が三方から声も上げずに襲いかかった。

伊賀の衆は、まずかがり火を消した。

用意のぬれ布をかがり火にかぶせると、あたりは漆黒《しっこく》の闇となる。その中に飛び込み、短い手槍《てやり》で手当たり次第に突きまくった。

蒲生軍は反撃に転じようとするが、誰が敵かも分らないまま同士討ちを始める始末である。

ようやく松明《たいまつ》を灯《とも》して態勢をととのえた時には、敵はいずこへともなく逃げ去っていた。

死人三百八十二人、手負い五百有余人――。

わずか四半刻の間に全兵力の一割ちかくを失った氏郷は、天をあおいで絶句した。

夜営は山上を鉄則とする。

やむなく平地に陣を敷く時には必ず周囲に柵《さく》を巡らし、奇襲を受けても対応できるように備えておかなければならない。

ところが蒲生氏郷ともあろう者が、柘植川の河原に牛でも寝そべるように大軍をとどめたのだ。

昼間の狂気のごとき殺戮《さつりく》に血が荒れて、正常な判断力を失ったとしか思えない失態だった。

(このことが信長公に知れたなら、どんな叱責《しっせき》を受けることか)

手柄を焦っていた氏郷は、何としてでもこの失策を挽回《ばんかい》しようと、夜明けとともに平楽寺に攻めかかった。

寺の周囲を取り巻き、一人たりとも逃がさぬ構えで攻め上がらせたが、伊賀の衆はすでに死を決している。敵が土塀にまで迫った頃合いを見計らい、大手の赤門を開いて氏郷の本陣めがけて真っしぐらに突っ込んだ。

走りながら鉄砲を撃ち弓を放ち、矢弾《やだま》が尽きると手槍や刀を低く構えて体ごとぶち当たっていく。

蒲生軍の包囲網はたちまち突き破られ、本陣までが切りくずされて氏郷自身が槍を取って戦うほどの窮地におちいった。

これを救ったのは滝川一益である。

三田村に布陣していた戦《いくさ》巧者の一益は、氏郷の戦ぶりが危ういと見て大手口に後詰めに出ていた。すると案のごとく氏郷の本陣が襲われたので、敵の横腹めがけて騎馬隊を突入させた。

その間に立ち直った蒲生軍は、千余の敵を押し包んでことごとく討ち取った。

それだけではあき足らず、平楽寺に火を放って堂舎仏閣を焼き払った。寺には難をさけて逃げ込んだ女子供が大勢いたが、生きて山門を出た者は一人もいない。

信長が安土《あづち》城に描かせた阿鼻《あび》城の亡者《もうじゃ》のように、炎の中でのたうちながら命を終えたのだった。

残るは比自山である。

氏郷の案内者となっていた耳須弥次郎は、身方が平楽寺を攻めている間に比自山の物見に出ていた。

相手の陣容をつぶさに調べて手柄にしようと、二十人ばかりの手下をひきいて木津川を渡った。

ところが弥次郎の首をねらって後をつける忍びがいた。

風の甚助《じんすけ》――。

またの名を夜這《よば》いの甚助という。

藤林長門守に仕えた下忍で、敵の城に忍び込むことにかけては右に出る者がいないと言われた名手である。

どんな要害にも風のようにやすやすと忍び入って内情をさぐり、密書を奪い、時には敵将の寝首をかく。

一人で落とした城が五つもあるという剛の者だが、異才の者にありがちな欠点を甚助もたっぷりと持ち合わせていた。

無類の女好きなのである。

どんな場所にも忍び込めるという天与の才を生かして、気に入った女には片っ端から夜這いをかけた。

これとねらってはずしたことは一度もない。

忍び込むなり伊賀秘伝の妙香をかがせるので、女は眠っている間にいい気持にさせられ、夢うつつの間に子種を宿される。

しかも抜群の精力の持ち主で、三十歳にして三十八人もの子供を成すという果報に恵まれた。

いまだ独り身のくせに、伊賀国のあちらこちらで我が子が歩き回っているのである。

甚助には不思議な嗅覚《きゆうかく》があって、事を終えた後の女の匂《にお》いで身ごもったかどうかが分る。

しかも猿に似た愛敬《あいきよう》たっぷりの子が生まれるので、村々の者たちにも甚助の種だと一目で分るほどだった。

ところがこの果報者が恋をした。相手は何と藤林長門守の娘お志乃である。

忍者の掟《おきて》は何より厳しい。下忍には上忍と直接口をきくことも許されないのだから、これはしょせんかなわぬ恋である。

だが身も世もあらぬほどに煩悶《はんもん》した甚助は、ある夜ついにお志乃の寝屋に忍び入って思いを遂げた。

しかも潔《いさぎよ》いことに長門守にこの事実を伝え、どんな城でも取ってくるのでお志乃を嫁にもらいたいと訴えた。

怒りのあまり蒼白《そうはく》になった長門守は、即座に甚助を斬《き》り捨てようとした。

長門守を止めたのはお志乃だった。

一夜の交わりに心ほだされたお志乃は、甚助を殺すなら自分も死ぬと懐剣を喉元《のどもと》に押し当てたのだから、女人の心とははかりがたい。

困り果てた長門守は甚助を召し放ちにし、大手柄を立てぬ限り帰参を許さぬと言った。

手柄を立てれば罪を許すということであり、お志乃を娶《めと》る道も開けてくる。

そう考えて勇み立った矢先の織田軍の乱入である。どの武将の首もより取り見取りの好機だが、まずは裏切り者の耳須弥次郎から仕とめることにした。

そうとは知らない弥次郎は、意気揚々と馬を進めた。

伊賀平定の後には藤林長門守の所領をそっくり与えるという信長のお墨付きを得たのだから、その得意や思うべしである。

(汚ないもくそもあるかい。要は勝ちゃええのや)

一寸先は闇とも知らず、長田《ながた》の常住寺の前にさしかかった。

みの笠《かさ》をまとった甚助は、足の萎《な》えた物乞《ものご》いになりすまして門前で待ち伏せていた。

きらびやかな当世具足《ぐそく》をまとった弥次郎が通りかかると、

「何とぞお助け、お恵みを」

ひじと膝《ひざ》でいざり寄って手を合わせた。

供の足軽が槍の石突きで突き飛ばそうとしたが、甚助はその横をかいくぐり、みのを脱ぎ捨てて高々と跳躍した。

獣《けもの》のような身軽さで馬に飛び乗り、弥次郎の背後にぴたりとつくと、隠し持った鎧《よろい》通しで首を貫いた。

首を横から串刺《くしざ》しにされた弥次郎は、ふり返ることもできずにあえいでいる。

「どうだね。殺される気分は」

甚助はそのまま馬を走らせて供の足軽をふり切り、比自山の身方の陣地前で首をかき落とした。

「裏切り者の耳須が首、風の甚助が討ち取り申し候《そうろう》」

高々と首をかかげて本陣に駆け込みながら、甚助は長門守とお志乃をさがした。

藤林家の者たちはここに逃れたと聞いていたが、二人の姿はどこにもなかった。

九月六日の早朝、織田軍は三方から比自山に攻めかかった。

比自山は木津川の西方にそびえる高さ百丈ばかりの山である。尾根が南北に連なり、こぶのように並んだ二つの頂きには、比自山観音堂の堂舎が建ち並んでいる。

信長の侵攻間近と覚悟した伊賀の衆は、三月も前から両所に陣を築き、北側を長田丸、南を朝屋丸《ちょうや》と名付けて防戦の仕度をととのえていた。

頂きや大門の周囲には何重にも柵を巡らし、埒《らち》を結《ゆ》い逆茂木《さかもぎ》を植え、塹壕《ざんごう》を掘っている。

掘り上げた土で土居を築き、土居の上には岩や大木を置き、山の尾根には堀切りを切って連絡用の橋をかけていた。

長田丸の大将は百田藤兵衛、朝屋丸の大将は福喜多将監《しょうげん》とし、侍や足軽ばかりか女子供に至るまでまなじりを決して武器を取った。

総勢三千五百余人――。

対する織田軍は二万を超える。

蒲生氏郷と筒井順慶の軍勢が大手の西蓮寺《さいれんじ》口から攻め上がり、堀秀政の軍勢はからめ手の常住寺口から長田丸を目ざした。

伊賀は池の多い国である。

西蓮寺の後方には大池がいくつも並び、池のほとりをぬって道は二手に分れていた。

ひとつは長田丸にある観音堂へとつづく参道。もうひとつは風呂《ふろ》ヶ谷を通って朝屋丸の僧堂へとつづく道である。

蒲生、筒井の軍勢は、互いの持ち場を決めもせずに我先にと二つの道を攻め登った。功を焦《あせ》った蒲生氏郷が早々と進軍の命令を下し、筒井軍はそれに引きずられるように後を追った。

風呂ヶ谷は両側に岩山肌が迫る狭く険《けわ》しい切所《せっしょ》である。

織田軍は先頭に竹束を押し立てて矢弾を防ぎながら、松の根や岩を足がかりとしてしゃにむによじ登っていく。

福喜多将監を大将とする伊賀勢は、統制が行き届いていた。

朝屋丸の真下に築いた土居の陰に身を伏せ、物音ひとつ立てずに敵を間近までおびき寄せると、用意の岩や大木をいっせいに落としかけた。

それをさけようとあわてふためく織田軍に、三百人の鉄砲衆が銃弾の雨を降らせた。

竹束の楯《たて》を失った織田軍に、これを防ぐ術《すべ》はない。こぶし下がりに撃ち下ろす弾に具足ごと貫かれ、次々と谷へ転げ落ちていった。

敵に対して残虐《ざんぎゃく》な軍勢は、身方に対しても同様である。

敵は無勢と見た氏郷や順慶は、先手の部隊の犠牲をいとわず攻め登らせた。

ところが伊賀勢は弓、鉄砲で先手の備えをくずすと、木戸を開いて打って出た。死は必定《ひつじょう》と思い定めた五百人ばかりが、槍の穂先をそろえて突っ込んでいく。

斜面の上から突き立てられた織田軍は、大混乱におちいった。

胸や肩を貫かれた者が、後方の身方まで巻き添えにして転げ落ちていく。退却しようとして足を滑らせ、下から登って来る身方の槍に貫かれる者もいる。

果ては我先に安全の地を確保しようと、蒲生、筒井両勢が同士討ちを始める始末だった。

伊賀勢はそれらの敵を布でもめくり落とすように攻め立て、風呂ヶ谷は人馬の死骸《しがい》で埋め尽くされた。

一方、参道を登って比自山大門に攻め寄せた軍勢も苦戦を強いられていた。

あうんの金剛力士像を左右に安置した門の両側には、翼《つばさ》を広げるように築地塀《ついじべい》を巡らしている。

塀の前方には深々と空堀をうがち、堀のきわには高さ一間ばかりの柵を立てていた。

こちらは長田丸の大将百田藤兵衛が直々《じきじき》に指揮を執っていた。築地塀の上下に開けた鉄砲狭間から銃弾をあびせ、塀の上から火矢を射かけて敵の足元を焼き払う。

織田軍が多勢にものを言わせて空堀まで詰め寄ると、堀の底に身をひそめた者たちが二間の槍で突き立てた。

仕掛けはまだあった。

堀ぎわまで詰め寄られることを予想して、山の中腹に伏兵を配していたのである。敵を側面から射撃できる位置に縦長の塹壕《ざんごう》を掘り、五十名の鉄砲衆を入れて枯れ枝でおおっていた。

しかも二カ所。

堀ぎわまで迫った敵の大軍に、左右から銃弾をあびせる構えである。

右手の塹壕の指揮を執るのは、風の甚助だった。

耳須弥次郎を討ち取る手柄を立てた甚助は、惣国一揆《そうこくいっき》掟書の通りに侍に取り立てられ、横山という姓を与えられて一手の大将に任じられていた。

従うのは服部半蔵配下の鉄砲衆である。

甚助は怒っていた。

織田軍の狂気じみた作戦のせいで、伊賀の村々は焼き払われ、山野は踏みにじられ、老若男女《ろうにゃくなんにょ》を問わず三万人以上が殺された。

三十八人の可愛《かわい》い子供たちも、大半が無事ではいられなかったはずである。

こんな非道に屈することは、伊賀忍者の意地と誇りが許さなかった。

（おのれら、誰一人生かしては帰さぬ）

塹壕の底で鉄砲を握りしめ、敵の来襲を待ち構えていた。

やがて築地塀からの銃撃が間遠になった。

ついに弾薬が尽きたと見た織田勢は、ときの声を上げ陣太鼓を打ち鳴らし、楯も持たずに突撃した。
五、六百人がいっせいに堀ぎわに取りついた時、大門の二階から合図の法螺貝《ほらがい》が高らかに鳴り響いた。
「今だ。撃て」

号令一下、左右の塹壕から百挺《ちょう》の鉄砲が火を噴いた。

鎧で守りきれない斜め後ろからの銃弾をあびて、織田軍は面白いように倒れていく。

わずか数瞬の間に三百人以上を失っても、織田軍はひるまなかった。

信長の叱責《しっせき》を怖《おそ》れた蒲生氏郷が、退却しようとする者は後ろから撃てと命じているために、先手の衆には突き進むしか活路はなかった。

甚助の塹壕にも敵は殺到した。手持ちの弾を撃ち尽くした伊賀勢は、槍《やり》を取って突撃した。

それを援護しようと築地塀の鉄砲が矢継ぎ早に火を噴き、女や子供たちが焙烙玉《ほうろくだま》や石を投げつけた。

焙烙玉は素焼きの丸壺《まるつぼ》に火薬を詰めたもので、火縄に点じてから投げるまでの間《ま》の取り方が難しい。

早過ぎれば地面に落ちた壺が割れて不発となるし、遅過ぎれば手元で爆発しかねないが、伊賀の女や子供たちはひるむことなく使いこなした。

火縄の一カ所に印を付け、火がそこまで来た瞬間に投げると、焙烙玉は誤りなく織田軍の頭上すれすれで爆発し、十人ばかりをなぎ倒す。

その隙《すき》に甚助らはさんざんに暴れ回り、細く開かれた門扉《もんぴ》を通って退却した。

門内につけ入る絶好の機会と見た織田軍は、目の色変えて追いすがってくる。

二百人ばかりが門を押し開き、槍を構えて突入したが、そこにも罠《わな》が仕掛けてあった。

門の内側に鉤形《かぎがた》の虎口《こ　こう》がしつらえてあり、行き止まりとなっている。あわてふためく織田勢を塀の上にひそんだ伊賀の衆は容赦なく撃ち殺した。

蒲生氏郷は気も狂わんばかりだった。

ひと息に攻め落とせると見込んでいた比自山が思いのほか頑強で、死傷者は増えるばかりである。

二千、いや三千ちかくが屍《しかばね》をさらしているというのに、敵の抵抗は弱まる気配がない。

（もし、このまま攻めきれなかったら……）

信長の怒りに青ざめた顔を思い出し、氏郷はぶるりとひとつ胴震いした。

「進め、進め。急ぎ山上に攻め登り、一揆の奴《やつ》ばらを皆殺しにせよ」

采配《さいはい》を振って馬を進め、自ら山上に攻め登ろうとした。

「蒲生どの、待たれよ」

筒井順慶が横から馬を乗り入れた。

「これ以上力押しにしても、この山は攻めきれませぬ。いったん兵を退《ひ》き、陣容をととのえ直すが肝要でござる」

「ここで退けば、今までの苦労が水の泡じゃ。いまひと押しすれば敵はくずれる」

順慶を押しのけてしゃにむに進んだ。

大将が山中にまで馬標《うまじるし》を進めたとあって、蒲生軍は死にもの狂いになった。三千ばかりの兵が参道の両側に散開し、大門を押し包むように攻め上がっていく。

無勢の伊賀衆には三方に兵を割くほどの余力はなく、割いても小人数のために各個撃破され、門前まで詰め寄られた。

空堀で戦っていた者たちの大半が討ち取られ、堀の底に赤い血だまりを作って息絶えている。

もはやこれまでと思われた時、長田丸で法螺貝が吹き鳴らされ、朝屋丸からも応答があった。

ふくらみのある高い音が山を巻いて響き渡り、五百人ばかりの伊賀勢が蒲生軍の側面を突いた。

風呂ヶ谷の戦いに勝った福喜多将監が、兵を分けて救援に向かわせたのだ。

これにはさしもの蒲生軍も算を乱し、氏郷を守りながら退却していった。

同じ頃、常住寺口の堀秀政も大敗北をきっしていた。

伊賀衆はからめ手の守りが手薄と見せかけて堀軍を谷の奥深くに誘い込み、退路を閉ざして両側の谷から鉄砲を撃ちまくった。

即死した者六百四十五人——。

その大半は降伏と引き換えに先陣を命じられた島ヶ原一帯の国侍たちだった。

夕方になって雨が降りだした。

細かい霧のような雨が宙をただよい、迫り来る夕闇《ゆうやみ》をいっそう暗いものにした。

この雨を口実にして、織田軍は撤退を開始した。

傷心の氏郷は佐那具の宿へ、筒井順慶は八幡宮《はちまんぐう》の背後の長岡山へ、頭《こうべ》を垂れて引き揚げていく。

木々がうっそうと茂る比自山には、将兵の遺体がそこかしこに打ち捨てられていた。

戦《いくさ》は伊賀勢の大勝利である。

この日特別に功績のあった七人が「比自山七本槍」と呼ばれ、郷土の歴史にその名をとどめることになった。

百田藤兵衛、福喜多将監、槍森と呼ばれた森四郎左衛門、町井清兵衛、新弥兵衛、山田勘四郎、そして風の甚助こと横山甚助。

これほどの誉《ほま》れを得ながらも、甚助の腹の虫はおさまらなかった。

織田軍の犠牲者の多くは、足軽格の者である。大将格の者たちはのうのうと落ちのび、今頃は火の側で酒でも飲んでいるにちがいない。

あやつらの首をこの手でかき落とさなければ、いいや、残虐非道《ざんぎゃく》な命令を下した信長の素っ首を叩《たた》き落とさなければ、殺された子供たちに合わす顔がなかった。

それに藤林長門守とお志乃の行方もようとして知れなかった。

館《やかた》から比自山に向かう途中で、二人が織田勢に捕えられるのを見たと言う者がいた。手柄に貪欲《どんよく》な耳須弥次郎が、人を張り付けて長門守らの動きを見張っていたのである。

（おそらく、間違いあるまい）

甚助の直感がそう告げた。そして二人を奪い返すためには何をなさねばならぬかも分っていた。

「方々、これより夜討ちをかけようではないか」

霧雨を切り裂くような高い声を上げた。

「夜討ちだと」

激戦に疲れ果てた国侍たちの反応は鈍かった。

兜《かぶと》を枕《まくら》にして、観音堂の床にぐったりと寝そべっていた。

「わしらより敵の方が何倍も疲れておる。雨の夜に攻めては来るまいと、油断しきって眠り込んでいるはずじゃ。その股《また》ぐらに熱い一物をくらわしてやろうではないか」

夜這《よば》いの甚助と異名《いみよう》をとるだけあって、話が妙になまめかしい。だが疲れ果てた男を活気づけるのは、たいていこの種の地口《じぐち》なのである。

「どの尻《しり》をねらう。蒲生か、堀か」

「堀がよい。堀を掘ろう」

「蒲生は蒲柳《ほりゆう》の質というでな。なよっとした柳腰かも知れぬぞ」

男たちの鼻息が急に荒くなった。

「いいや。今夜は長岡山じゃ」

先日の夜襲にこりて、蒲生氏郷も堀秀政も陣所の警戒を厳重にしている。ねらうなら山上に布陣した筒井順慶の陣にしくはなかった。

順慶を生け捕りにして、長門守やお志乃との交換を迫る。甚助のねらいはそちらにあった。

「ようし。今夜は筒井に筒を筒持たせじゃ」

衆議一決すると伊賀衆の動きは早い。闇の中を自由に動き回る忍者たちを四方に走らせ、またたく間に夜討ちの手配りを終えた。

目標、長岡山に布陣する筒井勢七千。

持口、大手の九品寺《くほんじ》口からは百田藤兵衛隊五百、久米《くめ》口からは福喜多将監隊三百、からめ手の四十九院口からは横山甚助隊百五十。

決行、子《ね》の上刻。

合図、長田丸の法螺貝。

合言葉、月に影。

他国にまで出て傭兵稼業《ようへいかぎょう》に従事する男たちだけあって、手配りに抜かりはない。決行までに英気をやしなうべく、取っておきの酒を飲んでぐっすりと寝入り込んだ。

そうとは知らない筒井軍は、物見遊山《ゆさん》の客のように安心しきっていた。

わずかの手勢で山上の陣に夜討ちをかける馬鹿《ばか》はいない。そう思い込んだ七千の将兵は、兜も具足も脱ぎ捨てて夢の中へと旅立った。

子の上刻が近づくにつれて雨はいっそう激しくなり、北からの山風が吹き荒れた。横なぐりの雨風にかがり火は吹き消され、長岡山は文目《あやめ》もわかぬ闇に包まれている。

伊賀の衆は音もなく迫った。

全員黒装束《しょうぞく》と鎖帷子《かたびら》をまとい、夜陰と雨風に乗じて三つの攻め口に取りついた。

敵の陣所の周囲には柵《さく》を巡らしてあるものの、見張りは手薄である。

用意の鋸《のこぎり》で柵に切り込みを入れ、いつでも引き倒せるようにして時を待った。

子の上刻――。

比自山長田丸から法螺貝の音が上がった。

闇の底をはうような低い音を合図に、久米口と九品寺口からときの声を上げて攻め入った。

あたりは漆黒の闇である。目をならしてあるとはいえ、相手は影のようにしか見えなかったが、当たるを幸い槍をふるった。

筒井勢にはなす術《すべ》がなかった。

さすがに歴戦の将兵だけに、夜討ちと知ると兜だけを手早くかぶり、得物《えもの》を取って迎え撃ったが、眠りから覚めたばかりの目に闇は深い。恐慌《きょうこう》をきたして相手が誰かも分らぬまま刃《やいば》をふるうので、果てしのない同士討ちが始まった。

合言葉はこういう時のためにある。

伊賀の衆はあうんの呼吸で同士討ちをさけ、敵ばかりを的確に討ち取っていく。

その頃甚助は、百五十の手勢をひきいて本陣の背後に迫っていた。

山頂に建つ小さな社《やしろ》を筒井順慶の宿所とし、周囲に陣幕を巡らしてある。数本の旗《はた》指物《さしもの》が風にはためいている。

「まだだ、まだだぞ」

はやる手勢をおさえ、本陣の間近で身を伏せていた。

選りすぐりの忍者たちに焙烙玉を渡し、敵の火薬庫を爆破するように命じてある。

その混乱の間に、順慶をさらい取る計略だった。

やがて西の方から火の手が上がった。

暗闇で戦う不利をさけるために、筒井勢が八幡宮の社殿に火を放ったのだ。

八幡宮は九州宇佐より勧請《かんじょう》し、武烈天皇の勅命《ちょくめい》によって神域を構えた神さび渡る霊所である。

千有余年の歴史を有する伊賀の心の拠《よ》り所が戦の業火《ごうか》に焼き払われ、暗夜を赤く染めて燃え上がっていく。

と、突然、怒りを天に告げるように火薬庫が火を噴いた。

忍びたちが仕掛けた焙烙玉が三カ所で火を噴き、火薬を詰めた樽《たる》を巻き込んで轟音《ごうおん》とともに爆発した。

「今だ、かかれ」

甚助は陣幕を引き落とし、真っ先に本陣へと駆け込んだ。

順慶は高床式の社にいた。

鎧兜に身をかため、泰然と床几《しょうぎ》に座している。社の周囲を二百人ばかりの馬廻り衆が取り巻き、その外側には足軽たちが槍ぶすまを作っていた。

甚助は用意の焙烙玉を投げつけた。

玉にさした縄を引き抜くだけで点火するように工夫をこらしたもので、雨中戦には抜群の威力を発揮する。

一発、二発、三発。頭上でたてつづけに起こる爆発に敵の備えが乱れた隙に、風の速さで社に走った。

ねらいは順慶ただ一人である。

敵将を生け捕りにして脱出しようというのだから尋常ではないが、甚助は冷静沈着だった。

あっという間に社の床に飛び上がり、打ちかかってくる順慶の切っ先をかわし、槍の石突きでしたたかに兜を突いた。

こめかみのあたりへの強烈な一撃に、順慶は声を上げる間もなく昏倒《こんとう》した。その体を鎧ごとかついでひっさらおうとした時、槍がうなりを上げて耳もとをかすめた。

身をかわすのが一瞬でも遅れていたら、首がなぎ払われていただろう。それほど凄《すさ》まじい速さだった。

相手は島左近勝猛《かつたけ》。

後に石田三成に仕え、関ヶ原の合戦で勇名をはせた武将だが、この日は順慶の側近として警固に当たっていた。

(こやつには、勝てぬ)

甚助は瞬時にそう判断し、順慶を後ろ抱きにして喉元《のどもと》に刃を当てた。

「槍を捨て、道を開けろ」

「馬鹿が、そやつは殿の影武者じゃ」

えっと迷った隙を左近は見逃さなかった。

甚助の右腕をねらって片鎌《かたかま》槍を突き出してくる。

甚助は後ろにすっ飛んでこれをかわし、脱出用の焙烙玉を使い果たして包囲網の外に逃げ出した。

その時、法螺貝が長々と鳴り響いた。

あたりを見回すと、久米の里のあたりにおびただしいかがり火が灯っていた。長岡山が危ういと知った織田軍が救援に駆けつけたらしい。

長田丸の物見がいち早くそれに気付き、撤退の合図を送ったのだ。

伊賀勢は敵に退路を断たれぬ前にと、三々五々に闇の中へと姿を消していった。

翌七日、蒲生氏郷、筒井順慶、堀秀政は青ざめた額《ひたい》を集めて評定《ひょうじょう》を開き、丹羽長秀、滝川一益軍の到着を待って総攻撃をかけることにした。

この日はとりあえず山を包囲し、伊賀勢の脱出に備えたが、深夜になって長田丸と朝屋丸に赤々とかがり火が灯った。

「すわ、夜討ちか」

前夜のように本陣を急襲されることを怖《おそ》れた三軍の将は、軍勢を集めて警戒に当たった。

当然包囲網は撤収せざるをえない。

山にたてこもっていた伊賀の衆は、その間にいずこへともなく姿を消した。敵の心理の裏をかいた鮮やかな撤退ぶりだった。

十月九日、織田信長は伊賀国御見物と称して自ら視察に出かけた。

伊賀に着くと真っ先に国見山《くにみ》に登った。

伊勢と伊賀、大和との国境にそびえる山で、織田信雄軍に追われた伊賀の衆が最後の拠点とした所である。

近くの柏原《かしわばら》ではつい半月前まで伊賀の衆が籠城戦《ろうじょうせん》をつづけ、山中には残党がひそんでいる恐れがあったが、信長は委細構わず山頂へと急いだ。

供をするのは岐阜中将信忠、公家《くげ》陣参衆をひきいる近衛《このえ》前久《さきひさ》ら二百人ばかりである。

高さ三百丈ちかい山頂からは、伊賀の国を一望することができた。東には布引山地がなだらかに連なり、西には笠置山地へとつづく山々が横たわっている。

四方を山に囲まれた上野盆地は、狭いながら地味《ちみ》の豊かな所である。

この国に暮らしていた八万余の人々の半数ちかくが殺され、生き残った者たちは他国へと逃げ散っていた。

「よいながめじゃ」

信長は床几に座したまま、陶然と眼下の景色を見やった。

「近衛、そうであろう」

上機嫌のあまり前久にまで意見を求めた。

「まことに見事な景色でございます」

信長のやり方を快《こころよ》く思っていない前久は、当たりさわりのない返答をした。

「天が下は余の領分じゃ。逆らう者に生きる道はない」

「伊賀の住人も、骨身にしみて思い知ったことでございましょう」

「伊賀だけではない。六十余州すべての者が、余に服さねばならぬ」

帝《みかど》とて例外ではない。その意を言外に込めてじろりと前久をにらんだ。

「天下平定の近からんことを、我々も祈念いたしております」

「この山は神武《じんむ》天皇ゆかりの地だそうだな」

「ご東征の折、この山から国の様子をご覧になったという言い伝えがございます」

国見山の名の由来はそこにある。

古来我が国では、見るという行為には霊術的効果があると考えられてきた。

男女が相見るとは交合を意味し、帝が国をご覧になるとは土地の神々をすべてひれ伏させたことを意味したのである。

「神武は紀州からこの地に攻め上ってきたのであったな」

「古い書物にはそのように記されておりますが、確かなことは分りませぬ」

信長の口調にきな臭さをかぎ取った前久は、話題に深入りすることを慎重にさけた。

「その前は、どこにいた」

「は？」

「紀州に来る前はどこにいたかとたずねておる」

「浪速《なにわ》の白肩の津に船をお泊めになりました」

「その前は」

「吉備《きび》の高嶋《たかしま》の宮でございます」

「その前は」

「安芸《あき》の国の多祁理《たけり》の宮」

「その前は」

信長はねずみをいたぶる猫のように執拗《しつよう》だった。

「筑紫《つくし》の岡田の宮、その前が豊国の宇佐の宮、さらに前が日向《ひゅうが》の高千穂の宮でございます」

「その前は」

「高天原《たかまのはら》よりご降臨になったと伝えられております」

「その高天原とやらはどこにある」

「神々の時代の話ゆえ、それがしにも分りませぬ」

「どこから来たかも分らぬ者に、何ゆえこの国を統《す》べる権利があるのじゃ」

「天照大御神《あまてらすおおみかみ》から、豊葦原《とよあしはら》の瑞穂《みずほ》の国を治めよと命じられたからでございます」

「それはその方らの言い分であろう。すでにその頃この国には多くの者どもが住み、国津《くにつ》神《かみ》を奉じておった。その者たちを攻め滅ぼして国を建てたのが、高天原から降臨したなどとほざく奴《やつ》らの正体じゃ。余がこの伊賀を攻め滅ぼしたと同じようにな」

「あるいは、その通りかも知れませぬ」

前久とて百戦練磨の公家である。この程度の批判に動じるような柔《やわ》ではなかった。

「ならば朝廷とて絶対ではあるまい。いつ滅ぼされても文句は言えぬはずじゃ」

「帝は武によってこの国を治めてこられたのではありませぬ。神々に地上の平安を祈り、百姓《おおみたから》の暮らしを安んじられたからこそ、庶民の敬愛を受けておられるのでございます」

「余は敬愛などしておらぬ」

信長は急に立ち上がり、皮袴《かわばかま》の前を開けて長々と放尿した。

その頰を晩秋のひんやりとした風がなでていく。

「よいか近衛。朝廷を存続させたいと願うなら、余に逆らわぬことじゃ」

翌日、信長は織田信雄の本陣を訪ねた。

この日のためにわざわざ新築した御座所御殿には、信雄をはじめとする諸将が待ち受けていた。

「信雄、大儀であった」

信長は真っ先に息子の労をねぎらった。

「ありがたきお言葉、骨身にしみて嬉《うれ》しゅう存じまする」

信雄は面長《おもなが》の顔を誇らしげに紅潮させていた。

「どうじゃ。勝ち戦《いくさ》とは良いものであろう」

「すべては父上のご威光の賜物《たまもの》でございます。これからも御名を汚《けが》さぬように、精進《しょうじん》する所存にございます」

「お蘭、あれを」

信長にうながされて、森蘭丸が恩賞の書状を読み上げた。

「伊賀のうち三郡を信雄卿《きよう》に、残る一郡を上野介信包どのに当て行なわれます。なお他の方々の恩賞については、後日申し渡されることとなりましょう。堀久太郎どの」

「ははっ」

堀秀政が頭《ず》を低くしてわずかに前に進み出た。

「山桜の茶壺《ちやつぼ》は上様のお目にかなう品でございました。戦場で風流の心を失わぬお心がけは見事でございます」

「ありがたきおおせ、かたじけのうございます」

「蒲生氏郷どの」

「ははっ」

氏郷が同様に膝《ひざ》を進めた。

「比自山での粉骨砕身、大儀にございました。しばらくの間、長浜城で兵馬を休められるがよろしゅうございましょう。滝川左近将監《しようげん》どの」

「はっ」

「貴殿のお働きは安土にまで聞こえております。本日は引出物として山桜の茶壺を下されまする。ご領所に戻り、披露の茶会を開かれるがよろしかろう」

「身に余るご厚情、望外の喜びにございます」

滝川一益が白毛まじりの頭を畳にすりつけて礼を言った。

信長から直々に茶会を許されるとは、それほど価値あることだった。

「筒井法印どの。春日山《かすが》でのお働き、大儀にございました。高野山との戦にも引きつづき力を尽くすようにとのおおせでございます」

順慶が伊賀討伐に手を抜いていることを知った信長は、大和境や春日山に逃げ散った残党を皆殺しにせよと厳命した。

信長の不興をかうことを怖れた順慶は一月ちかくも山狩りを行ない、大将格の者七十五人を討ち取ったのだった。

やがて戦勝を祝って、酒宴となった。

信長からの盃《さかずき》が武将たちに回り、主従の固めを終えると、いつものごとく無礼講となる。

その前に森蘭丸が羽柴秀吉から届いた最新の知らせを披露した。

天正《てんしよう》五年から中国平定のために播磨《はりま》に出陣していた秀吉は、備前の宇喜多直家を身方に引き入れ、美作《みまさか》を平らげ、因幡《いなば》、伯耆《ほうき》へと迫っていた。

これに対して毛利方が吉川経家《きっかわつねいえ》を鳥取城に入れて対抗したために、秀吉はこの七月から二万の大軍を動員して城攻めにかかっていた。

鳥取城は久松山の山頂に築いた要害堅固の山城である。

城からは雁金《かりがね》山の尾根伝いに日本海へ抜ける道があり、兵糧《ひょうろう》、弾薬の補給に供していた。

籠城《ろうじょう》兵は三千五百余。指揮を執る吉川経家は、勇猛をもって鳴る名将である。

力攻めにしては身方の損害が大き過ぎると見た秀吉は、徹底した兵糧攻めに出た。

新米が出回る昨年の秋から配下の商人に米を買い占めさせ、周辺の村々をなで斬《ぎ》りにしながら住民を城中へと追い込んだ。

山城は住民の避難場所として築かれたものである。

万一敵に攻め込まれたならここに逃れるという保証があるために、住民たちは労苦をいとわず山城の建設に従事するのだ。

そうした住民を守り抜くことが領主としての務めなので、吉川経家も避難して来る者たちをこばむことはできなかった。

兵糧不足になることを重々承知していながら、数千人の老若男女《ろうにゃくなんにょ》を抱え込んだのである。

頃合いやよしと見た秀吉は、城の周囲に柵《さく》を巡らし、監視の兵を四方に配して兵糧攻めにかかった。

経家が頼みとする海上からの補給も、丹後の宮津城から出陣した細川藤孝らの水軍が完全に封じた。ために城中は日ならずして飢餓状態におちいり、草や木の葉、牛馬や稲株を食べて命をつないだ。

これらも一月ばかりで尽き果て、九月の半ばになると餓死者が続出した。

飢えに耐えかねた者たちは、柵に取りすがって助けてくれと泣き叫ぶ。まだ力の残っている者は、柵をよじ上って逃れようとする。

その者たちを鉄砲で撃ち落とすと、飢えた者たちが我先にと走り寄り、まだ息のある者の手足を切り取ってむさぼり食う。

餓鬼草子《がきぞうし》に描かれたような凄惨《せいさん》な光景が、城中いたる所で現出した。

籠城三カ月——。

吉川経家らは懸命に城を支えて援軍を待ったが、毛利本隊はついに動かなかった。他方面にも敵を抱えているために動けなかった。

もはやこれまでと覚悟を定めた経家は、自分の命と引き換えに城中の者たちの助命を求めてきた。

目下降伏の条件を巡って交渉が行なわれている最中だという。

この知らせに、酒席は大いに盛り上がった。

毛利家は石山本願寺と結んで長年織田家に逆らってきた宿敵である。

信長が追放した足利十五代将軍義昭を領内に抱え込み、隙《すき》あらば義昭を奉じて上洛《じょうらく》しようとねらっている。

その相手との初戦の完勝は、織田家の天下平定が間近に迫っていることを何より雄弁に物語っていた。

「父上、本日のお礼に献上したき品がございます」

酒席のざわめきを制した信雄が、紫の布に包んだ箱を両手にささげて進み出た。

中には青銅で作った亀《かめ》の香炉が入っていた。

伏して天を見上げる表情や足の動きを精巧にとらえた逸品で、今にも動き出しそうだった。

「柏原城の大将、滝野吉政が差し出した品でございます。唐《から》の国の周王朝の頃に作られたものと聞き及んでおります」

柏原城を一万五千の大軍で包囲した信雄は、吉政の嫡男《ちゃくなん》を人質に取るという条件で降伏を許した。

この香炉はそのお礼に吉政が差し出したものだという。

「ほう。見事な」

信長は珍らしく片頬に笑みを浮かべた。

香炉も気に入ったが、信雄が自分の裁量でそうした計らいができるようになったことが嬉しかった。

「信忠、いかがじゃ」

「結構な品と拝察いたします」

「ならばそちに与えよう。武田攻めでは信雄に後れを取らぬよう、側《そば》に置いて日々の戒めといたすがよい」

信長は三人の息子の中でもっとも手柄を立てた者に家督をゆずると明言している。信忠がかつての地位に返り咲くためには、武田攻めで信雄以上の手柄を立てなければならなかった。

「上様、それがしもお目にかけたきものがございまする」

蒲生氏郷が手を打ち鳴らすと、庭先に初老の武士と妙齢の娘が引き据えられた。

「藤林長門守と娘の志乃でございます」

長門守は五十がらみで長身痩軀《そうく》。白くなった髪を総髪に束《たば》ね、鼻高く切れ長の鋭い目をしている。

服部、百地と並ぶ伊賀忍者の宗家の当主にふさわしい堂々たる風格である。

お志乃は十七歳になったばかりの、色白で小柄な娘だった。

長いまつげを伏せてうつむいたまま、両手を大事そうに腹に当てている。それほど目立たないが、身ごもっていることは明らかだった。

「おのれらが、伊賀の魔物か」

信長は長門守をにらみ据えた。

伊賀忍者にはこれまで何度となく手痛い目にあわされている。

追えばいずこへともなく逃げ散るし、油断をすればこちらの隙を突いた巧妙な方法で襲いかかってくる。

まるで夜中に耳元で飛び回る蚊のようで、信長は以前から激しい憎悪《ぞうお》を抱いていた。

「陽《ひ》の下に引き出されたもぐらも同じよの。何か望みがあれば申すがよい」

「その素っ首のほかに、望むものなどござらぬ」

長門守は唾《つば》でもひっかけんばかりの口ぶりだった。

「いかが計らいましょうか」

信長の不機嫌を察して氏郷が間に入った。

「安土に連れていけ。市中を引き回した後、機物《はたもの》にかけよ」

かんしゃくまじりの甲高《かんだか》い声を、風の甚助は床下にひそんで聞いていた。

急ごしらえの御殿など、甚助にとって備えなきも同然である。信長は必ずここに立ち寄ると読んで、昨夜のうちに床下にもぐり込んでいた。

お志乃を見たのは、一別以来である。

きゃしゃな体が妊婦の丸みをおびていることに、甚助は強い衝撃を受けていた。

(夜這《よば》いの甚助ともあろう者が……)

半年前に交わった時に、身ごもったことに気付かなかった。

これまで成した子が三十八人。いずれの時にも女の匂《にお》いでそれと分ったというのに、あの時ばかりは確かめようともしなかった。

心の底から惚《ほ》れ抜いた女と初めて枕《まくら》を交わした歓《よろこ》びに身も心もとろけるようで、逃げ出すことさえ忘れて明け方まで睦《むつ》み合っていたのである。

信長のことだ。お志乃を安土に連れ帰ったなら孕《はら》み女と触れ回り、これ見よがしに車裂きの刑にするだろう。

その前に何としてでも助け出さねばならぬ。甚助は懐《ふところ》の鎧《よろい》通しをぐっと握りしめた。

信雄の本陣を出た信長は、丹羽長秀、滝川一益ら諸将の陣所を見舞った後、十月十二日の夕方に敢国《あえくに》神社に到着した。

敢国津神《あえのくにつかみ》を祭神《さいじん》とし、伊賀一の宮として尊崇《そんすう》されてきた由緒《ゆいしょ》正しき神社だが、伊賀に乱入した織田軍のために社殿はことごとく焼き払われていた。

残ったのは参道の松並木と、社殿の背後に位置している長鶴池ばかりである。

焼け跡が生々しく残る境内に、丹羽長秀らが信長を迎えるために造った御殿が建ち並び、周囲に柵を結い回してあった。

伊賀にはすでに冬の気配がただよっている。

四方を山に囲まれた盆地なので、日暮れは早く夜の冷え込みは厳しい。

だが信長警固の将兵たちに休む暇《いとま》はなかった。

神社に着くなり柵に沿って陣小屋を作り、十間おきにかがり火を焚《た》いて夜襲に備えた。

もっとも警戒がゆるやかなのは、長鶴池のまわりだった。池のほとりに沿って柵を結ってあるが、警固の兵は立てていない。

忍び装束を頭にゆわえた甚助はやすやすと池を泳ぎ渡り、柵を乗り越えて境内に忍び入った。

装束をととのえると、錣《しころ》を使って柵に切り込みを入れた。

身重のお志乃のために、脱出口を確保しておく必要があった。

二人が御殿の側《そば》の馬屋に捕われていることは、昼間のうちに確かめている。後は夜の深まりと警固のゆるみを待つばかりだった。

夜明けも近い寅《とら》の上刻、甚助は行動を起こした。

底にぶ厚く綿を張った猫わらじをはき、足音を消して馬屋にすべり込んだ。

馬は人の何倍も鋭感である。

臆病《おくびょう》な生き物だけに、忍び入る者の気配を感じただけで怯《おび》えた声を上げる。

忍者にとっては人間以上にやっかいな相手だが、甚助は平然と馬たちの前を通り過ぎた。

要は馬に不審を抱かせないことだ。見回りに来た者だと思い込ませれば、騒ぎ立てたりはしないのである。

長門守とお志乃は馬屋の隅《すみ》につながれていた。後ろ手に縛られたまま、地面に横たわっている。足もしっかりと縛られ、縄の先が柱に結び付けてあった。

甚助は鎧通しを抜いて長門守の縄を切ろうとした。暗がりの中で触れた体が妙に冷たかった。

（長門守どの……）

はっとして鼻に手を当てた。

息がない。唇はすでに弾力を失い、死後の硬直が始まっていた。

（お志乃）

胸の中で悲痛な叫びを上げながら容体を確かめた。

ありがたい。かすかに息があり、頬にはまだ温もりがあった。

甚助は手を縛った縄を切り、あお向けにして小袖《こそで》の合わせをくつろげた。胸に手を当てると、心の臓が弱々しく脈打っていた。

毒だろう。忍びは必ず自決用の毒を隠し持っている。二人は安土でさらしものにされるよりは敢国神社で死のうと、毒を服したにちがいなかった。

助けるには大量の水を飲ませ、腹の毒を吐き出させるしかない。だがお志乃の体が弱り過ぎているので、裏の池まで連れ出している余裕はなかった。

甚助は己れの腕を切った。

流れ出す血を口に含み、口移しにお志乃の体に流し込んだ。

間に合ってくれと念じながら、何度も何度も流し込む。二合ばかりを飲ませてから体を横向きにし、喉《のど》の奥まで指を入れてみぞおちを強く押した。

腹の子にさわらぬように気づかいながら二度、三度と押すと、生温かい血を大量に吐いた。

吐瀉物《としゃぶつ》にぬれた指をなめてみたが、毒の種類が分らない。上忍の家だけに伝わる高価な品にちがいなかった。

（お志乃、死ぬな。死んではならぬ）

甚助は体をさすって体温が下がるのを防ごうとした。

四半刻《しはんとき》ほど懸命にさすると、お志乃がかすかなうめき声をもらした。

南無三《なむさん》。黄泉《よみ》の淵《ふち》に沈みかけた意識が戻ったのだ。

「俺だ。分るか」

甚助はお志乃を抱き起こして顔をすり寄せた。

「甚助、助けに来てくれると……、信じていた」

「ならば、なぜ待たぬ。どうして毒など飲んだ」

「父上一人を往《ゆ》かせるわけにはいかなかった。お前の子には、すまぬことを」

最後の力をふり絞ってわびようとした。

甚助はお志乃を手早く背負い、赤子のように縄でくくりつけて走り出した。

池まで逃れて水を飲ませれば何とかなる。そう信じて闇《やみ》の中を突っ走ったが、お志乃の体からは刻々と命が失《う》せていく。

二つの命が骸《むくろ》と化していく気配が、背中から直《じか》に伝わってくる。

(お志乃、頼む。頼むよ)

甚助は矢も楯《たて》もたまらず、狂ったように走りつづけた。

翌日の早朝、信長は敢国神社を出て安土へと向かった。供をするのは織田信忠、近衛前久ら五百騎ばかり。安土まで一気に駆けるつもりである。

華々しく装《よそお》いをこらした騎馬武者たちが、松並木の間の参道を二列になって進んでいく。沿道には伊賀在陣の将兵たちが警固に当っていた。

甚助はひときわ高い松の上に身を伏せて、信長が通りかかるのを待っていた。

懐にはお志乃の遺髪を抱き、手には鎧通しを握りしめている。

信長の首をかき落とし、お志乃の墓前にそなえることが、今や甚助のただひとつの生き甲斐《がい》となっていた。

(早く来い。この伊賀から生きては帰さぬ)

眼下の行列は足早に進んでいく。

贅《ぜい》を尽くし綺羅《きら》を競った鎧兜《かぶと》に身を固めた武者たちが、我が物顔に参道を通り過ぎていく。

兜に半月《はんげつ》の前立《まえだて》を付けた者、水牛の角《つの》を立てた者、般若《はんにゃ》の総面で顔をおおった者、鷲鼻《わしばな》の半頬《はんぼお》をつけた者……。

いずれも己れの強さを誇示せんとする異容な出立《いでた》ちだが、中でも信長の姿は異彩を放っていた。

黒い南蛮《なんばん》具足にどくろをかたどった銀の兜をかぶり、真っ赤なビロードのマントを肩にかけている。自ら死に神であると宣するような禍々《まがまが》しさだった。

甚助は待った。

信長が真下に来たならむささびのように飛びかかり、背後にぴたりとくらいついて鎧通しで首を串刺《くしざ》しにするのだ。

だが、ただでは殺さぬ。配下の将兵の面前で、一寸刻みのなぶり殺しにしてやる。

甚助はその瞬間を何度も心に思い描きながら、ゆっくりと呼吸をととのえた。

来た。屈強の馬廻り衆を従えて、信長が意気揚々と近づいて来る。

十間、五間、三間……。

甚助は馬の速さと飛びかかる間合いを見切り、音もなく宙に舞った。

ねらいに寸分の狂いもなかった。

甚助の体は吸い寄せられるように信長に迫っていく。

（とった！）

そう思った瞬間、背後で銃声がして右肩に激痛が走った。

近衛前久である。

馬上筒の名手である前久が、一瞬早く異変に気付いて甚助の肩を撃ち抜いたのだ。

甚助は体を反転させて地べたに落ち、立ち上がる間もなく警固の兵に取り押さえられた。

第八章　余が神である

人はいったい何のために生きているのだろう。

そもそも人に生きる意味などあるのだろうか。

知命《ちめい》の年を過ぎたせいか、それとも信長公の苛烈《かれつ》な生きざまに触発されたのか、近頃そぞろにそんなことが思われてならない。

私が信長公の晩年について書き記すことになったのは、さるやんごとなきお方からの依頼があったからだ。

本能寺の変には朝廷、中でも五摂家筆頭だった近衛前久《このえさきひさ》公が深く関わっておられる。ところが後難を恐れた朝廷は、すべての証拠を消し去り、厳しく緘口《かんこう》を命じて我関せずの態度を取りつづけた。

物語の先回りをするようで恐縮だが、責任の大半は前久公にある。

前久公は明智《あけち》光秀を指嗾《しそう》して信長公を討たせておきながら、豊臣秀吉が中国からの大返しによって光秀を討ち果たすと、すべての責任を光秀一人に負わせて都から逃げ出された。

そのために万一前久公の計略が露見したなら、朝廷の存続さえ危ぶまれる事態となり、すべてを隠蔽《いんぺい》して闇《やみ》に葬《ほうむ》らざるをえなくなった。

これはこれでやむをえざる仕儀ではあったが、事の真相をうやむやにしたままでは後世のためにもよろしくない。

事変からすでに三十五年の歳月を閲《けみ》したことでもあり、すでに世は徳川幕府によって治まっているので、今のうちに分るだけのことを書き留めておいてほしい。

さるやんごとなきお方はそのようにおおせられ、禁中や公家《くげ》に残された当時の文書を自由に使えるという望外の便宜を図って下されたのである。

私は近衛家の門流の家に生まれながら、本能寺の変の頃には小姓として信長公に仕えていた。

そういう経歴を見込んで白羽の矢を立てられたのだろうが、この仕事は私の手に余る厳しいものとなった。

天正《てんしょう》九年元日の安土《あづち》城での出来事から筆を起こし、同年十月の伊賀国御見物まで書き進めるのに、丸三年もかかったほどである。

この間に森坊丸どのが亡《な》くなられた。本能寺から一人脱出し、洛北《らくほく》の阿弥陀寺《あみだじ》で信長公の墓所を守ってこられた坊丸どのは、昨年の六月二日に信長公の墓前で割腹して果てられた。

嫌な予感は前々からあった。

信長公の三十三回忌《かいき》の法要を無事に終えたことで、自分の役目は果たした。この上は早く殿のもとに馳《は》せ参じ、兄上や同僚たちの仲間に加わりたい。

常々そうもらしておられたし、豊臣家の滅亡や徳川家康公の逝去《せいきょ》を見届けた後は、「見るべきものは見つ」といった心境になっておられたようだ。

それでも昨年まで自裁を思いとどまって下されたのは、私の仕事を助けてやろうという一念からだった。

「清麿《きよまろ》ごときに任せていては、どんなたわごとを書き連ねるやも知れぬからな」

そんな悪態をつきながらも、当時の出来事を可能な限り思い出し、詳略に語って下された。

物語の中で気に入らぬところがあると、手厳しく一喝《いっかつ》されたものだ。

「お前は下司《げす》な奴《やつ》ゆえ、下司な勘ぐりしかできぬのだ」

そう言われると返す言葉もなかったが、時には何度も同じところを読み返し、静かに涙を流しておられることもあった。

そんな時には、信長公から誉《ほ》めていただいたような晴れやかな気持になったものだ。

遺骨は殿の側《そば》に葬り、灰は安土城御天主跡にまいてくれ。坊丸どのの遺書にはそう記されていた。

その切なる願いを果たすために、私は先頃安土城を訪ねた。

一月半ばのことで、安土山は荒涼たる冬景色をていしていた。

かつて壮麗な天主や殿舎が建ち並んでいた曲輪《くるわ》は雑木林となり、葉を落とし尽くした梢《こずえ》が北風に揺れていた。

大手道の石段は影も形もなかった。

山からくずれ落ちる泥に埋もれたのか、それとも誰かがわざわざ埋めたのか、城が築かれる前の山に逆戻りしたような有様だった。

私は杖《つえ》で枯枝を払いのけながら、二の丸から本丸へと登った。

かつてここには内裏《だいり》の清涼殿《せいりょうでん》を模した壮麗な御殿が築かれていた。

誠仁《さねひと》親王のご即位を実現した後には、この御殿にお移りいただこうと信長公は考えておられた。

やがては猶子《ゆうし》としている五の宮さまを帝《みかど》となし、太上《だいじょう》天皇と同等の立場で朝廷を意のままになされるつもりだった。

その野望もよどみに浮かぶうたかたのごとく消え去り、曲輪の跡にはおびただしい落葉が降り積っていた。

国破れて山河あり

城春にして草木深し

いにしえの唐《から》の詩人はそう詠じた。

本朝の『平家物語』の作者は、

祇園精舎《ぎおんしようじや》の鐘の声、諸行無常の響きあり

娑羅双樹《さらそうじゆ》の花の色、盛者《じようしや》必衰の理《ことわり》をあらはす

という有名な一文で筆を起こしている。

廃墟《はいきよ》と化した安土城に立った私は、両者を合わせたような感慨を抱きながら、しばらく北風の中にたたずんでいた。

信長公はいったい何を求めておられたのだろう。

己れが神であると宣言し、朝廷さえも乗り越えた後に、何を成し遂げようとしておられたのか。

その問いは今も解けない謎《なぞ》として私の胸にわだかまっている。

いかがわしい宗教家ならともかく、国の最高位まで昇りつめた権力者が、己れを神として祀《まつ》らせ、盆山《ぼんさん》と名付けた石を御神体とするような振る舞いに及んだ例はただの一度もない。

そのせいか、信長公に心酔する者たちもこのことには触れたがらない。

己れの権力を誇示するためになされたことだとか、祭りの場でのように人目を驚かそうと思われたのだという解釈でお茶をにごしている。

しかし、それでいいのだろうか。

常人《じょうじん》には理解しがたいこうした行ないの中にこそ、信長公の公たるゆえんがあるのではないか。私にはそう思えてならない。

それゆえ読者諸賢よ。

物語の語り手たる私の彷徨《さまよ》いに今しばらくお付き合いいただきたい。

信長公の行ないが「僭上《せんしょう》の極み」だの「狂気の沙汰《さた》」などと言うのなら、死後に豊国大明神《だいみょうじん》となられた秀吉公や東照大権現《だいごんげん》となられた家康公はどうだろうか。

このことを併《あわ》せて考えれば、事の本質がよく見えてくる。

両者の相違は生前か没後か、朝廷の許可を得てのことか否《いな》か。

この二点だけで、己れを神として祀らせるという行ない自体は変わらない。

戦国の三傑がそろいもそろって神にならなければこの国を治められないと考えたところに、彼らが直面していた問題の大きさと苦悩の深さが表われているのではあるまいか。

話はこの国の成り立ちにまで及ぶ。

はるか昔、この国にはさまざまな種族の者たちが住んでいた。

もともとこの地に種を受けた者たちもいたし、よその国から移り住んだ者たちもいた。

種族もちがう。

言葉もちがう。

生活ぶりもちがう。

そんな者たちが山や川を境として住み分け、それぞれの氏神《うじがみ》を奉じて国を建てていた。

やがてそうした国の中から強国が現われ、周辺の国々を併せて勢力範囲を広げていく。

戦国の世を織田、武田、北条、毛利、島津などが勝ち抜いたように、数カ国にまたがる勢力を持つ国が境を接して並び立つようになった。

この時それぞれの国で氏神の格付けと、種族の混血、言葉の統一が図られた。

征服された国の民は氏神をおとしめられ、言葉と文化と歴史を奪われ、奴隷《どれい》として服従することを強《し》いられた。

こうして形成された強国同士の対決の渦中《かちゅう》に、神武《じんむ》天皇にひきいられた朝廷軍が参入する。

それがいつの頃か定かではないが、九州を発して瀬戸内海ぞいに東進した朝廷軍は、河内《かわち》での戦《いくさ》で長髄彦《ながすねひこ》の軍勢に大敗するが、紀州からの迂回《うかい》作戦を取ることによって大和の制圧に成功する。

ここに大和朝廷がうぶ声を上げ、日本全国の征服を目ざして外征をくり返した。

やがて中大兄皇子《なかのおおえのおうじ》と中臣鎌足《なかとみのかまたり》によって大化改新が行なわれ、朝廷は唐《から》の国を手本とした国家造りに邁進《まいしん》していく。

律令《りつりょう》制度がととのえられ戸籍も定められたが、朝廷がもっとも腐心したのはこの国を統《す》べる大義名分をどうととのえるかということだった。

他からやって来てこの地を征服した者が、統治権の正当性を主張する根拠は何か。

言葉も種族もちがう者たちを、どうしたらひとつにまとめ上げることができるのか。

さんざん知恵を絞り抜いた末の解決策が、天照大御神《あまてらすおおみかみ》より豊葦原《とよあしはら》の瑞穂《みずほ》の国を治めよと命じられて天下ったという神話の創出と、その神話を史実と結び付けるための『古事記』『日本書紀』などの編纂《へんさん》だった。

また各種族をまとめ上げるために、彼らが奉じる氏神を天照大御神を中心として序列化し、神々の体系づけを行なった。

「お前たちの氏神はもともと天照大御神の配下なのだから、お前たちも帝に従わねばならぬ」

徹底してそう教え込んだ。

帝が位におつきになるご即位の礼の最後に、宣命使《せんみようし》が南庭に立って次のような詔《みことのり》を読み上げる。

〈詔りして曰《のたま》はく、現《あき》つ御神と大八《や》嶋国知《しまくにしろ》しめす天皇《すめら》が大命《おおみこと》らまと詔《の》りたまふ大命を、集《うごな》はり侍《はべ》る皇子《みこ》等《たち》、王《おおきみ》等、百官《もものつかさ》の人等《ども》、天下《あめのした》の公民《おおみたから》、諸《もろもろ》聞き食《たま》へと詔りたまふ〉

正式に即位なされた帝が、群臣に対して初めて命令を下される儀式で、帝のご意向によって内容に若干の相違はあるが大意はほぼ同じである。

朝家《ちょうか》は高天原《たかまのはら》の昔よりこの国を治めるよう祖神に命じられているので、今上《きんじょう》も天下をととのえ平和を保ち、公民に恵みを与えて慰撫《いぶ》したいと考えておられる。だから皆もよく心得て仕えるようにというものである。

神に仕える者が国を治めるという政《まつりごと》の形は、やがて祭祀《さいし》と政治に分離され、祭祀は朝家が政治は藤原氏がになうようになった。

政治の実権が平家から源氏へと移り、朝廷は祭祀のみを司《つかさど》るようになったが、この国を支える精神的な支柱としての役割は連綿と受け継がれてきた。

このことを認めるか否か。

朝廷の祭祀権を認め、朝廷からの依頼によって政治を行なうか、それとも独自の体制を築き上げるのか。

その問題に直面なされた信長公は、祭祀権までも掌中《しようちゆう》にせねばならぬと決断なされた。朝廷と真っ向から対立せざるをえなくなったのはそのためである。

またまた物語の先回りをして恐縮だが、この戦いは信長公の無残な敗北に終わった。

近衛前久公の謀略によって本能寺で果てられたばかりか、信長公が切り開こうとなされた道は後継者たちによって完全に否定された。

豊臣秀吉公は関白となり朝廷の権威を大義名分として天下統一を進められたし、徳川家康公は朝廷から征夷《せいい》大将軍に任じられて幕府を開くという道を選ばれた。

死後も朝廷が作り上げた神々の序列に従い、豊国大明神、東照大権現となられた。

信長公にもこうした道を選ぶことはできたはずである。

それなのになぜ、あれほど頑《かたく》なに朝廷を否定しようとなされたのか。

理由はいくつか考えられる。

ひとつは先にも述べた下剋上《げこくじょう》の問題である。

戦国大名たちは下が上に剋《か》つことを是とする流れに乗ってのし上がってきた。朝廷や足利幕府の統治を否定し、独自の力で国を切り従えてきた。

その最後の刃《やいば》が朝廷に向けられることは見やすい道理であろう。

およそ百年ばかりもつづいた戦国の世の終わりに、下剋上の体現者である信長公と上《かみ》の上たる朝廷とが激突するのは歴史の必然だった。

もうひとつは天道思想。

天のご加護がある者が戦に勝つという考え方は、天命を受けた有徳の者が暴君に代わって天子となるという易経《えききょう》の革命思想に果てしなく近い。

この論理に従って突っ走ってこられた信長公が、自ら天子になろうとなされたのはやむをえないことだったのではあるまいか。

朝廷の風下に立つことを認めることは、天道思想をかかげて戦ってきた自分を否定することにほかならないからだ。

自己を否定することほど、信長公に似つかわしくないことはあるまい。

それにそんなことをしたなら、信長公に心酔している家臣たちが反旗をひるがえすことは目に見えていた。

「殿が節《せつ》を曲げられるのなら、我が手で志を果たそうではないか」

そう言い出す武将が五人や十人はたちどころに現われたはずである。

世は天道思想によってそれほど灼熱《しゃくねつ》していた。その熱い流れをせき止めることは、もはや信長公にさえできなかったのである。

しかし、それだけではあるまい。

小姓としてお側に仕えていた私には、論理などよりもっと大きな理由が信長公を突き動かしていたように思えてならない。

それは感情の領域に属する問題である。

信長公は愛憎半ばする思いを朝廷に対して抱いておられた。

朝廷への尊崇《そんすう》の念がひときわ強かった父信秀公の血は、信長公にも色濃く流れていた。

その父の位牌《いはい》に抹香を投げつけずにはいられなかったようないわく言いがたい屈折した感情を、朝廷に対しても持っておられた。

こうした緊張をはらんだ信長公と前久公の戦いとはいかなるものであったのか。そして勧修寺晴子《かじゆうじはれこ》さまとの恋はどうなっていくのか。事の真相に一歩でも迫れるようにと念じながら、激動の半年を物語っていくことにしよう。

天正十年の年が明けた。

年明け早々、内裏の清涼殿では四方拝《しほうはい》が行なわれた。

朝まだき寅《とら》の刻、正親町《おおぎまち》天皇が清涼殿の東庭に出御《しゆつぎよ》なされ、属星《ぞくしよう》、天地四方、先祖の山陵を拝し、一年の災いを祓《はら》い、幸福無事をお祈りになる。

属星とは北斗七星の中でその年に当たる星のことで、壬午《みずのえうま》のこの年は破軍星《はぐんせい》がそうである。

兵乱を呼ぶとされる不吉の星だけに、帝は例年になく丁重に安寧《あんねい》を祈る呪文《じゆもん》をとなえられた。

四方拝が始まったのは宇多《うだ》天皇の御代《みよ》と伝えられている。

菅原道真《みちざね》を起用して藤原家の専制を抑えようとなされた宇多天皇は、唐の礼法を取り入れることによって帝の権威を高めようとなされた。

かの国の古代礼法について記した『大戴礼記《だたいらいき》』には、礼には三本があると説く。

天地は性の本であり、先祖は類の本であり、君師は治の本である。

天地がなければ生物は生まれず、先祖がなければ人類は発生せず、君師がなければこの世は治まらない。だから上《かみ》は天に仕え、下《しも》は地に仕え、先祖を祀り君師を敬うことが、礼の三つの基本だというのである。

天に仕える皇帝や天皇は、天に対して不敬とならないように日常の暮らしから冠婚葬祭まで、あらゆる行動が礼によって縛られている。

その礼法を一年にわたって網羅したものが年中行事と呼ばれるものだ。

これを守ることが天に仕える者の義務とされていたために、朝廷では元日の四方拝から大晦日《おおみそか》の追儺《ついな》まで欠けることなく礼を尽くしてきたのである。

正親町帝は御歳六十六になられる。

近年ご病気がちで切にご譲位を望まれていたが、帝位にあるからには礼に従わなければならない。

黄櫨染《こうろぜん》の御袍《ごほう》を召しただけで厳寒の庭に下り、屛風四帖《びょうぶじょう》を立てた御座について半刻《はんとき》あまりも礼拝をおつづけになられた。

同じ頃、織田信長は安土城内の摠見寺《そうけんじ》に参籠《さんろう》していた。

御神体と称する盆山の前に結跏趺坐《けっかふざ》し、静かに己れと向き合っていた。

今や信長の内面世界は一変していた。

これまでも度々、自分が自分でないような感覚にとらわれることがあった。善と悪、美と醜、生と死、ありとあらゆる矛盾する感情が己れの内側でせめぎ合い、渾然《こんぜん》一体となって沸騰《ふっとう》し、白熱した脳裡《のうり》に青い稲妻が走る。

そうなると精神性の発作でも起こしたように自分を抑えることができなくなり、狂気じみた振る舞いに及ぶことがあった。

太田牛一が「お狂いあり」と評しているのは、こういう時のことだ。

しかしこうした逸脱の後には、必ず己れの道を切り開く輝かしいひらめきがやって来た。

何者かがどこからか語りかけ、思いもよらぬ知恵を授けてくれる。

その声に従ってきたからこそ数多《あまた》の戦を勝ち抜き、ここまでのし上がることができたのである。

それは何者か。

その声の導きのお陰で覇者として立つことができたのだとしたら、従ってきただけの自分はいったい何なのか。

こうした迷いと不安を抱えながら、信長は戦いに明け暮れてきた。

ところが今や主従がところを変えていた。これまでの自我は意識の裏手に下がり、声の主が表に立ち現われた。

それにつれて表情も一変していた。

眉《まゆ》も目も吊《つ》り上がった憤怒《ふんぬ》の相をおび、目は鋭く前方をにらみ据えている。

その怒りははるか彼方《かなた》に向けられているのか、目の焦点は合わないままだった。

心の中には迷いも不安もなかった。

余が神であるという確信と誇り、そして果てしのない孤独があった。

神となった身にもはや禁忌《きんき》はない。あらゆるものの上に君臨し、思うままに事をなす。

武田や毛利を滅ぼして天下統一を果たした後には、己れを最上神とする神々の体系を作り上げ、天上さえも支配するつもりだった。

当然天照大御神にも下部《しもべ》になってもらわねばならぬ。それは天下において朝廷を支配下に置くということだ。

それを成し遂げることが、今や最大の課題となっていた。

——信長よ、本当にそれでよいのか。

耳の底から悲痛な叫びが聞こえてきた。

意識の裏側に追いやられた過去の自我が、神となった信長に最後の抵抗を試みていた。

――この国は千年以上もの間、天照大御神を祖神とする体系によって支えられてきた。天照こそ種々雑多な民族を束《たば》ねるための数珠《じゆず》の糸だったのだ。

この糸を正統と認めさせるために朝廷が払ってきた、千有余年の努力と犠牲を思え。その蓄積を上回ることが、たった一代でできると思うか。

もしもこの糸を引きちぎったなら、この国を統《す》べる大義名分は失われ、果てしのない戦乱の世がつづくことになろう。

今はよい。お前の力をもってすれば数旬の支配は可能であろう。

だがお前の死後には、その支配がたちまちにしてくずれることは目に見えている。それゆえこの国の為政者の誰もが、天照大御神の体系を温存してきたのだ。源頼朝《よりとも》も足利尊氏《たかうじ》も、征夷大将軍に任じられて幕府を開いたではないか。

――信長よ。もしもお前が神となって朝廷を乗り越えようとすれば、たちどころに滅ぼされるであろう。

朝廷が千有余年の間にこの国の民に植え付けた帝に対する敬愛の念が、反逆の刃《やいば》となって反逆者たるお前自身に向けられるのだ。

信長はにやりと笑った。

地をはう虫が何をほざくか。父に責められ母にうとまれ、赤裸《あかはだか》で泣きわめいていたお前が不憫《ふびん》なればこそ、余はお前の中に宿ったのだ。

あらゆる禁忌を乗り越える強さと、天啓のごときひらめきを与えてきたのだ。

もし余の助けがなければ、お前は今頃生きてはいまい。その恩も忘れて余の意に従わぬとあれば、お前はもはやお払い箱だ。

神である余がお前となって、後の事業を引き継ぐほかはあるまい。

――お前はいったい誰だ。何ゆえ私の中に宿ったのだ。

――たわけが。そんなことも分らぬ奴《やつ》に、神が姿を現わすはずがあるまいが。

信長の頭蓋《とうがい》の中での問答は、外からの声によって絶ち切られた。

「上様、方々がお集まりでございます」

「毘《び》沙門《しゃもん》堂で待たせておけ」

甲高《かんだか》かった声の調子までが、低く重々しいものに変わっていた。

城下は数万の群衆でごったがえしていた。

信長は一門衆や隣国の大名を安土に参集させ、正月に参賀するように命じている。

きらびやかな装束《しょうぞく》に身を包んだ一門衆や、勇名天下にとどろく大名たちが、百々《どど》橋を渡って摠見寺の参道を粛々《しゅくしゅく》と登っていく。

その様子を一目見ようと、城下にも参道の両側にもおびただしい群衆が集まっていた。

参道は爪先上《つまさき》がりの石段で、両側の斜面は険《けわ》しく切り立っている。斜面には防御のための石垣が段々に築いてあったが、群衆の重みでくずれ、多数の死傷者が出たほどだった。

三位《さんみ》中将信忠、北畠《きたばたけ》中将信雄《のぶかつ》を先頭とする一門衆や大名たちは、まず摠見寺毘沙門堂の舞台を見物し、中央に置かれた盆山の前にぬかずいた。

盆山は須弥山《しゅみせん》をかたどった高さ一尺ばかりの石である。

普通は床の間の飾りなどに用いるものだが、信長はこれこそ己れの御神体だと称して群臣に跪拝《きはい》させていた。

次に天主台の下を通って本丸御殿前の白洲《しらす》まで進み、殿上《てんじょう》に立つ信長と対面した。

御殿は内裏の清涼殿を模して築いたものである。

内部には御帳《みちょう》の間《ま》や議定《ぎじょう》の間を配し、南殿には御台所《みだいどころ》まで備えていた。

信長は群臣の参賀を受けると、自ら案内者となって御殿の内部を披露した。

その時の感激を、太田牛一は『信長公記《しんちょうこうき》』に次のように記している。

〈御幸《ごこう》の御間拝見仕《つかまつ》り候《そうら》へと御諚《ごじょう》にて、かけまくも忝《かたじけな》き、一天万乗の主の御座御殿へ召し上《のぼ》せられ、拝濫《はいらん》におよぶ事、有りがたく、誠に生前の思ひ出なり。御廊下より御幸の御間、元来、檜皮葺《ひわだぶき》、金物日に光り、殿中ことごとく惣金《そうきん》なり。いづれも四方御張り付け、地を金に置き上げなり。金具所はことごとく黄金をもつて仰《おお》せ付けられ、斜粉《ななこ》をつかせ、唐草を地ぼりに、天井は組入れ、上も輝き下も輝き、心も詞《ことば》も及ばれず〉

あまりに華やかな御殿を目にして、尊皇《そんのう》の誠を尽くそうとする主君の真意を信じて疑わなかったようだが、この建物には朝廷に対する信長らしい屈折した悪意がこめられていた。

御殿の間取りは内裏の清涼殿とまったく同じだが、東西の配置が逆になっていたのである。

本物は東側に鬼の間、御帳の間、東中段と並び、西側に台盤の間、議定の間、下段、西中段を配してある。

ところが安土の御殿は、東側に台盤の間以下の四部屋が並び、西側が鬼の間や御帳の間になっていた。

これは敷地の都合で変更したなどと言ってすまされる問題ではない。なぜなら清涼殿の配置は古式によって定められているからだ。

なのに何ゆえわざわざ反対にしたのか。

信長が住居としている天主が西側にあったからだ。

帝の御殿が天主に背を向けて立つことを、信長は許さなかったのである。

このことといい天主から見下ろす位置に御殿を造ったことといい、朝廷を己れの下《しも》部《べ》にしようとする意図は明らかだが、この日信長はそれを公《おおやけ》にするような座興《ざきよう》を演じてみせた。

家臣たちに礼銭百文ずつを持参するように命じ、御幸の間《ま》見物の後に信長自ら礼銭を受け取って、御殿に背を向けたまま次々と後ろに放り投げた。

内裏に向かってお賽銭《さいせん》を投げる風習は昔から庶民の間にある。

信長はそれをあざ笑うかのように、さしで束ねた百文の銭を後ろ向きのまま御殿に投げつけたのだった。

一月三日、近衛前久、信基《のぶもと》父子が年賀に訪れた。

朝廷では正月三箇日にはさまざまな行事が行なわれる。

五摂家筆頭の近衛家では、皇族方を招いたり他家に招かれたりと予定が目白押しだが、すべてを後回しにして安土に駆けつけたのだった。

だが信長は、いつものごとくすぐには会おうとしなかった。

「白洲にでも待たせておけ」

雪の降り積る厳寒の庭に長々と待たせた後で、「清涼殿」の御帳の間で対面した。

真新しい備後面《びんごおもて》の畳の上に、二人は黒い烏帽子《えぼし》を並べていた。

前久はいつものごとくつかみどころのない表情をしたままゆったりと座っている。

信基は頬のそげ落ちた精悍《せいかん》な表情に変わっていた。

「信基、一別以来よな」

竹生島《ちくぶしま》参詣《さんけい》の翌日にお駒《こま》を斬《き》って以来、信基は安土に寄りつかなくなっている。およそ八カ月ぶりの再会だった。

「少しはこの世のことが分ったようだな」

「分らぬゆえ、参上いたしました」

相変わらず骨のある物言いをする。このまま縁を切るには惜しい若者だった。

「近衛、この御殿は気に入ったか」

「結構この上なきものと存じまする」

前久は心にもない追従《ついしょう》を言った。

「これが玉座じゃ。誠仁親王の即位を許らった後に、お移りいただく」

一段高くなった御座の間には御簾《みす》が垂らしてある。信長は自ら立ってそれを上げた。

四方の壁も柱もすべて金で、床には繧繝縁《うんげんべり》の畳を敷き詰めている。

中央には帝がお召しになる黄櫨染《こうろぜん》の御袍《ごほう》がかけられ、衣香《いこう》が四方にただよっていた。

「宮さまも常々、安土を訪ねたいとおおせられております。このように見事な御殿を造営なされたと聞こしめせば、さぞお喜びになられましょう」

「信基、そちは以前日本国王になれと申したな」

「申しました」

「その考えに変わりはないか」

「今は答えたくありません」

「それでもよい。ここにいて余に仕え、内大臣として帝の移徙《わたまし》を取り仕切るがよい」

信長に眼光鋭く迫られると、信基の肩や手が小刻みに震え出した。

日は暮れかかっていた。

太陽が沈むにつれて夕焼けの空は朱から紅へと色を変え、影絵のように見えた比叡《ひえい》山《ざん》の稜線《りょうせん》も次第に闇《やみ》の中にとけこんでいく。

勧修寺晴子は二条御所の廻り縁にたたずんで、たそがれ時の景色をぼんやりとながめていた。

比叡山——。

王城鎮護《ちんご》の山として古くから崇《あが》められたこの山を、信長は情け容赦なく焼き払い、僧俗三千余人を殺した。

いまだに遺体を葬《ほうむ》ることさえ許していないために、山上のあちらこちらに骨が転がり、啾々《しゆうしゆう》と泣いている。

それを怖《おそ》れて近づく者もいないので、魔の山と化したまま都の頭上にそびえていた。

信長が焼き討ちをかけたのは、比叡山が浅井、朝倉勢に身方して軍勢を山上にとどめたからだと言われている。

だが事の発端は、信長が近江国《おうみ》に散在する山門領を押領《おうりよう》し、返還要求に応じなかったことだ。

比叡山側は三千院の門跡《もんせき》であられる応胤《おういん》法親王を通じて朝廷に訴え、勅命《ちよくめい》をもって返還させようとした。

正親町天皇もこの訴えには理があると思《おぼ》し召しになり、信長を諫《いさ》めようとなされた。

ところが信長は一向に従わなかったために、業《ごう》を煮やした比叡山は浅井、朝倉勢に身方して信長を近江から追い出そうとした。

元亀《げんき》元年九月のことだ。

この時には石山本願寺も信長討伐に立ち上がり、一向一揆《いっき》に檄《げき》を飛ばしてはさみ撃ちにしたために、信長は絶体絶命の窮地に立たされた。

そこで将軍義昭を通じて正親町天皇の袖《そで》にすがり、和議の勅命を出していただくことによって辛《から》き命をつないだのである。

この時、山門領はすべて返還するという誓紙《せいし》を差し出し、近江国を以前のごとく浅井氏と六角氏が領有することも認めている。

岐阜に引き揚げた信長が再び大軍をひきいて近江に攻め込み、比叡山に焼き討ちをかけたのは、それからわずか九カ月後のことだ。

誰がどう見ても許される所業ではないが、晴子は信長の孤独を知っている。

桑実寺《くわのみでら》の石段にたたずんでいた時の、地上にただ一人取り残されたような憂《うれ》い顔を思い出すと、何もかも許せるような気がするのだった。

晴子は衣の上からそっと体に触れてみた。

胸元から乳房に指をすべらせると、桑実寺の庵室《あんしつ》で信長と過ごした時のことが思われて、胸が切なく絞り上げられるようだった。

「姫《ひい》さま、ただ今水無瀬《みなせ》さまからの使者がお着きになりました」

侍女の房子が声をかけたが、晴子の耳には届かなかった。

「姫さま、どうかなされたのですか」

「い、いえ」

晴子は不実の現場でも見られたようにうろたえて、小袖の襟元を合わせるふりをした。

「何でもありません。七草《ななくさ》が届いたのですね」

「今年はどうしても御形《ごぎょう》の用意がととのわず、耳菜《みみな》を加えて持参なされたそうでございます」

明日は一月七日、七草粥《がゆ》である。

内裏や親王家には前日のうちに水無瀬家から七草が献上されるのが慣例となっていたが、今年は気候のせいで御形が育たなかったという。

「古書にも耳菜を七草として用いた例があると記されているそうでございます」

「何という書物に記されているのですか」

「さあ、そこまでは」

房子が太った首を窮屈そうにかしげた。

使者の口上《こうじょう》を伝えただけで、書物の名前までは確認しなかった。

「しかし水無瀬さまは、古くより七草を献上なされてきたお家柄でございます。間違いはございますまい」

「七草に御形がなくては、他の女房衆に笑われましょう。実家《さと》に使者を立てて、至急持参するように頼んで下さい」

「そうですか。それなら小者《こもの》を走らせますが……」

房子は不服そうに口をとがらせて引き下がった。

近頃晴子は朝儀をいにしえの形に復することに情熱を傾けていた。

昨年三月の信長との思いもかけぬ出来事以来、しばらくはどう身を処していいか分らず、人前に出ることさえできない日々を送っていた。

過《あやま》ちをおかしたことを悔《く》いてなどいない。夫を裏切ったという呵責《かしやく》も、不思議なほどに感じなかった。

ただ神仏の教えに背《そむ》いたという自責、清浄に保つべきこの身を汚《けが》したという申し訳なさが、身をもむほどに晴子を苦しめたのである。

そうした数カ月が過ぎるうちに、この過ちをつぐなうには朝廷のために尽くすほかはないと思うようになった。

信長には二度と会うまいと決意していた。

桑実寺の石段で抱き上げられた時から、好いた惚《ほ》れたで女を抱くような男ではないことは分っていた。

この身に触れたことなど、敵の首を二つ三つ斬《き》り落とした程度にしか考えてはいまい。

それでも、いや、それだからこそ、晴子は信長に惹《ひ》かれたのだ。

愛だの恋だのと言い立てる湿った手をした男なら、舌をかみ切ってでもこばみ通したはずである。

だから二度と会えなくても構わない。

これからは新しい生き方を貫くことによって、あの逢瀬《おうせ》が自分にとってよかったのだと思えるようにしていこう。

そう心を決めて以来、朝儀を復して朝廷を内側からととのえることに腐心していたのだった。

幸い勧修寺家には御形の用意があった。

芹《せり》、なずな、御形、はこべ、仏《ほとけ》の座、すずな、すずしろ。

七草が無事にそろうと侍女たちがまな板に並べ、はやしながら叩《たた》き始めた。

「七草なずな、唐土《とうど》の鳥と日本の鳥と渡らぬ先に」

夜通しつづくこの行事が何に由来するものか、晴子にもよく分らなかった。

六日の夜には姑獲鳥《うぶめ》という怪鳥が飛び回り、子供の着物に悪い血をしたたらせるので、夜通し七草を打って追い払うのだとも、年の初めに害鳥を追って豊作を祈願した行事が、七草粥と結び付いたのだとも言われている。

いずれにしても故実《こじつ》の意味や由来が重要なのではない。太古からの行事を正しく継承し、庶民の手本となるような洗練された形をととのえることが、朝廷の権威を高めるために必要だった。

翌日、七草粥の祝いがあった。

誠仁親王は内裏で行なわれている白馬《あおうま》の節会《せちえ》に出御なされているので、集まったのは後宮《こうきゅう》の女房衆ばかりだった。

後宮にも変化があった。

昨年金神《こんじん》を理由にご譲位を延期したので、今年中に宮さまがご即位なされることは確実である。

それに備えて、内侍司《ないしのつかさ》としての体裁をととのえたのだ。

内侍司は内裏の後宮を管理する公的な役所で、上臈《じょうろう》の局《つぼね》、大典侍《おおすけ》、目々典侍《めめすけ》、勾当内侍《こうとうのないし》などの役職があり、就任できる位は家格によって定まっていた。

上臈の局は清華家《せいが》、大典侍は名家《めいか》、目々典侍は羽林家《うりん》といった具合である。朝権華やかなりし頃は、皇后や女御《にょうご》と内侍司の女房とは厳然と区別されていたが、南北朝時代以来両者の境がなくなっていた。

朝廷が衰微して皇后や女御を冊立《さくりつ》する費用に事欠くようになったために、内侍司の女房たちが配偶者としての地位を得るようになったのである。

慣例に従って宮さまも新しい女房衆を採用なされたが、内侍司の家格の定めだけは厳密に受け継がれていたので、深刻な矛盾を引き起こしていた。

晴子は名家の出身なので、清華家出身の上臈の局より下位に立たされた。

上臈の局になるべく出仕している花山院《かざんいん》満子に男子が生まれたなら、若宮の皇太子の地位も奪われかねないほどだった。

現に会食の席でも、十七歳の満子が晴子より上座《かみざ》についている。十五歳の頃から宮さまに仕えてきた晴子にとって、これは耐えがたいことだった。

品のよい手つきで七草粥を食べている女房たちを、晴子は冷えた目で見回した。

大典侍となる万里小路《までのこうじ》厚子、目々典侍となる飛鳥井《あすかい》雅子、勾当内侍となる高倉京子……。

後宮に入るために育て上げられたような十六、七歳の娘たちである。

そのことに何の疑問も感じていないことが、かつての自分を見るようで腹立たしい。

彼女たちにくらべれば、産み月の近い大きなおなかを抱えて粥をすすっている若草の君の方に親近感を覚えるほどだった。

「この機会に、みなさまに申し上げたいことがございます」

会食を終えると、晴子はおもむろに口火を切った。

新しい女房たちはいっせいに姿勢を正した。

二条御所の後宮は晴子が取り仕切っている。

その意向に背いたならどんな仕打ちをされるか分らないと怖れているのか、誰もが緊張の面持ちだった。

晴子は一瞬ためらった。

自分が誠仁親王のお側に上がった時も先輩の女房衆にさんざんいびられ、事あるごとに苛《いじ》められた。

白粉《おしろい》がまばらに浮いた古女房たちのしたり顔を思い出すと、今でも悔《くや》しさと情けなさに歯がみしたくなる。

(それと同じことを、うちもしとるんとちがうやろか)

かすかな自己嫌悪《けんお》を覚えたが、やがてはこの娘たちも女になる。

宮さまの寵愛《ちようあい》を競い、わが子の未来に夢を託すようになる。

今のうちに手を打っておかなければ、収拾がつかないことになりかねなかった。

「七草粥は子供のすこやかな成長を願うためのものだと申します。その故事に言祝《ことほ》がれるように、来月には中山康子《やすこ》さまがご出産の日を迎えられます。まことにおめでとうございます」

若草の君に向かって頭を下げると、他の女房衆も遅れじとそれにならった。

若草の君はどうしていいか分らないままきょとんとしていたが、侍女にうながされてあわてて礼を返した。

「みなさまもご存知のことと思いますが、内裏ではすでに三百年ちかくも皇后さまを冊立する伝統が絶えております。そのために後宮の仕来《しきた》りが乱れ、外聞に関わるような不祥事も起こっておりました」

洛中《らくちゆう》の有力者が娘を名家や羽林家の養女として後宮に送り込み、帝《みかど》と好《よしみ》を通じようとしたり、官女が若い公家《くげ》と密通事件を起こしたこともある。

そのことがいつの間にか外にもれて、朝廷の権威をおとしめる原因となっていた。

「一日も早くこのような状態を改めなければなりませんが、悲しむべきことに朝廷にはいまだに立后《りつこう》の制を復する力がありません。しかし宮さまがご即位なされるからには、何とか悪弊を絶ち、後宮を本来の姿に近づけたいと思います。この考えに同意していただけましょうか」

一同を見回したが、異をとなえる者はいなかった。

「それでは今後どなたにお子が宿ろうとも、わたくしの子供としてお育て申し上げます。そうすれば後宮が政争の具にされることも、先々の地位を巡って女房同士で争うこともなくなりましょう」

晴子自身が皇后になると言うも同じである。

これには身内の房子までが驚きをあらわにしたが、正面切って反対する勇気は誰も持ち合わせていなかった。

「あの、それはご即位の後のことでしょうか」

若草の君に仕える丹波の局が遠慮がちにたずねた。

来月生まれる子供だけは、この決まりから除外しようと目論《もくろ》んでのことである。

「善は急げと申します。みなさまのご同意をいただきましたので、康子さまのご出産からそのようにさせていただきます」

会食を終えて部屋に下がると、房子が顔中に喜色を浮かべて歩み寄って来た。

「まあ姫《ひい》さま。何ということをなされるのでございましょうね」

「いけませんか」

「とんでもない。うまいことをお考えになったものだと、感心しているのでございますよ。いかに清華家のお方であろうと、姫さまが風下に立たされるようなことがあってたまるものですか」

「そのようなことを考えているのではありません。後宮の風紀を保つためです」

「分っていますとも。どなたのお子も姫さまの子となされば、つまらぬ野心を抱くお方もいなくなりますからね。後宮も手入れの行き届いた庭のように清潔になりますよ。この小さなおつむのどこに、そんなひらめきが宿るのでございましょうね」

房子は子供の頃のように晴子の頭を抱きしめようとした。

その時、音もなくふすまが開いて丹波の局が入って来た。

「先ほどのお話について、うかがいたいことがあって推参いたしました」

物腰は柔らかだが、細い目の奥には鋭い光が宿っていた。

「どのようなことでしょうか」

「あのお話は、宮さまもご承知なのでございましょうか」

「後宮のことはわたくしに任されておりますから」

「晴子さまのご一存でなされたことでございますね」

「みなさまのご同意を得ましたので、宮さまにはこれからご報告するつもりでおります」

「それなら、あのようなお話を受け入れるわけにはまいりませぬ。これまでの仕来りにも反する、理不尽ななされようでございます」

丹波の局は切り口上に言って席を立とうとした。

「お待ちなさい」

晴子はおだやかに呼び止めた。

「どうして反対なされるのか、わけを聞かせていただきましょう」

「そのようなことは、口にせずともお分りのはずです。わが子を喜んで手放す親など、下々《しもじも》にさえおりますまい」

「それならもう一度みなさまのご意見を聞くことにいたしましょう。その席できちんと思うところを述べていただきます」

「姫さまは身重のお体ゆえ、列席されるのは無理でございます」

若草の君が理路整然とした議論に耐えられるような器《うつわ》ではないことは、長年仕えた丹波の局が一番よく知っていた。

「それならあなたが代わりに出席して下されば結構です」

「何ゆえそのようなことをなされるのです。わざわざ波風を立てるようなものではありませんか」

「先ほども申しましたが、ご即位の前に後宮をあるべき姿に近づけておきたいのです」

「しかしあれでは、晴子さまが皇后さまの座につかれるのと同じでしょう。名家出身の方に、そのような権利はないはずです」

摂関家の出身でなければ皇后になることはできない。丹波の局はそのことを理由に反対を貫くつもりなのである。

「それなら摂関家から、しかるべきお方を後宮にお迎えしてもいいのですよ」

「え……」

「そのお方に皇后さまになっていただき、わたくしの子供たちを猶子《ゆうし》にしていただきます。そうすれば内侍司の女房たちは、昔のように宮仕えだけに専念できますから」

「そのようなことを、ご本心からおおせられているのですか」

「朝儀を復するためには、それくらいの犠牲はやむをえますまい。それに昨年の馬揃《うまぞろ》えの時のようなことがあっては、和子《わこ》たちを守るのも容易ではありませんから」

馬揃えの日に、五の宮と六の宮の姿が見えなくなった。

あわてさがし回る晴子に、丹波の局はお子たちは武家の休み所へ行かれたと嘘《うそ》をついた。

若草の君と宮さまの語らいを邪魔させまいと、つまらぬ小細工をしたのである。

もしこれ以上異をとなえるのなら、そのことを問題にする。晴子は言外にそう匂《にお》わせていた。

夕方、勧修寺晴豊が訪ねて来た。

武家伝奏として公武の連絡役に当たっている、九歳年上の兄である。

晴子は表御殿の対面所で会うことにした。後宮の制を厳しくするからには、今までのように気軽に奥に入れるわけにはいかなかった。

「御形《ごぎよう》はお役に立ちましたか」

「ええ、お陰さまで恥をかかずにすみました」

「水無瀬家で用意がととのわないと聞いたものですから、山科《やましな》から取り寄せておいたのです」

晴豊はいつもさりげない心配りで窮地を救ってくれる。晴子にとっては心強い身方だった。

「後宮のことにも、ずいぶんお心を砕いておられるようですね」

「ようやく緒《ちょ》についたばかりです。とかく噂《うわさ》になりましょうが、誰かがやらなければならないことだと思っています」

「幼い頃からそうでしたからね。こうと決めたら後にはひかぬご気性でした」

「内裏での宴席には参列しなくていいのですか」

「今日は遠慮しました。少々お伝えしたいこともありましたから」

「何でしょう」

晴子はかすかに身構えた。

さっき取り決めたことについて、女房衆の誰かが宮さまに訴えたのではないかと思ったのである。

「安土のことです。信長公は安土城の本丸に清涼殿とよく似た建物を造営し、この正月に家臣たちに披露されたそうでございます」

「それは……、お上《かみ》のお成りをあおぐためですか」

「そのように見る向きもありますが、近衛太閤《たいこう》が安土を訪ねられた折、信長公は宮さまご即位の後にお移りいただくと明言なされたそうでございます」

「まあ、何と無体《むたい》な」

臣下の身で遷都《せんと》を強要した例は、平清盛以来絶えてない。しかも猶子とした五の宮を即位させるための布石であることは明白だった。

だが、そうした懸念《けねん》を抱きながらも、晴子の胸は狂おしいほどに高鳴っていた。

安土へ移徙《わたまし》すれば、信長の間近で暮らすことができる。あるいは信長もそれを望んで、このような計らいをしたのではないか……。

「あの、このことは宮さまもご存知なのでしょうか」

「いいえ。事はあまりにも重大ゆえ」

晴子だけに内々に伝えるように、前久が命じたという。

まるで信長と晴子の仲を見透《みすか》したような措置だった。


近衛邸は雪に包まれていた。

洛中洛外図にも描かれたしだれ桜の名木も、枝の先まで雪におおわれている。

冷え込みもいつになく厳しかった。

近衛前久は居間の火鉢に背中を押しつけて、出発の仕度をしていた。

鹿皮《しかがわ》の行縢《むかばき》を腰に巻き、皮の沓《くつ》と足袋《たび》の間にまんべんなく唐辛子《とうがらし》を入れた。

若い頃にはこれくらいの雪など何とも思わなかったが、近頃ではひどくこたえる。

雪深い山科を抜けて安土に向かうのは気が重かった。

安土城下での左義長《さぎちょう》に加わって、昨日都に戻ったばかりである。それなのに今朝早々と信長の使者が来て、安土に出仕せよと言う。

聞きしにまさる人使いの荒さだった。

「ご家門さま、お供の仕度がととのいました」

年若い近習《きんじゅう》が伝えた。

「待たせておけ」

前久は綿入れの頭巾《ずきん》をすっぽりとかぶり、長い廊下を納戸《なんど》に向かった。

座敷牢《ざしきろう》に改装した納戸には、伊賀で捕えた横山甚助《じんすけ》を閉じ込めてある。

たった一人で信長を殺そうとした無謀な男に会うことが、近頃では前久のひそかな楽しみになっていた。

甚助はいつものように納戸の隅《すみ》に横になっていた。食事は日に一度しか手をつけず、差し入れた夜具《やぐ》を使おうともしない。

「肩の傷はどうだ。もう痛むまい」

甚助は口をきこうともしなかった。

あお向けになったまま、天井の一点をじっとにらんでいる。

「わしはこれから安土へ行かねばならぬ。急に信長に呼び出されたのでな。こんなことなら、あの時助けなければよかったかも知れぬ」

頭上から信長に襲いかかった甚助を、前久は馬上筒で撃ち落とした。

信長のすぐ後ろで馬を進めていたので、異変に気付いた瞬間に反射的に手が動いたのである。

信長は即刻首をはねよと命じたが、前久は身柄を申し受けたいと頼んだ。

甚助を仕とめたのは自分である。洛中を引き回して手柄を披露してから打ち首にしたいと言うと、信長は意外なほどあっさりと折れた。

人一倍自尊心の強い男だけに、命の恩人の頼みを聞かぬようではいかにも外聞が悪いと思ったのである。

前久は甚助を荷車に乗せて洛中を引き回した後、かねて捕えてあった盗人《ぬすっと》を身代わりにして甚助を生かした。

いつの日かこの男の腕が役立つ時が来ると感じたからだ。

(今がその時かも知れぬ)

前久はそう思った。

安土城内に清涼殿を造り、遷都を強要するようなことを許しては、朝廷の存続さえ危うくなる。

信長がこのまま方針を変えないのなら、どんな手を使ってでも滅ぼさなければならなかった。

「甚助よ。伊賀にはたくさんの子がおったそうだな」

前久は格子《こうし》の前に腰を下ろして語りかけた。

「だがその子たちも、信長の伊賀攻めにあって行方知れずになっているというではないか。何ならわしがその子たちをさがしてやってもいいのだ」

甚助は相変わらず天井をにらんだままだった。

「奈良の興福寺は近衛家の氏寺《うじでら》だし、東大寺とも格別に縁が深い。両寺に命じれば、子供をさがすことなどたやすいことだ。その子たちをここに連れて来たなら、わしの手足となって働いてはくれぬか」

「……」

「わしはやがて、信長を殺すかも知れぬ」

前久が低くつぶやくと、甚助が初めて顔を向けた。

「そのためにはお前の力が必要なのだ。信長を討てば、お前も本望《ほんもう》ではないのかね」

甚助は何も答えなかったが、心が大きく動いたことを前久は鋭く感じ取っていた。

玄関先には、家礼《かれい》や門流の公家《くげ》たちが見送りに来ていた。

三十数人が二列に分れ、足首まで雪に埋めて立ち尽くしている。

吉田兼和《かねかず》、山科言経《ときつね》、勧修寺晴豊、そして権中納言《ごんちゅうなごん》に昇進したばかりの広橋兼勝……。

いずれも前久が目をかけてきた新進気鋭の公家たちだった。

「ご家門さま、お役目ご苦労に存じたてまつります」

声をそろえ、烏帽子《えぼし》をかぶった頭をいっせいに下げた。

「見送り大儀じゃ。兼和」

「ははっ」

「式年遷宮の費用については充分に掛け合ってくるゆえ、安堵《あんど》いたすがよい」

「ご尽力、かたじけのうございます」

兼和が狩衣《かりぎぬ》の袖《そで》を高々と上げて腰を折った。

「晴豊、例の話は通してくれたであろうな」

「あの後すぐに二条御所を訪ねました」

「言経、こたびは迷惑をかけたの」

「ご家門さまのおおせとあらば、水火《すいか》もいといませぬ」

山科に所領のある言経は、前久が道中雪で難渋しないように、朝から駆けずり回って雪かきの人数を手配したのだった。

大津から船に乗って琵琶湖《びわこ》を渡り、夕方には安土に着いた。

城下の大船止めには森蘭丸が迎えに出て、百々橋口から天主に案内した。

二重目の対面所でしばらく待てという。

前久は明かり障子を開けて外をながめた。城の屋根にも厚く雪が降り積っている。

本丸に建てた清涼殿風の御殿も、雪にまあるく縁取られていた。

あのような御殿に帝《みかど》をお移し申し上げたなら、信長はここから飼い犬でもながめるように見下ろすにちがいない。

その姿を想像すると、前久の頭にかっと血がのぼった。

「近衛太閤さま、上様がお成りでございます」

蘭丸の先触れがあり、信長が足早に上座についた。

五十がらみの小柄な男を従えている。猿のようにしわの深い顔をして、申し訳程度の薄いひげを生やした、羽柴《はしば》秀吉だった。

秀吉が京都奉行をしていた頃から、二人は面識がある。前久が下座についていることを知ると、秀吉は敷居口に控えて礼を尽くそうとした。

「構わぬ。近衛の横につけ」

信長の目は何かに取りつかれたようにすわっていた。

「猿は宇喜多直家の跡目《あとめ》の件でまいっておる。よい機会ゆえ、そちに引き合わせておこう」

「西国《さいごく》でのお働きは、都にも聞こえております」

前久は軽く会釈《えしゃく》した。

「かたじけのうござる」

秀吉は形通りの挨拶《あいさつ》を返すと、

「すべては上様のお力によるものでございます」

信長に向かって平蜘蛛《ひらぐも》のようにはいつくばった。

「近衛、当今《とうぎん》の即位の礼には、毛利が二千貫の寄進をしたそうじゃな」

「そのように聞いております」

「余の父信秀は、それより十数年も前に内裏修理料四千貫を寄進しておる。その銭で兵を雇えば尾張の統一を成し遂げていたろうに、馬鹿《ばか》な親父《おやじ》じゃ。そう思わぬか」

「父上のご遺徳によって、織田家の今日があるものと存じまする」

「武田はどうじゃ。信玄坊主《ぼうず》の妻は三条家の出であろう。しかも新羅三郎義光以来の源氏の名家じゃ。都での評判は、織田などとはくらべものになるまい」

信長が何を言おうとしているのか、前久にもようやく察しがついた。

「余はこの春に武田を攻め滅ぼす」

信長が憑《つ》かれた目をしたままにやりと笑った。

「毛利征伐などは、猿の軍勢だけで充分じゃ。東西の平定が終わった後には、即位の礼を行なう。その前にお願いがございます」

「その用意をしておけ」

前久はあくまで低姿勢だった。

自分が泥をかぶることで朝廷を守れるのなら、信長の足をなめてもいい。そう覚悟を定めていた。

「長年絶えている伊勢神宮の遷宮の制を、当今はご譲位の前に復したいとお望みでございます。この儀を何とぞお聞き届けいただきますよう」

「お蘭、遷宮とは何じゃ」

「御神体を遷《うつ》したてまつることでございます。伊勢神宮では二十年に一度遷宮を行なうことが、いにしえより定められておりました。ところがこの制は、およそ三百年の間途絶えたままでございます」

蘭丸がよどみなく答えた。

「そのようなものを、何ゆえ今頃やらねばならぬ」

「式年遷宮は大嘗会《だいじょうえ》と並ぶ朝廷の重要な儀式でございます。ご自身の御代にそのことを復したいと、当今は以前からおおせられておりました」

「費用は」

「千貫もご寄進いただければ、後は勧進《かんじん》をつのってまかなう所存にございます」

「近衛、見え透いた手を使うな。遷宮の費用が集まらぬと言い立て、譲位を先に延ばそうとの魂胆であろう」

図星である。遷宮について各方面から要望があったのは事実だが、前久はこれを理由に誠仁親王へのご譲位を引き延ばそうと考えていた。

「めっそうもございません。朝家に仕える身でそのような不敬をいたさば、たちどころに神罰をこうむりましょう」

「まあよい。余とて天照《あまてらす》が憎いわけではない。三千貫を寄進するゆえ、早々に遷宮の用意をととのえよ」

「ありがたき幸せに存じまする」

「そのかわり、やってもらうことがある」

「何でございましょうか」

「今日から太政大臣《だじよう》になれ。公家どもの上位に立って、即位の礼と安土への遷都を急ぐのじゃ」

「そのような大事を一存で決めることはできませぬ」

「すでに村井を通じて一条関白に申し入れておる。逆らう者があれば、首が飛ぶばかりじゃ。それから今後は尾張暦を用いよ。都の暦を用いてはならぬ」

信長は矢継ぎ早に朝廷の喉元《のどもと》に刃《やいば》を突きつけてくる。

「それは、いかなるわけでございましょうか」

「尾張の暦には十二月に閏月《うるう》がある。しかるに都の暦にはないそうではないか。このように月日の数え方がちがっていては、互いの連絡にも不都合があろう」

暦はいにしえより朝廷が司《つかさど》ってきた。

初めは百済《くだら》や唐の暦法に従って暦を作ったが、文武天皇の御代に中務省《なかつかさ》の陰陽寮《おんようりよう》に暦博士《れきはかせ》を置いて独自の暦を作る体制をととのえた。

ところが朝廷が衰微して令が諸国に達しなくなると、陰陽寮で作った暦も都の周辺でしか用いられなくなった。

伊勢暦や尾張暦、三島暦など、それぞれの地方の実情に合わせた暦が作られ、月日の統一がなされないまま利用されていた。

これをどう是正するかが、天下統一を間近にした信長の課題となっていた。

「ならば、都の暦を用いていただきとう存じます」

前久は背筋を伸ばして丹田《たんでん》に力を込めた。

「何ゆえじゃ」

「古代より地上の時を司るのは朝廷の役目でございます。陰陽寮をもうけて暦制を定め、賀茂《かも》氏を陰陽頭《おんようのかみ》に任じて秘法を相伝《そうでん》してまいりました。この国の暦法に関する知識において、賀茂氏にまさる者はおりませぬ」

暦を作るとは地上の時を支配するということであり、天上の神々から国の支配権をゆだねられていることの証《あかし》である。

それゆえ帝は、即位なされた時に固有の元号をお定めになる。

この権利を奪われることは、朝廷の権威を真っ向から否定されるも同じである。前久にとって絶対にゆずることのできない一線だった。

「近衛よ、そこまで言い張るのなら、尾張の暦と都の暦とどちらに理があるか争論させてみようではないか。急ぎ都に使いを出して、暦道《れきどう》の者を呼び寄せるがよい」

またまた威丈高《いたけだか》な無理難題である。

前久は体が鉛と化したような疲れを覚えながら、宿所へ向かった。

大手道の石段を大宝坊の前まで下りた時、

「近衛どの、太閤殿下どの」

羽柴秀吉が飛ぶような身軽さで駆け寄って来た。

「先ほどはまことにご無礼をいたしました。五摂家筆頭、天下の太閤殿下と肩を並べるなど僭上《せんしょう》の極みとは存じまするが、お陰さまにてこの秀吉、播磨《はりま》へのよきみやげ話ができましてござりまする」

歯の浮くようなおせじである。だがこの男が満面に笑みを浮かべてたたみかけてく
ると、本心ではないかと思えるから不思議だった。

「無礼と申すからには、そちは朝廷の位階を重んじるということだな」

「もちろんでございます。それがしの母は天照大御神を祀《まつ》った神棚に日夜手を合わせ
ており申した」

「ならば、右府どののやり方にはさぞ不満があろうな」

前久はいきなり言葉の匕首《あいくち》を突きつけたが、秀吉は目を丸くするばかりだった。

「な、何ゆえでござりましょうか」

「朝廷に対する近頃のやり方は、いささか手厳し過ぎる。そちも先ほど見聞きしてい
たであろう」

「とんでもない。上様ほど朝廷大事と心得ておられるお方はござりますまい。遷宮《せんぐう》の費用を惜しげもなく出され、ご即位の礼もとどこおりなく行なおうとご配慮なされております。帝の御幸をあおぐために、本丸にまであのように立派な御殿を建てられたではありませぬか。これすべて朝廷大事、尊皇の誠を尽くそうという赤心《せきしん》ゆえのことでございます。それを手厳しいなどとおおせられては、上様があまりにお気の毒だとは思われませぬか」

（秀吉、そちは……）

本心からそう思っておるのか。前久は胸倉とって迫りたい衝動に駆られたが、口にはしなかった。

あの信長に迫られた時でさえ、右に左に言をろうして切り抜けてきた男である。どこをどう押しても、己れの立場を危うくするようなことを口にするはずがなかった。

「ところで今夜は、安土にお泊りでござりましょうか」

「その予定だが」

「西国のことなどお話し申し上げとう存じまする。後ほど迎えの者をつかわしますゆえ、それがしの屋敷にお渡りいただき、ゆるりとお過ごし下されませ」

秀吉は芝居がかったほど丁重に頭を下げた。

大宝坊の沓脱《くつぬ》ぎには、信基の履物《はきもの》があった。とっくに都に戻ったと思っていたが、まだとどまっているらしい。

前久はささくれ立った気持のまま、信基の部屋を訪ねた。

信基は文机《ふづくえ》で何かを調べていた。

机の回りに古い巻物や書物を取り散らかしたまま、熱心に書き取りをつづけている。前久が背後に立っても気付かないほどだった。

「何をしておる」

前久は肩越しに机をのぞき込んだ。

信基はあわてて書きかけの紙を横に押しやった。

「都にお戻りではなかったのですか」

「昨日戻ったが、今朝再び呼び出された。お前こそ何ゆえ都に戻らぬのじゃ」

「少々調べたいことがございましたので」

信基が、取り散らかした書物の片づけにかかった。

中に『鹿苑院殿《ろくおんいん》旧事記』という一冊がある。

足利三代将軍義満の治世について記したものだった。

「内大臣ともあろう者が、信長の非道の片棒をかつぐつもりか」

「何のことでございましょうか」

「義満は日本国王を名乗り、朝廷を支配下に置こうとした不埒者《ふらちもの》じゃ。その事績を調べるは、信長を日本国王にするためであろう」

前久はぶ厚い書物を信基の鼻先に突きつけた。

「なぜじゃ。あのような目にあわされておきながら、何ゆえ信長の言いなりになる」

「父君とて、ご尊父さまの言いなりではありませんか」

信基は動ずることなく書物を両手で受け取った。

お駒《こまき》を斬られた苦しみをくぐり抜けたことで、人間的にひと回り大きくなっていた。

「わしは朝廷を守り抜くために口裏を合わせておるばかりじゃ。ゆずれぬところまでゆずるつもりはない」

「私はご尊父さまにすべてをゆだねてもいいと思っております」

「何だと」

「あのお方は、この日本をイスパニアやポルトガルに匹敵するような国にしようとしておられます。今まで誰一人なしえなかった事を、ご尊父さまならやすやすと成し遂げられるでしょう。わが国百年の大計のためにも、お力を借りるべきではないでしょうか」

「信長は都の暦を使ってはならぬと言っておる。それでも従うと申すか」

「あれは父君のせいですよ。金神などという姑息《こそく》な策を用いてご譲位を延期なされたから、都の暦に対して不審をお持ちになったのでしょう」

信基は魅入られたように信長寄りの姿勢を強めている。

前久にとってはゆゆしき事態だった。

半刻《はんとき》ほどして、秀吉が迎えの輿《こし》を寄こした。

用心深く大手道を下りていく輿に揺られながら、

(確かに金神のせいかも知れぬ)

前久はそう考えた。

金神や鬼門、八将神《はっしょうじん》など陰陽道で定めた忌《い》むべき方角は、用いる暦によってちがっている。

それなのに都の暦の都合で譲位を延期したことに、信長は強い不信感を持ったのかも知れなかった。

秀吉の屋敷は大手門にほど近い所にあった。

大手道に面して真新しい白木の棟門がそびえている。

秀吉は門前まで出迎え、召使いのような仕草をしながら対面所まで案内した。

上段の間《ま》に席をもうけ、献上の品をずらりと並べている。黄金、白絹、太刀など豪華な品々ばかりだった。

「太閤殿下のお成りをいただき、当家末代までの誉《ほま》れにござりまする」

秀吉は下段《げだん》の間《ま》にはいつくばって口上を述べた。

おだてられ金品を贈られて、悪い気持のする者はいない。そのことを心憎いほどわきまえていた。

「何やら頼み事があるようだな」

「おおせの通りにござりまする」

「憎めぬ奴《やつ》よな。その前にひとつ教えてもらいたいことがある」

「何なりとお申し付けを」

「右府どのは暦について争論せよと命じられたが、尾張の側からは誰を論者に立てられるご所存かな」

「安土のセミナリヨに出入りしている者と聞きましたが、詳しくは存じませぬ」

あるいは天文道に通じた宣教師を立てるのではないか。前久の胸に不安の雲がよぎった。

暦とは日月の運行を基礎とするものである。西洋の進んだ学問に日本の暦学が太刀打ちできるはずがなかった。

「それで、頼みとは」

「足利義昭公のことでござりまする」

信長に追放された将軍義昭は、毛利家に庇護《ひご》されて備後《びんご》の鞆《とも》に住んでいる。

秀吉は毛利方の武将たちに投降するよう工作を進めているが、将軍を擁する毛利家に大義名分があると考える者が多く、説得することが難しい。

そこで帝《みかど》の勅命によって、義昭の将軍位を剝奪《はくだつ》してもらいたい。

秀吉はひたすら頭を下げて頼み込んだ。


暦についての争論は一月二十九日に行なわれた。

〈当年閏月の有無の儀、濃尾の暦者、この者唱門師《しょうもんじ》なり。京都在富《あきとみ》末孫か、在政《あきまさ》、久脩《ひさなが》まかり下り、安土において糺決《きゅうけつ》あり〉

吉田兼和の日記（『兼見卿記《かねみきょうき》』）にはそう記されている。

在富末孫かと記されているのは、兼和でさえ在政が賀茂在富の末孫かどうか知らなかったからだろう。

久脩とは陰陽頭に任じられていた土御門《つちみかど》久脩のことである。

争論に先立って、織田信長は弥助《やすけ》から暦についての教えを受けていた。

イタリア人宣教師ヴァリニャーノと行動を共にしていた弥助は、西洋の天文学や暦学についての知識も深かった。

「なぜこの世に昼と夜があり、一月があり、一年があるのか」

信長の問いに弥助はコペルニクスという天文学者がとなえた太陽中心宇宙説をもって応じた。

「地球は球体であり、一日に一度自転しながら一年周期で太陽のまわりを回っています。昼と夜があるのは地球が自転しているためであり、一年があるのは太陽をひと回りするのにそれだけの時間がかかるからです。同じように月は地球のまわりを一月かかって回るので、一月という数え方をするのです」

弥助は太陽と地球と月の図を描いて説明した。

日食とは太陽と地球の間を月がさえぎるために起こるのであり、月食とは太陽と月の間を地球がさえぎるために起こるのだという。

驚くべきことに、信長は一度聞いただけでこの説が正しいことを理解した。

西洋でさえいまだに地球中心宇宙説が信じられ、コペルニクスの説をとなえる者は異端者として迫害されているというのに、信長はこの説が理にかなっていることをやすやすと見抜いたのである。

この説をもとに作られている西洋の暦にくらべれば、日本の暦はお粗末なものだった。

貞観《じょうがん》四年に清和天皇の勅によって採用された宣明暦《せんみょうれき》を、七百年以上も何の改良も加えずに用いているために、日食や月食についても予想することさえできなくなっていた。

それにもかかわらず、暦道を相伝した賀茂家や天文道を相伝した土御門家では、暦と陰陽道を結び付けた秘説を立てて自家の存続を図ってきた。

昨年金神を理由に帝の譲位を延期された時から、信長はこのことに疑問を持ち、暦道に詳しい者をセミナリヨに派遣して西洋の暦法を学ばせていた。

争論の場は安土城天主の大広間だった。

弥助を従えた信長と信基を連れた近衛前久が上段の間《ま》に判者《はんじゃ》として着座した。

下段の間には信長方の論者である幸徳井友長と、朝廷方の賀茂《かも》在政、土御門久脩が向き合っていた。

友長は奈良の陰陽家の出身だが、日本の暦法にあきたらずに家を捨て、筒井順慶に右筆《ゆうひつ》として仕えていた。

信長が暦法に通じた者を求めていると聞いた順慶は、友長を安土につかわしたのである。

兼和が日記に濃尾の暦者は唱門師なりと記しているのは、こうしたいきさつを都の者たちがまったく知らなかったからだった。

下段の間のふすまはすべて取りはずされ、部屋の外では織田家の重臣三十人ばかりが争論の様子を見物していた。

信長のねらいは、都の暦の欺瞞《ぎまん》をあばき立てることだった。

それはとりもなおさず、その暦に従って年中行事や忌み日《いび》を定めている朝廷の愚かしさを白日《はくじつ》のもとにさらすことでもあった。

天下統一のためには暦を統一することも必要だが、信長は尾張の暦を基準とするようなケチなことを考えてはいなかった。

西洋の進んだ天文学と暦法を取り入れた方が、この先世界に打って出るためにもはるかに便利である。

幸徳井友長をセミナリヨで学ばせたのは、その時に備えてのことだった。

争論は友長の完勝に終わる。

信長はそう信じて疑わなかったが、思いもかけないことが起こった。

舌鋒《ぜっぽう》鋭い友長の問いに、賀茂在政は西洋天文学の知識を駆使してやすやすと応じた。しかも学識の深さは、友長や弥助よりもはるかにまさっていた。

六十四歳になるこの在政こそ、争論の必勝を期して前久が呼び寄せた切り札だった。

在政は陰陽博士として名高い賀茂在富の嫡男《ちゃくなん》で、その博識は洛中《らくちゅう》に鳴り響いていた。

ところが永禄《えいろく》三年にイエズス会宣教師と出会ったことが、この天才の運命を一変させる。

宣教師たちから西洋天文学を学んだ在政は、その学説の正しさに驚嘆し、賀茂家相伝の暦法を腐った魚のように捨てた。

激怒した在富は在政を廃嫡《はいちゃく》し、弟の子在種《あきたね》を養子にして家を継がせた。

時に在政四十二歳。

賀茂家から自由になった彼はキリシタンの洗礼を受け、マノエル在政となって西洋天文学の研究に没頭する。

都では充分な研究ができないと知ると、妻子を連れて豊後《ぶんご》に渡った。

豊後はキリシタン大名大友宗麟《そうりん》の領国なので、宣教師も多く西洋の書物もそろっていたからである。

在政の勉強ぶりは宣教師たちも舌を巻くほどで、数年のうちにイスパニア語とラテン語を習得し、天文学や数学の原書を読みこなすようになった。

一方、賀茂家は永禄八年の在富の死によって断絶した。

養子の俗物ぶりに絶望した在富が、在種を我が手で斬り殺したからである。

暦法を唐から本朝に伝えた吉備真備《きびのまきび》を祖とする賀茂家の断絶は、朝廷にとってもゆゆしき大事である。

そこで正親町天皇直々《じきじき》のご指示によって、天文道の大家である土御門有春の子を養子として賀茂家を再興することにした。

ところが養子となった在高《あきたか》も凡庸《ぼんよう》の質で、まともな暦も作れない。

日食月食についての記載がことごとくはずれるので、朝廷ではひそかにマノエル在政を呼び戻し、在高の後見役に任じた。

五年前のことだが、朝廷ではこの事実をひた隠しにしてきたので、信長でさえ在政のことを知らなかったのである。

争論は友長の敗色濃厚のうちに時間切れとなり、結論は翌日に持ち越された。

「近衛よ、朝廷にも見事な学者がおるではないか」

信長は悔しまぎれの皮肉をあびせた。

「あの者を陰陽頭に任じ、朝廷でも西洋暦を用いればよい。さすれば難なく日本中の暦を統一できるではないか」

「老齢ゆえ大役に耐えぬと、本人が申しておりますので」

前久は逃げるように席を立った。

翌日も争論がつづいたなら、信長は面目を失い、前久は在政を陰陽頭に任じざるをえなくなったことだろう。

二人の窮地を救ったのは、二月一日にもたらされた岐阜からの知らせだった。

武田家の重臣である木曾《きそ》義昌が内応したので、時を移さず出陣の下知《げち》を下されるように。

信忠の使者がそう伝えたのである。


（下巻に続く）

山本周五郎著

樅ノ木は残った

毎日出版文化賞受賞（上・中・下）

「伊達騒動」で極悪人の烙印を押されてきた原田甲斐に対する従来の解釈を退け、その人間味にあふれた新しい肖像を刻み上げた快作。

山本周五郎著

大炊介《おおいのすけ》始末

自分の出生の秘密を知った大炊介が、狂態を装って父に憎まれようとする姿を描く「大炊介始末」のほか、「よじょう」等、全10編を収録。

山本周五郎著

正雪記

（上・下）

染屋職人の伜から、〝侍になる〟野望を抱いて出奔した正雪の胸に去来する権力への怒り。超大な江戸幕府に挑戦した巨人の壮絶な生涯。

山本周五郎著

栄花物語

非難と悪罵を浴びながら、頑なまでに意志を貫いて政治改革に取り組んだ老中田沼意次父子を、時代の先覚者として描いた歴史長編。

山本周五郎著

天地静大

（上・下）

変革の激浪の中に生き、死んでいった小藩の若者たち——幕末を背景に、人間の弱さ、空しさ、学問の厳しさなどを追求する雄大な長編。

山本周五郎著

風流太平記

江戸後期、ひそかにイスパニアから武器を密輸して幕府転覆をはかる紀州徳川家。この大陰謀に立ち向かう花田三兄弟の剣と恋の物語。

池波正太郎著

真田太平記（一〜十二）

天下分け目の決戦を、父・弟と兄とが豊臣方と徳川方とに別れて戦った信州・真田家の波瀾にとんだ歴史をたどる大河小説。全12巻。

池波正太郎著

剣の天地（上・下）

戦国乱世に、剣禅一如の境地をひらいて新陰流の創始者となり、剣聖とあおがれた上州の武将・上泉伊勢守の生涯を描く長編時代小説。

池波正太郎著

忍者丹波大介

関ケ原の合戦で徳川方が勝利し時代の波の中で失われていく忍者の世界の信義……一匹狼となり暗躍する丹波大介の凄絶な死闘を描く。

池波正太郎著

男の系譜

戦国・江戸・幕末維新を代表する十六人の武士をとりあげ、現代日本人と対比させながらその生き方を際立たせた語り下ろしの雄編。

池波正太郎著

黒幕

徳川家康の謀略を担って働き抜き、六十歳を越えて二度も十代の嫁を娶った男を描く「黒幕」など、本書初収録の4編を含む11編。

池波正太郎著

武士《おとこ》の紋章

敵将の未亡人で真田幸村の妹を娶り、睦まじく暮らした滝川三九郎など、己れの信じた生き方を見事に貫いた武士たちの物語8編。

藤沢周平著　密　謀（上・下）

天下分け目の関ケ原決戦に、三成と密約がありながら上杉勢が参戦しなかったのはなぜか？　歴史の謎を解明する話題の戦国ドラマ。

藤沢周平著　天保悪党伝

天保年間の江戸の町に、悪だくみに長けるが、憎めない連中がいた。世話講談「天保六花撰」に材を得た、痛快無比の異色連作長編！

藤沢周平著　闇の穴

ゆらめく女の心を円熟の筆に描いた表題作。ほかに「木綿触れ」「閉ざされた口」「夜が軋む」等、時代小説短編の絶品7編を収録。

藤沢周平著　驟《はし》り雨

激しい雨の中、八幡さまの軒下に潜む盗っ人の前で繰り広げられる人間模様——。表題作ほか、江戸に生きる人々の哀歓を描く短編集。

三浦綾子著　細川ガラシャ夫人（上・下）

戦乱の世にあって、信仰と貞節に殉じた悲劇の女細川ガラシャ夫人。清らかにして熾烈なその生涯を描き出す、著者初の歴史小説。

三浦綾子著　千利休とその妻たち（上・下）

武力がすべてを支配した戦国時代、茶の湯に生涯を捧げた千利休。信仰に生きたその妻おりきとの清らかな愛を描く感動の歴史ロマン。

北方謙三著
寂滅の剣
―日向景一郎シリーズV―
日向景一郎と森之助。宿命の兄弟対決の刻は目前に迫っていた！　滅びゆく必殺剣を継ぐふたりの男を描く――剣豪小説の最高峰。

宮部みゆき著
本所深川ふしぎ草紙
吉川英治文学新人賞受賞
深川七不思議を題材に、下町の人情の機微とささやかな日々の哀歓をミステリー仕立てで描く七編。宮部みゆきワールド時代小説篇。

宮部みゆき著
初ものがたり
鰹、白魚、柿、桜……。江戸の四季を彩る「初もの」がらみの謎また謎。さあ事件だ、われらが茂七親分――。連作時代ミステリー。

吉村昭著
桜田門外ノ変
（上・下）
幕政改革から倒幕へ――。尊王攘夷運動の一大転機となった井伊大老暗殺事件を、水戸薩摩両藩十八人の襲撃者の側から描く歴史大作。

吉村昭著
生麦事件
（上・下）
薩摩の大名行列に乱入した英国人が斬殺された――攘夷の潮流を変えた生麦事件を軸に激動の五年を圧倒的なダイナミズムで活写する。

平岩弓枝著
花影の花
―大石内蔵助の妻―
「忠臣蔵」後、秘められたもう一つの人間ドラマがあった。大石未亡人りくの密やかな生涯が蘇って光彩を放つ。吉川英治文学賞受賞作。

新潮文庫最新刊

今野敏著
初陣
―隠蔽捜査3.5―
警視庁刑事部長・伊丹俊太郎が頼りにするのは、幼なじみのキャリア・竜崎だった。超人気シリーズをさらに深く味わえる、傑作短篇集。

西村京太郎著
姫路・新神戸 愛と野望の殺人
人気女性デザイナーが新幹線の車内で殺害された！ 続いてモデルが殺され――。十津川警部が、ファッション界の欲望の構図に挑む。

島田荘司著
写楽 閉じた国の幻（上・下）
「写楽」とは誰か――。美術史上最大の「迷宮事件」を、構想20年のロジックが打ち破る！ 現実を超越する、究極のミステリ小説。

秋月達郎著
京都禊ぎ神殺人物語
―民俗学者 竹之内春彦の事件簿―
京都の神域で、次々と殺されていく若い女性。その背後には、人神交婚伝説が！ 民俗学部教授の推理が冴える好評の民俗学ミステリー。

松本清張著
松本清張傑作選
悪党たちの懺悔録
―浅田次郎オリジナルセレクション―
松本清張を文学史上の「怪物」として敬愛する、短編小説の名手・浅田次郎が選んだ、卓抜した人物造形とともに描かれた7つの名編。

松本清張著
松本清張傑作選
暗闇に嗤うドクター
―海堂尊オリジナルセレクション―
海堂尊が厳選したマイ・ベスト・オブ・清張。人の根源的な聖性と魔性を浮き彫りにした傑作医療小説六編が、現代に甦る！

信《のぶ》長《なが》燃《も》ゆ（上）

新潮文庫　あ-35-6

平成十六年十月一日発行
平成二十五年一月三十日二刷

著者　安《あ》部《べ》龍《りゅう》太《た》郎《ろう》

発行者　佐藤隆信

発行所　株式会社　新潮社
郵便番号　一六二―八七一一
東京都新宿区矢来町七一
電話　編集部(〇三)三二六六―五四四〇
　　　読者係(〇三)三二六六―五一一一
http://www.shinchosha.co.jp

価格はカバーに表示してあります。

乱丁・落丁本は、ご面倒ですが小社読者係宛ご送付ください。送料小社負担にてお取替えいたします。

印刷・二光印刷株式会社　製本・株式会社植木製本所

ISBN978-4-10-130516-5 C0193